KB182644

To. ________________

초콜릿처럼 달콤한 하루를

소중한 당신께 드립니다.

From. ________________

아무래도
행복을 깨문 것 같아

아무래도 행복을 깨문 것 같아

유키 슌 장편소설
박정아 옮김

차례

1장
보물 상자를 열면 봉봉 쇼콜라 · 하지메 아유무 009

2장
깜짝 이벤트가 싫은 오랑제트 · 하지메 니나 055

3장
한숨 나는 날 쇼콜라 기모브 · 산노미야 사에 085

4장
엄마의 미소를 찾아서, 퐁당 쇼콜라 · 산노미야 요리코 113

5장
물고기 낚는 법을 알려줘, 카카오 씨 · 고토 미오 137

6장
까만 밤을 비추는 코코넛 프랄린 · 미나즈키 로쿠로 169

7장
아득한 꿈을 위해, 잔두야 · 나나모리 나나미 201

8장
나의 비밀 · 하게 데루마 241

9장
미션 인 민트초코 트러플 · 하게 구루미 259

10장
빛나지 않는 영웅에게, 루비 초콜릿 · 도카치 고타로 297

11장
적당히 살아도 괜찮아, 초콜릿 드라제 · 이토이 이토 325

최종장
오늘도 애쓴 당신에게 선물을 · 슈야 지요코 349

일러두기

1. 본문의 각주는 옮긴이 주입니다.
2. 맞춤법은 국립국어원 표준국어대사전 및 외래어 표기법을 따랐으나 관용적으로 널리 쓰이는 표현은 입말을 살려 표기했습니다.
3. 본문의 볼드체는 원서에서 방점으로 강조된 부분입니다.

1장 보물 상자를 열면 봉봉 쇼콜라

하지메 아유무

눈을 떠보니 침대가 허전했다. 곁에 있어야 할 온기가 사라졌다. 시트를 더듬어봐도 손에 닿는 건 차가운 이불의 감촉뿐. 더 이상 부드러운 머리카락이 코끝을 간질이는 일은 없다. 부엌에서 분주하게 아침을 준비하는 소리마저 그립다. 하루하루 이 집에서 그 사람의 흔적이 희미해져 가는 게 쓸쓸하다.

"니나……."

하지메 아유무는 아내의 이름을 불렀다. 이젠 대답해줄 사람이 없다는 걸 알면서도.

어째서일까. 매 순간, 니나가 없다는 사실을 구태여 상기하는 듯한 행동을 반복하고 있었다. 머리로는 알지만 마음이 따라주질 않았다.

아내는 8일 전 세상을 떠났다. 남은 건 오직 그 사실뿐이다.

기운이 없어 잠시 그대로 졸고 있는데 머리에 무자비한 충격이 밀려왔다.

"으윽."

아유무를 현실로 되돌린 건 아들 유의 말캉한 발이었다. 더블침대와 싱글침대를 붙여 마련한 잠자리를 종횡무진 굴러다니다 거침없이 발차기 기술을 구사한 것이다. 발이면 그나마 낫다. 어제는 아유무의 뒤통수가 얼굴에 퍽 하고 날아들었다. 입속으로 피비린내가 퍼지면서 슬며시 화가 치밀었다. 유의 잠버릇이 이렇게 험한 줄 몰랐다. 그간 니나가 둘 사이에서 방패 역할을 해줬을 것이다. 아유무가 편히 잘 수 있도록.

매끈한 뒤꿈치를 치우고 고른 숨소리를 내며 자고 있는 아들의 얼굴을 바라봤다. 배 위로 조심스레 담요를 덮어주자 유는 김밥을 말 듯 침대 위를 데굴데굴 굴러갔다.

"녀석, 바쁘기는."

니나가 남겨준 단 하나의 보물. 앙증맞고 천진한 얼굴로 잠든 모습이 너무나 사랑스러워 눈물이 날 것 같았다.

책임감이나 사명감보다 불안감이 더 강하게 엄습했다.

갈증을 이기지 못하고 가까스로 무거운 몸을 일으켰다. 휘청휘청 거실로 나와 에어컨을 켜려는데 리모컨이 안 보였다.

"더운데."

어디다 뒀더라. 온 집 안을 돌아다니며 찾아봐도 소용없었다. 땀으로 흥건한 등에 티셔츠가 달라붙어 찝찝했다. 에어컨을 포기하고 창문을 활짝 열었지만 눅눅한 여름 바람은 아유무의 뇌를 깨우기엔 역부족이었다.

텔레비전을 틀어보니 시간은 7시 반을 지나고 있었다. 서두를 건 없었다. 회사에는 당분간 쉬겠다고 말해놨으니까. 하지만 이내 마음이 초조해졌다. 할 일은 많은데 어디서부터 손대야 할지 몰랐다.

아유무는 긴 한숨을 내뱉고는 부엌으로 향했다. 하나씩 해보는 수밖에 없다, 뺨을 가볍게 두드리며 마음을 다잡았다. 유가 깨기 전에 아침 준비부터 하자. 토스트랑 계란 프라이 정도는 가능하겠지. 하지만 부엌살림은 도무지 아는 게 없었다. 내 집인데 뭐가 어디에 있는지도 모르다니 한심하다. 부엌 찬장을 죄다 열었을 때쯤, 유가 일어났다.

"엄마는?"

또 시작이다. 왜 안 그러겠는가. 아직 네 살짜린데.

"잘 잤어?"

시선을 떨구고 유를 바라보니 뺨 한쪽이 모기한테 물려 볼록해져 있었다. 유는 니나를 닮아 피부가 하얗고 눈동자와 머리카락에 옅은 갈색빛이 감돈다. 선천적으로 몸에 색소가 적은 것 같다.

연고를 발라주고 싶었지만 어디 뒀는지 기억나지 않았다. 분명 '마법 크림'이라는 게 있었는데. 상처가 나거나 습진이 생기거나, 아무튼 피부에 이상이 있으면 바르는 튜브형 연고인데 신통하게도 이게 꽤 잘 들었다.

"세수하고 와야지."

유는 아유무의 얼굴을 멍하니 쳐다보더니 고개를 끄덕이는 둥 마는 둥 하고는 화장실로 걸어갔다.

텔레비전 화면 속에서는 인상 좋은 중년 남성이 웃고 있었다. 녹색의 승려복과 머리에 두른 자잘한 무늬의 두건이 잘 어울리는 남자였다. 그 밑으로 '좌우명 파는 남자'라는 소개 자막이 요란하게 움직였다. 좌우명 파는 남자? 별 희한한 직업이 다 있다고 생각하며 화면으로 흘긋 시선을 던지자 이번에는 '첫 에세이부터 초대박 베스트셀러'라는 자막이 화려한 효과음과 함께 나타났다.

평소 텔레비전을 거의 보지 않는 아유무는 주간지 기

사에나 실릴 법한 소식에는 둔감했다. SNS도 딱히 이용하지 않아 스스로도 유행에 뒤처졌다고는 생각한다.

젊은 여자 아나운서가 "어쩌다 이 일을 시작하셨나요?" 하며 남자에게 마이크를 갖다 댔다. 그런 건 분명 에세이 첫머리에 쓰여 있을 텐데.

남자는 사찰 방문증처럼 생긴 전통 문양 수첩을 펼쳤다. 내지는 재래식 전통 종이 같았다. 카메라가 붓끝을 확대한 순간 그는 막힘없는 손놀림으로 물 흐르듯 글을 써 내려가더니 "사람들이 기뻐하는 얼굴이 보고 싶어서요"라고 대답했다.

토스터에 식빵 두 장을 넣고 레버를 돌렸다. 프라이팬은 찾았지만, 이번에는 식용유와 뒤집개가 어딨는지 몰라 계란프라이는 포기했다. 냉장고에서 마요네즈를 꺼내 식빵에 동그라미를 쳤다가 좀 허전해 보이길래 호빵맨 얼굴을 그렸다. 좋아, 완성이다.

"유, 빨리 앉아."

아이는 젖은 발로 찰팍찰팍 소리를 내며 다가오더니 소파에 드러누웠다. 아직 잠이 덜 깬 듯했다.

"자, 얼른 먹자. 이러다 어린이집 버스 놓치겠어."

"엄마가 좋은데."

유가 칭얼대기 시작했다. 투정이 아니라 진심으로 하

는 말이다. 하지만 한번 시작하면 여간해서는 달래기가 힘들다.

"유, 일어나서 밥 먹으라니까."

"싫어. 엄마 불러줘!"

급기야 와락 울음을 터뜨렸다. 아유무는 주먹을 꽉 쥐었다. 칠일재를 겨우 끝냈는데 숨 돌릴 틈은 없고, 마음 편하게 혼자 울 형편도 못 된다. 치밀어오르는 감정을 억누르며 아유무는 유를 꽉 껴안았다.

"그러게, 엄마가 좋은데. 그래도 아빠가 노력할게. 으쌰."

유를 들어 올려 목말을 태우고 빙글빙글 돌았다.

"꺄앗."

유가 환호하는 소리를 듣자 마음이 놓였다.

"더 해줘!"

아직 아침인데 좀 봐주지 싶으면서도 아유무는 있는 힘껏 돌았다.

"이걸로 끝. 나머지는 어린이집 갔다가 돌아오면 해줄게."

그렇게 유를 의자에 앉히고 두 손을 모았다.

"잘 먹겠습니다."

니나는 아이 예절교육에 엄격했다. 그런 아내에게 아

유무는 번거로운 육아를 전적으로 맡기다시피 했다. 이제부터 혼자 유를 키워야 하는데, 그게 정말 가능할까?

"덥다."

유에게 우유를 따라주며 중얼거렸다. 어젯밤 에어컨을 끄고 침실로 들어간 건 기억나는데 리모컨을 어디에 뒀는지 도통 떠오르지 않았다. 아유무는 평소에도 덤벙대는 성격이었지만, 니나가 늘 옆에서 챙겨준 덕에 굳이 고칠 필요를 못 느꼈다. 다 썼으면 꼭 여기 올려두라며 테이블 귀퉁이에 리모컨을 가지런히 놓던 니나의 모습이 떠올랐다.

"맛없어."

토스트를 한 입 베어 물더니 유가 얼굴을 찌푸렸다.

"맛없어? 원래는 뭐 발라 먹었는데? 잼?"

냉장고에 잼은 안 보였는데.

"아니, 마법 가루."

"그건 어딨는데?"

유는 까만 눈동자를 사선 방향으로 치켜뜨더니 "앗!" 하고 생각났다는 듯 일어섰다. 그러고는 냉장고를 열고 조미료 선반에서 "이거" 하며 병 하나를 꺼냈다. 슈거 파우더였다.

"이걸 뿌린다고?"

"응, 버터도 바르고."

"그랬구나. 어쨌든 오늘은 이렇게 먹자. 앗! 늦장 부리다 버스 놓치겠어."

어제 아침에는 뭘 먹였더라? 기억을 더듬던 아유무는 어제 아이한테 아무것도 먹이지 못했다는 사실을 깨닫고는 가슴이 쿵 내려앉았다. 지난 일주일 동안 장례식이니 칠일재니 하는 각종 절차에 쫓겨 다니느라 제대로 식탁에 앉은 적이 없었다.

우유를 먹이고 유를 번쩍 안아 올려 그대로 방으로 직진했다. 빠르게 등원복과 반바지로 갈아입히려는데 마음처럼 잘되지 않았다. 단추 하나 잠그는 데도 한나절이었다. 양말은 뭘 신겨야 하지? 니나가 봤다면 분명 한 소리 했을 것이다. '맨날 나한테 맡기더니 그럴 줄 알았다.' 아유무는 본받지 말아야 할 남편의 전형이었다. 니나도 종종 볼멘소리로 투덜댔다. '우리 집에는 아이가 둘이라니까.'

"유, 가방하고 모자 어딨는지 알아?"

유는 종종걸음으로 복도를 걸어가더니 신발장 한쪽 문을 열었다.

"아, 거기 있었구나."

의외로 애가 야무지다 싶어 아유무는 내심 감탄했다.

문을 잠근 뒤 아유무는 "좋아, 출바알!" 하고 외치며 유의 손을 잡았다. 이번 주 들어 몇 번이나 아들의 손을 잡았는지 모르겠다. 아이 특유의 보드랍고 매끄러운 살갗의 감촉이 아유무의 마음을 어루만져 주었다. 크림빵처럼 자그맣고 연약하지만, 생명력이 느껴지는 손. 아유무는 그 손을 잡을 때마다 애처로운 마음이 일면서 아이를 지켜야 한다는 의무감에 사로잡혔다. 정신 바짝 차려야지.

"아빠, 뿔."

유가 아유무의 머리를 가리키며 웃었다. 아무래도 머리에 까치집이 섰나 보다.

등원 버스가 서는 곳까지는 걸어서 채 1분도 걸리지 않는다. 분리수거함 앞에 있는 지장보살상 옆인데 그것도 그저께 어린이집에 전화해 보고서야 알았다.

이웃집 엄마들이 아유무를 알아보고 가볍게 고개를 숙였다. 동정 같기도 한 그 모호한 미소를 보고 있자니 마음이 싱숭생숭했다. 그중 한 사람, 산노미야 사에가 "안녕하세요" 하며 정중하게 고개를 숙였다. 사에는 니나와 친한 사이였는지 장례식 때 접수처를 봐주는 등 손을 보태주었다. 적당히 거리를 두는 듯한 미소하며 굽은 등 탓에 심약해 보이는 인상과는 달리 그녀는 몇 번이고 아유무의 집에 들러 그를 살뜰히 챙겨주었다.

"힘든 일 있으면 뭐든 말씀하세요."

하지만 그런 따뜻한 배려를 넙죽 받을 만큼 아유무는 넉살 좋은 성격이 못 된다. 예전부터 남한테 신세 지는 걸 어려워했다. 뭔가를 부탁하려다가도 괜히 폐만 끼치는 거 아닌가 하는 생각에 단념하기 일쑤였다.

"유, 여기 봐봐."

사에의 딸 요리코가 장난을 걸려는 듯 유의 어깨를 톡톡 두드렸다. 유가 뒤를 돌아보자 손가락으로 유의 볼을 쿡 찌르고는 웃었다. 아유무는 그 훈훈한 광경을 자상한 아버지인 양 지켜봤다. 매일 아침 이 무리에 끼어 있어야 한다고 생각하니 심란했다. 일단은 웃고 있으면 되겠지.

다른 엄마들 사이에 섞여 버스를 배웅했다. 잘 다녀와, 하고 손을 흔드는데 주변에서 유치원 행사 관련 얘기가 들려왔다. 아유무는 여름 축제 의상을 놓고 이러쿵저러쿵 열을 올리는 학부모 무리를 향해 가볍게 인사한 뒤 조용히 자리를 떴다. 여름 축제가 뭐지? 학부모도 가야 하는 건가? 궁금했지만, 물어보긴 껄끄러워서 초조한 기분만 안은 채 돌아섰다.

집에 가면 얼른 빨래부터 해야지. 빨래가 끝나면 장도 봐야 하는데. 집에 먹을 게 하나도 없었다. 거기다 서류

정리에 공과금 수납까지 할 일이 산더미였다. 매일 쌓이는 집안일만 해도 이렇게 버거운데, 앞으로는 행정적인 일이며 작은 일 하나까지 전부 혼자 처리해야 한다. 맨날 니나한테 떠넘겨 버릇해서 제대로 할 줄 아는 게 하나도 없다.

아유무는 마땅히 의지할 사람도 없었다. 어머니는 3년 전 병으로 돌아가셨고 아버지도 지금은 다른 여자와 살고 있다. 니나의 양친은 니나가 고등학생 때 헤어져 각자 새 가정을 꾸렸다. 본인도 가족 얘기는 별로 하지 않았다. 둘 다 따뜻한 가정을 만들고 싶다는 마음이 맞아서 한 결혼이었다.

타고난 내향형이라는 사실에 동질감을 느끼며 친해졌던 과거 술자리가 그리웠다. 머릿수나 맞춰달라는 부탁에 마지못해 나간 단체 미팅이었다. 아유무도 니나도 그런 자리는 난생처음이었는데, 두 사람은 처음부터 대화가 잘 통했다. "우리 좀 운명 같은데?" 하며 웃던 때가 마치 엊그제 같았다.

하지만 이내 아유무는 의문에 잠겼다. 불평 한마디 없었지만, 과연 니나는 행복했을까? 스물다섯에 아유무를 만나 스물아홉에 결혼하고 서른에 유를 낳았다. 판에 박은 듯 평범하기 그지없는 남자의 아내라는 사실이 니나에게는 어떤 의미였을까?

니나를 생각하면 묵묵히 육아와 살림을 해내던 모습밖에 떠오르지 않았다. 이럴 줄 알았다면 여기저기 자주 데리고 다니면서 더 많이 대화해 둘 걸 그랬다.

불현듯 지난 8일 내내 아유무를 괴롭혔던, 하지만 끝내 풀지 못한 궁금증이 다시 마음을 휘저었다.

니나는 그날 누구를 만나러 가던 길이었을까?

어쩌면 니나와 나눈 메시지에 힌트가 있을지도 모른다. 아유무는 메신저 앱을 열어 대화창을 올려보았다. 그러고 보니 니나는 종종 일기 대신 동영상을 찍었다. 특별한 것 없는, 낮잠을 자거나 게임하거나 산책하는 일상의 한 장면을 찍어 부지런히 아유무에게 보내주었다. 하지만 그때마다 아유무는 상투적인 답장만 적어 보냈을 뿐, 영상을 제대로 본 적은 없었다.

화면을 눌러 동영상을 틀었다. 니나의 모습은 보이지 않았지만 아유무와 유를 부르는 목소리가 들려왔다. 아유무는 휴대폰을 귀에 대고 몇 번이고 동영상을 재생했다.

"다들 여기 봐봐. 유우, 아유무우" 하며 말끝을 길게 늘이는 아내의 목소리가 그리웠다. 니나의 목소리는 언제나 온화했고, 자애로움으로 가득했다.

사람이 누군가를 잊을 때 가장 먼저 잊어버리는 게 목

소리라고 했다. 아유무는 기억을 더듬어 니나의 마지막 목소리를 떠올리려 애썼다.

하지만 생각나는 건 목소리가 아니라 말이었다.

"……씨 좀 만나고 올게."

어렴풋이 귓가에 남아 있는 니나의 말을 곱씹었다. 도대체 누구를 만나려고 했을까? 그때 누구냐고 제대로 물어봤다면 우리 미래는 달라졌을까?

그날은 일요일로 두 사람 다 쉬는 날이었다. 모처럼 점심때까지 느긋하게 잠을 자려는데 니나가 유를 좀 봐달라며 아이를 맡겼다. 분명 저녁때까지는 돌아오겠다고 했다. 냉장고에는 언제 만들었는지 두 사람이 점심때 먹을 볶음밥이 있었다. 빨래도 건조대에 걸려 있고, 유가 갈아입을 옷도 거실 소파에 놓여 있었다. 여느 때와 비슷한 주말이었지만 어딘가 평소와는 달랐다.

그래, 이제야 떠오른 거지만 표정이 미묘하게 달랐다. 니나의 얼굴에는 '해보지 뭐', '가보는 거야' 하는 결의에 찬 분위기가 어려 있었던…… 것 같다.

아유무는 그날 니나의 차림새를 떠올렸다. 흰색 셔츠에 베이지색 슬랙스, 질끈 동여맨 말총머리는 니나의 평소 스타일 그대로였다. 평소 즐겨 들던 가죽 토트백을 어깨에 걸치고 다녀올게, 하며 집을 나섰다. 일상복도 정장도 아닌 옷차림. 친구와 점심 약속이 있다고 해도, 업무 미팅에 간다고 해도 이상하지 않은 모습이었다.

니나는 집에서 20분 정도 떨어진 도서관에서 사서로 일했다. 역시 업무와 관련된 사람일까 싶었지만 애당초 니나의 인간관계가 어땠는지 잘 모른다.

하지만 이제는 알아내야 할 것 같다. 니나가 만나려던 사람이 누구든, 아내가 세상을 떠났다는 사실을 전해야 한다. 그 사람은 아직 모를 테니까. 만나기로 약속한 친구가 죽었다는 소식을 들었다면 분명 장례식에 왔을 터였다. 업무와 관련된 사람이라 해도 마찬가지다. 직장 내 누군가에게 연락을 받았을 테니까.

하지만 그 사람은 장례식에 오지 않았다. 그러니 니나의 죽음을 아직 모른다고 보는 게 맞다. 별로 안 친한 사람인가? 아니면 장례식에 올 수 없는 사이였나……. 생각하면 할수록 수수께끼였다.

아무튼 감사 인사도 할 겸 아유무는 도서관에 가보기로 했다. 아내가 어떻게 일했는지, 생전에 어떤 사람과 관계를 맺었는지 알면 뭔가 단서를 얻을지도 모른다.

아유무가 사는 요코하마시에는 크고 작은 도서관이 스무 곳쯤 되는데, 그중 니나의 직장에는 처음 가본다. 지도 앱을 보니 버스 정류장에서 내려 5, 6분 정도 걸어가면 되는 모양이었다. 도착한 도서관은 잔디밭이 정갈하게 깔린 공원 안에 있었고, 주차장도 넓었다. 정문 앞 화단도 구석구석 꼼꼼하게 관리되어 있었다.

자동문을 통과하자 도서관 특유의 오래된 종이와 잉크 냄새가 났다. 고등학생 때부터였나, 니나와 달리 아유무는 문학에 전혀 흥미가 없었다. 그래서인지 두 사람은 같은 공간에 있어도 각자 시간을 보내는 일이 많았다. 아유무는 온통 게임 삼매경이었고, 니나는 책만 있으면 몇 시간이고 같은 자리에 앉아 무섭도록 독서에 몰두했다.

“실례합니다. 하지메 니나의 남편 되는 사람인데요.”

아유무는 데스크에서 업무를 보는 젊은 여성에게 말을 걸었다. 높이 말아 올린 머리 스타일이 인상적이었다.

“아아, 니나 씨의…….”

명찰에는 ‘반’이라고 쓰여 있었다.

“일전에는 정말 감사했습니다.”

“아니에요, 니나 씨한테는 늘 신세를 많이 졌어요. 저…….”

그녀는 양손으로 입을 가린 채 말을 삼키고는 눈시울을 붉히며 천천히 고개를 숙였다. 아유무는 장례식 때 관에 매달리다시피 주저앉아 울던 사람을 떠올렸다. 아마도 이 사람인 듯했다.

"니나 씨가 쓰던 물건 모아놨거든요. 지금 가져올게요."

그러고는 어두운 표정으로 안쪽 문으로 모습을 감추더니 얼마 후, 종이봉투를 들고 다시 돌아왔다.

"오래 기다리셨죠."

코언저리가 빨갛게 부어 있는 걸 보니 울었구나 싶어 마음이 아렸다.

"감사합니다."

종이봉투에는 유와 아유무가 함께 찍은 사진이 들어 있었다. 언제 찍은 건지는 생각나지 않았다. 사진 속 아유무는 유를 무릎에 앉히고 입을 크게 벌린 채 활짝 웃고 있었다.

"그 사진이 마음에 든다면서 책상에 붙여두셨어요."

대꾸할 말을 찾지 못해 입꼬리만 살짝 올린 채 눈을 내리깔았다. 침묵이 흘렀다. 아유무는 어색한 분위기를 떨치려고 주위를 둘러봤다. 평일 도서관은 한산했다. 유보다도 어린 꼬마를 데려온 어머니나 대학생으로 보이는 청년, 적당히 시간을 보내러 온 듯한 노인 등 도서관 이용객들은 저마다 고요한 한때를 보내고 있었다.

마음 같아서는 한 명씩 찾아가 니나를 아냐고 묻고 싶었다. 하지만 과연 이들 중 몇 명이나 아내를 기억할까? 그저 책을 빌리러 올 뿐인, 극적인 사건과는 거리가 먼 이곳에서 사서 얼굴 따위를 일일이 기억하는 이는 없을 것 같았다. 아무래도 반이라는 직원한테 묻는 게 빠를 듯했다.

"저, 잠시 얘기 좀 나눌 수 있을까요?"

"네, 말씀하세요."

"아내가 죽은 날 말인데요……. 원래 그날은 아내가 근무하기로 한 날 아니었나요?"

아내는 주말에 일을 쉬었지만, 일손이 부족할 때는 이따금 출근하기도 했다.

"그날은 독서회가 있었어요. 니나 씨가 정말 의욕적으로 준비한 독서회였는데 갑작스럽게 교대를 부탁하시더라고요. 그래서 급하게 다른 직원으로 바꾸게 돼서……."

'갑작스럽게'라는 말이 마음에 걸렸다.

"다른 말은 없었나요? 누굴 만나기로 했다거나, 어딜 가기로 했다거나, 뭐든 괜찮습니다."

"죄송하지만, 저도 물어보기는 했는데 말씀을 안 해주시더라고요."

"말을 안 했다고요?"

"비밀이라면서 어물쩍 넘기셨어요."

왜 굳이 감췄을까?

"당시 아내 모습 기억나시나요? 뭔가 들떠 보였다거나 표정이 의미심장했다거나."

"음…… 평소와 다름없었어요. 할 일을 딱 마치시고 다음 주에 보자며 퇴근하셨죠."

"그렇군요."

"죄송합니다. 큰 도움이 못 돼서."

"아닙니다……."

한동안 침묵이 흐른 뒤, 아유무는 다른 질문을 했다.

"아내는 여기서 어떻게 일했나요? 뭐든 괜찮으니 알려주세요."

평소 아유무답지 않게 유난하게 구는 건 아닌가 싶었지만, 아내에 관해 자꾸만 더 묻고 싶었다.

"니나 씨는 굉장히 좋은 분이셨어요. 동료들한테도 그랬지만 여기 오는 모든 분한테 친절하셨죠. 너무 친절해서 천사가 내려온 게 아니냐고 할 만큼 인망이 높았어요."

"천사…… 요?"

과장이 지나치다 싶어 슬쩍 웃음이 나왔다.

"정보제공 서비스라고 해서 이용자가 원하는 자료를 사서가 찾아주는 경우가 있는데요, 니나 씨는 그 일을 정말 잘했어요. 조금만 힌트를 줘도 누가 쓴 무슨 책인지 금방 알아냈죠. 거기다 영화며 드라마 지식도 해박했어요. 그래서 다들 생각이 잘 안 나면 니나 씨를 찾았죠."

"아……." 아유무는 얼빠진 소리를 냈다.

"저희는 책과 사람을 이어주는 직업이잖아요. 그런데 니나 씨는 사람과 사람을 이어준달까? 지금 이 사람한테는 이런 사람이 필요하겠다는 감이 딱 오는지 이용자끼리 잘 엮어줬어요. 그것도 자연스럽게, 운명처럼."

"운명처럼요?"

"네, 때마침 만나야 할 사람이 만나는 건지, 니나 씨가 움직여서 그렇게 되는 건지는 잘 모르겠는데 나중에 보면 어느새 이용자끼리 안면을 튼 경우가 종종 있더라고요. 대단하다고 감탄하면 '우연이야 우연' 하면서 웃으셨죠. 니나 씨는 그런 분이었어요."

자신이 모르는 니나가 여기 있었다고 생각하니 기분이 묘했다. 어쨌든 적어도 니나는 사서라는 직업에 자부심을 느끼고 진지하게 임한 듯했다.

"아내는 즐거워 보였나요?"

"그럼요. 이렇게 행복한 직업은 없다고 하셨어요. 저희 일이 편해 보인다거나 무료해 보인다고 하시는 분도 많고, 뭐 실제로 무료한 것도 맞지만 니나 씨만큼은 이 일을 정말 즐겼어요."

의외였다. 아유무와 막 만나기 시작했을 무렵의 니나는 얌전하고 다소곳한 타입의 여성이었다. 그래서 임신 중에 사서 자격증을 따고 싶다고 했을 때는 니나와 어울린다는 생각도 했다.

"또 아내와 관련해서 기억에 남는 일 없나요?"

"음…… 아!"

생각났다는 듯 그녀가 가볍게 손뼉을 쳤다.

"봉봉 쇼콜라!"

마법 주문이라도 외우듯 들뜬 목소리였다.

"봉봉…… 네? 그게 뭐죠?"

"초콜릿이요. 정사각형 알루미늄 통에 든 한 다스짜리 봉봉 쇼콜라. 그게 정말 맛있었거든요. 저희는 '니나 씨의 봉봉 쇼콜라'라고 불렀는데, 모르셨나요?"

"네, 전혀."

"가게 이름을 제대로 물어볼 걸 그랬어요. 백화점 지하 매장 같은 데를 돌면서 찾아보기도 했는데 안 보이더라고요."

그렇게 말하는 목소리에 아쉬움이 묻어났다.

"그래 봐야 초콜릿인데, 맛이 그렇게 다른가요?"

"전혀 달라요. 니나 씨가 준 초콜릿은 유난히 맛있었어요."

그녀의 열띤 반응에 아유무는 살짝 압도당했다. 아유무는 간식은 무조건 과자가 최고라는 주의로, 초콜릿 같은 건 입에 대지도 않은 지 오래였다.

"저, 죄송한데."

반 사서가 눈으로 신호를 보냈다. 어느새 아유무 뒤로 이용객이 줄을 서 있었다. 사서가 능숙한 손놀림으로 바코드를 찍고 반납일을 알려주자 이용자는 별말 없이 책을 가방에 넣고 가볍게 인사한 뒤 자리를 떴다. 불필요한 행동은 없었다. 물론 대화다운 대화도 없었다. 그 일련의 흐름을 곁에서 보고 있자니 아유무는 방금 들은 니나 얘기가 모두 꾸며낸 말처럼 느껴졌다. 이런 데서 사람과 사람을 이어주다니, 대체 뭘 어떻게 했다는 걸까?

"바쁘신데 실례 많았습니다. 말씀 감사했어요. 그럼."

아유무는 인사를 하고 발길을 돌렸다. 그러나 이내 출입구에서 걸음을 멈췄다. 모처럼 왔는데 도서관은 둘러보고 가야겠다는 생각이 들었다. 관내를 메운 나무 책장은 세월의 흐름이 묻어나긴 했지만 고풍스러웠다. 군데군데 놓인 스툴도 하나같이 사용감이 있었지만 구석구석 정성스럽게 관리한 게 느껴졌다. 아유무는 니나의 잔상을 찾기라도 하듯 이곳저곳을 돌아다녔다.

열람실이라고 적힌 방 앞을 지나가다 뉴욕 양키스 모자를 쓴 사람과 부딪혔다. 두 사람은 동시에 고개를 숙였다. 상대방의 얼굴은 흘러내린 앞머리에 가려 알아보기 힘들었지만, 어깨까지 내려오는 살짝 웨이브 진 머리카락에서 시나몬 향 같은 알싸한 향이 났다.

휴대폰으로 회사 메일을 확인해 보니 몇 가지 급한 업무가 들어와 있었다. 동료에게 전화해 부탁해도 되지만 직접 하는 편이 빠를 것 같았다. 유가 어린이집에서 돌아올 때까지는 아직 시간이 있었다. 서두르면 하원 시간에는 맞출 수 있을 것 같아 일단 전철에 몸을 실었다. 절반쯤 가고 있는데, 문득 추레하기 짝이 없는 자신의 복장이 눈에 들어왔다. 상의는 목 늘어난 티셔츠에 하의는 검은 치노팬츠, 머리에는 까치집이 서 있었다. 아무리 쿨비즈 착용 기간이라고는 해도 이런 꼴로 회사에 갈 순 없었다.

내리면 편의점에서 와이셔츠라도 사야겠네.

아유무는 신주쿠에 있는 문구 제조사에서 기획 영업을 담당하는데, 작은 회사라 잡무가 불시에 떨어질 때도 있었다. 급한 대로 역 안 화장실에 들어가 머리에 물을 묻히고 단정하게 매만졌다.

점심시간이라 그런지 대로변에 있는 편의점은 어딜 가나 손님으로 붐볐다. 계산에 시간이 꽤 걸릴 것 같아 골목으로 걸음을 옮겼다. 그러다 우연히 찾은 편의점에서 와이셔츠를 발견하고는 작은 소리로 "럭키!" 하고 외쳤다. 카운터로 다가가자 앳된 얼굴을 한 점원이 무성의한 말투로 "어서 오세요……" 하고 인사했다. 아유무와 비슷한 키에 체격도 좋았지만, 구부정한 자세와 무덤덤한 표정 때문인지 어딘가 무기력해 보였다.

이 젊은 점원을 보고 있자니 '꿈꾸는 중'이라는 말이 떠올랐다. 나이는 대략 20대 후반쯤일까. 편의점은 정직원을 잘 뽑지 않으니 아르바이트생일 것이다. 연기든 음악이든 분명 다른 꿈이 있을 터였다. 그래서인지 '내가 있을 곳은 편의점 따위가 아냐'라고 주장하는 듯한 아우라가 느껴졌다.

니나와 막 사귀기 시작했을 무렵, 불쑥 이런 질문을 받았다.

"아유무步夢라는 이름은 꿈속을 걷는다는 뜻이야? 아니면 꿈을 향해 걸어간다는 뜻이야?"

아마 후자라고 대답했던 것 같다. 문득 자신에게도 꿈이라는 거창한 포부가 있었다는 사실이 떠올랐다. 나이를 먹으면서 자연스레 사라졌지만.

"봉투 필요하세요?"

점원의 목소리는 작아서 잘 들리지 않았다.

"아, 잠시만요."

아유무는 황급히 에너지드링크를 집어와 카운터 위에 올려놓고 "이것도 담아주세요" 하고 말했다. 점원은 아무 대꾸도 없이 물건을 봉투에 담더니 무뚝뚝한 표정으로

"감사합다" 하며 그에게 봉지를 내밀었다.

편의점을 나와 와이셔츠를 걸쳤다. 이마에서는 땀방울이 뚝뚝 떨어졌다. 목덜미와 등에도 땀이 흥건했다.

"아, 집에 가면 리모컨부터 찾아야지. 맞다. 빨래도 남았는데."

아유무는 혼잣말을 하면서 에너지드링크 뚜껑을 따고 음료를 단숨에 입안으로 털어 넣었다.

업무를 마치고 전철을 탔다. 역에서 내려 저녁거리를 사러 곧장 가까운 슈퍼로 향했다. 아유무는 결혼 전까지 부모님과 함께 살았기 때문에 요리다운 요리는 해본 적이 없었다. 레토르트 식품을 집어 들었다가 도로 내려놨다. 볶음밥 정도는 그럭저럭 만들 수 있을 것 같아 채소 매대로 향했지만 막상 보니 뭘 사야 할지 몰랐다.

니나는 뭐든 척척 잘 만들었는데. 식탁에는 다양한 색감의 식재료가 접시에 보기 좋게 담겨 올라오곤 했다. 그 정도 가짓수를 만들려면 보통 고생이 아니었을 것이다. 설거지하기 힘들다고 투덜대긴 했어도 가족에게 채소를 많이 먹이려고 고심한 티가 났다. 밑반찬 레시피 동영상을 보며 감탄사를 내뱉던 니나의 모습을 떠올렸다. 아이를 키우며 회사 일에 살림까지 도맡아야 한다니. 과연 아유무 자신에게 그런 능력이 있을까? 그간 너무 당연해서 아내의 고마움을 잊고 살았다.

집에 돌아오자 3시가 조금 지나 있었다. 아유무는 식재료부터 냉장고에 넣은 뒤 곧바로 리모컨을 찾기로 했다. 니나가 세상을 뜬 지 불과 일주일 만에 집 안은 도둑이 든 것처럼 엉망진창이 되어버렸다. 아무렇게나 벗어둔 옷가지와 속옷이 어지럽게 널브러져 있고, 서류며 봉투는 더 이상 둘 곳도 없을 만큼 쌓인 데다 식기는 싱크대에서 점점 불어나 초파리가 꼬였다. 게다가 더위는 견딜 만한 수준이 아니었다. 일단 닥치는 대로 집 안을 헤집어보는 수밖에. 창문을 열고 침실에서 선풍기를 가져와 틀었다. 좋아, 하며 아유무는 수건을 머리에 둘렀다.

한 시간 동안 찾았지만, 끝내 리모컨은 나오지 않았다. 찾는 동안 세탁기를 돌려둘 걸 하고 후회했지만 이미 늦었다. 아유무는 새삼 일머리의 중요성을 실감했다. 우왕좌왕하는 사이 유를 마중 나갈 시간이 되었다. 등원 버스 시스템은 어린이집까지 아이를 데리러 가도 되지 않아 편하지만 학부모 사정까지 고려해 주진 않는다. 버스는 정해진 시간에 정해진 장소로밖에 오지 않으니까. 아유무는 터벅터벅 아파트를 걸어 나왔다.

'아이가 하나 더 있으면 좋을 텐데.'

'유 초등학교 올라가면 우리도 집 짓자.'

니나는 곧잘 그런 말을 꺼냈다.

좀 있으면 여기도 이사 가야지. 유와 둘이서 지내기에 방 세 개짜리 집은 너무 넓었다.

아침에 마주친 학부모들과 인사를 나눴다. 오늘만 두 번째였다. 이사 가면 어린이집도 옮겨야 하는데. 그러면 또 번거로운 절차를 밟아야 한다. 어느 쪽이건 성가시기는 매한가지였다.

"아빠아!"

동물 그림이 새겨진 꼬마 버스가 천천히 멈추더니 유가 씩씩하게 내리며 아유무를 불렀다. 여기저기서 외치는 '엄마' 소리에 유의 목소리가 묻힐 뻔했지만, 아유무는 한달음에 달려가 머리를 쓰다듬어 주었다. 그러자 유가 아유무의 무릎을 양손으로 감싸며 매달렸다.

"어린이집에서 재밌게 놀았어?"

"목말 태워줘."

"지금?"

"응."

"위험하니까 그건 집에 가서 하자."

"싫어, 지금 여기서 해줘!"

유는 아유무의 손을 막무가내로 잡아당겼다. 지금 여

기서 목말을 태우면 엄마들의 시선이 두 사람에게 쏟아질 것이다. 애써 밝은 척한다며 동정하진 않을까. 아유무는 불쌍하다 여겨지는 게 싫었다.

"아빠, 빨리!"

유가 자꾸 보챘다. 아유무를 올려다보는 유의 똘망똘망한 눈망울을 보고 있자니 가슴이 조여왔다. 아유무는 될 대로 되라는 심정으로 유를 어깨에 올렸다. 이럴 때는 어리광 좀 받아줘도 되겠지.

"으라잇차!"

"와아, 디게 높다!"

유가 큰 소리로 외쳤다. 다른 아이들이 부러운 눈빛으로 두 사람을 쳐다보더니 "엄마 나도", "나도 해줘!" 하며 졸라댔다. 엄마들은 순간 곤혹스러운 표정을 짓다가 금세 미소를 머금었다.

"와, 유는 정말 좋겠다."

"역시 아빠가 좋아."

"와, 유가 부럽네."

예상과는 다른 반응과 시선이 쏟아졌다. 하지만 생각보다 나쁘지 않았다.

"다들 바이바이!"

유가 머리 위로 손을 흔드는 게 느껴졌다. 의기양양한

표정이 안 봐도 눈에 선했다. 아유무는 키가 큰 편이었다. 성인이 되고서도 슬금슬금 자라더니 올해 건강 검진 때는 무려 185센티미터라는 결과가 나왔다. 그러니 유의 눈에 비친 풍경은 아주 근사할 것이다. 학창 시절, 운동에 소질이 없던 그에게 큰 키는 별 도움이 못 되었다. 하지만 오늘만큼은 큰 키가 고마웠다. 아유무는 훈훈해진 마음으로 돌아가는 발걸음을 서둘렀다. 석양이 눈부셨다.

집에 오자마자 두 사람은 "덥다, 더워"를 외치며 티셔츠를 벗었다. 온몸이 땀범벅이었다. 에어컨 리모컨의 행방은 아직도 오리무중인 관계로 두 사람은 욕실로 직행했다. 아유무는 "빨리 벗자" 하며 유의 티셔츠를 걷어 올렸다.

찬물을 틀어 다짜고짜 유의 머리에 끼얹자 유는 "앗, 차가워!" 하며 손으로 얼굴을 감쌌다. 물은 조금씩 따뜻해졌다. 적당히 미지근해진 물로 두 사람은 함께 샤워를 마쳤다. 그때 불현듯 빨아놓은 수건이 없다는 사실이 떠올랐다.

"어쩐다."

이대로 물기가 마를 때까지 기다려야 하나. 아유무가 막막한 심정으로 욕실 옆 파우더룸에 우두커니 서 있는데 유가 "수건 있어" 하며 선반을 가리켰다.

"여기에 있다고?"

선반 위에 놓여 있던 상자를 꺼내자, 안에는 아직 한 번도 쓰지 않은 증정용 수건이 들어 있었다.

"그거, 내 거."

무슨 말이지? 아유무는 고개를 갸웃하며 수건을 펼쳤다. 끄트머리에 푸른색 실로 '하지메 유'라고 쓴 자수가 보였다. 수건에 새겨진 병아리 무늬가 낯익었다.

"유가 태어났을 때 만든 건가?"

출산 기념 답례품으로 준비했던 걸 니나가 여기에 보관해 둔 모양이었다. 아유무는 수건으로 유의 머리를 털어주며 니나가 행복한 표정으로 카탈로그를 넘기던 모습을 떠올렸다.

"가려워."

유가 볼을 손톱으로 긁으며 하품했다.

"맞다. 유, 마법 크림 어딨는지 아니?"

"응, 엄마 경대."

"엄마 경대? 아아, 화장하는 거울 말이구나."

"응."

"유는 모르는 게 없구나. 그럼, 삐삐도 어딨는지 알아?"

삐삐는 리모컨을 말한다.

"알아."

유가 쌩하니 달려갔다.

"잠깐만. 아직 다 안 말렸잖아."

아유무는 대충 몸을 닦고 유를 뒤쫓아 갔다. 거실은 아까보다도 더 엉망이 돼 있었다.

"어제, 보물 상자에 **여어**놨어."

"보물 상자? 장난감 넣어두는 상자?"

유가 장난감 상자를 부스럭거리며 뒤지더니 안에서 둥근 알루미늄 통 하나를 꺼냈다. 놀이공원 기념품 가게에서 산 쿠키 케이스다. 작은 손으로 뚜껑을 열자, 그렇게 찾던 물건이 나왔다.

"찾았다!"

환호성을 지르며 아유무는 리모컨을 집어 들었다. 그러고는 곧장 에어컨을 틀어 온도를 18도까지 낮췄다. 드디어 한시름 놓았다.

"유가 숨긴 거야?"

"응."

"왜 상자에 숨겨놨어?"

"엄마가 좋아하는 영화에서 봤어. 삐삐가 사라지니까 타임머신 타고 과거로도 가고 미래로도 가고 그랬어."

니나가 좋아했던 영화가 뭐지? 타임머신이 나오는 영화면 〈백 투 더 퓨처〉일까? 그런데 그 영화에 리모컨이 나왔던가?

"타임머신 타고 엄마 만나러 가려고 했구나?"

"응, 근데 타임머신이 안 왔어."

그 영화에서는 타임머신이 찾아오나 보다.

"영화 이름이 뭔데?"

"썸머 어쩌고 했어."

"그게 뭐지? 일단 찾았으니까 됐어. 아, 시원하다. 이제 창문 닫자. 그리고 방도 치워야지?"

"응."

조금 고민했지만, 아유무는 더 이상 타임머신에 대해 캐묻지 않기로 했다. 유는 엄마의 죽음을 어떻게 받아들이고 있을까? 순간을 모면하려고 '타임머신 타고 엄마 만나러 가면 좋을 텐데' 하는 말로 위로해 봤자 유는 더 혼란스럽기만 할 것이다.

유가 벌떡 일어났다가 꽈당 하고 바닥에 자빠졌다. "아야야" 하며 엉덩이를 문지르는 유. 그런 유를 일으켜 세우려다 이번에는 아유무가 균형을 잃고 비틀거렸다.

"하하하."

아유무가 웃자 유도 웃었다. 웃자고 생각했다. 웃을 수 있을 때 웃어야겠다고 의식적으로 다짐했다.

"아빠, 고치. 털보다 털보!"

유가 놀리듯 말했다.

"그래, 털보 나가신다!"

아유무도 맞장구쳤다. 니나가 있었다면 분명 잔소리를 했을 거다. 그래도 상관은 없지만. 어쨌든 지금은 남자 둘뿐이다. 알 수 없는 희열에 들뜬 두 사람은 홀딱 벗은 채 집 안을 성큼성큼 돌아다녔다. 우호호 우호호 하는 괴성을 지르며.

창문을 닫고 어지럽게 널려 있는 옷을 연거푸 세탁기에 던져 넣었다. 서류와 봉투도 적당히 상자에 담았다. 일단 발 디딜 곳을 확보해야 했다.

"아빠, 팬티 없어."

"잠깐만, 지금 빨고 있어."

유의 옷장에서 티셔츠를 꺼내 머리서부터 입히기 시작했다.

"내 고치, 감기 들어."

"괜찮아. 팬티 금방 말려서 줄게."

네에, 하고 유는 부루퉁하게 대답하며 뺨을 긁었다. 아, 맞다. 마법 크림. 아유무는 침실로 들어가 불을 켜고 니나가 쓰던 화장대 앞으로 갔다. 서랍을 열자 마법 크림이 보였다. 패키지를 들어 살펴보니 '레스큐 크림'이라고 적혀 있었다. 아무래도 마법 크림은 정식 명칭이 아니었나 보다.

"아빠, 이거 봐봐."

때마침 유가 들어와 알루미늄 통 속에서 민들레 홀씨처럼 생긴 물건 하나를 꺼내 보였다.

"그게 뭐야?"

"케**타**란파**타**란."

아유무는 물건을 살펴보며 유의 머리를 쓰다듬었다.

"유 보물이야?"

"응."

서랍을 닫으려는데 유가 "어? 엄마 보물 상자다" 하고 말했다.

아유무는 밀어넣으려던 서랍을 도로 열었다. 서랍 안쪽에 정사각형 모양의 알루미늄 통이 들어 있었다. 유의 보물 상자보다 살짝 컸다.

"이게 엄마 보물 상자야?"

"응, 엄마도 소중한 거 여기에 **여어**놔."

규슈에서 자란 니나는 '넣어'를 '여어'라고 말했다.

"아빠가 봐도 될까?"

"봐도 돼."

충격적인 비밀이 나오면 어쩌나 싶어 은근히 긴장되는 마음으로 조심스레 뚜껑을 비틀었다. 이내 딸깍하는 소리와 함께 통이 열리자 아유무는 내용물을 유심히 바라보았다.

통에는 웬 문고본이 하나 들어 있었다. 책장을 놔두고 왜 이런 데 넣어 놨지? 페이지를 몇 장 넘기자 서명 하나가 눈에 띄었다. 하지만 표지에 적힌 저자명과 서명인의 이름이 달랐다. 대체 이게 뭘까? 소설에는 취미가 없는 아유무는 도무지 짚이는 데가 없었다. 무슨 암호 같은 건가? 문고본 말고도 통 안에는 죄다 엉뚱한 물건뿐이었다. 유의 보물 상자와 큰 차이가 없었다. 부스럭거리며 계속 통을 뒤져보니 이번엔 낯익은 물건이 나왔다.

"이건 우리 회사 샤프인데."

니나가 사서 시험을 준비할 때 선물했는데, 필기감이 좋다며 마음에 들어 했던 기억이 났다. 좀 더 뒤적거리자 이번에는 술집에서 쓰는 컵 받침이 나왔다. 술집에서 니나를 처음 만난 날 아유무가 컵 받침 뒷면에 식당 약도를 그려 준 것이었다. 맛있는 백반집이 있다며 니나에게 추천한 기억이 떠올랐다. 당시 아유무와 니나는 직장이 가까워서 자연스레 다음엔 점심이라도 같이 먹자는 얘기가 나왔다.

"이런 걸 갖고 있었네. 그냥 버리면 될걸."

말은 그렇게 하면서도 아유무의 표정에 애틋함이 번졌다. 상자는 니나의 소중한 추억으로 가득했다. 잡동사니 같아 보여도 분명 물건 하나하나에 추억이 깃들어 있을 것이다. 더 이상 니나가 이 물건을 들여다볼 일은 없겠지만.

아유무는 뚜껑을 닫았다. 이 통은 원래는 무슨 용도였을까? 과자나 그 비슷한 게 들어 있었을 것처럼 생겼는데. 금색으로 코팅된 통을 뒤집자 상호명이 적힌 스티커가 보였다.

"카, 이, 라……?"

이렇게 읽는 게 맞나? 그 아랫줄에 주소가 보였다.

"유, 다음에 우리 여기 가볼까?"

아유무는 뭔가에 홀린 듯 상자 뒷면에 적힌 주소로 가보기로 했다.

그 가게는 주택가 육교 바로 옆에 고즈넉하게 자리하고 있었다. 육교 탓에 거리 폭이 좁고 계단 그림자가 가게 위로 드리워서 간판이 잘 보이지 않았다. 자세히 보지 않으면 무심코 지나쳐버릴 것 같은 아담한 가게였다. 문을 열자 시원한 공기가 훅 하고 얼굴로 끼쳐왔다. 어둑어둑하고 좁은 통로를 지나 안으로 들어가자 주인으로 보이는 사람이 "어서 오세요" 하고 아유무 일행을 맞았다. 부드러운 조명등 아래, 우아한 부인이 인자하게 웃고 있었다. 온몸으로 두 사람을 반겨주는 듯했다. 실내가 어두워서 점주의 나이는 가늠할 수 없었지만 음색으로 보아 아유무의 어머니뻘이 아닐까 싶었다.

"시원해."

유가 말했다. 확실히 바깥과는 공기가 전혀 달랐다. 선선하니 기분 좋은 공간이었다. 그리고 어렴풋이 달콤한 냄새가 났다.

"실례합니다. 여기는 뭐 하는 곳인가요?"

"후후후. 그거요."

점주는 아유무 손에 들려 있는 통을 가리켰다. 그때 가게 안쪽에서 종소리가 울렸다.

"배꼽이, 안 돼."

점주는 뒤를 돌아보며 쓴웃음을 지었다. 길고 가느다란 꼬리 같은 것이 얼핏 보였다. 고양이인가? 특이한 이름이네.

"미안합니다. 장난을 좋아하는 녀석이라서요."

점주는 웃으며 두 사람에게 유리 진열장 쪽으로 오라고 손짓했다. 아유무는 천천히 안으로 들어갔다. 조명을 받아 반짝이는 조약돌만 한 물건이 초콜릿이라는 건 금세 알 수 있었다.

아유무는 "아하, 이거구나" 하고 중얼거렸다. 도서관에서 반이라는 사서가 말했던 초콜릿 가게가 바로 이곳인가 보다.

"이 중 어느 게 봉봉 쇼콜라죠?"

아유무는 봉봉 쇼콜라가 대체 무엇인지 몰랐다.

"봉봉은 한 입 크기의 설탕 과자를 뜻해요. 거기서 파생해서 한 입 크기의 초콜릿을 봉봉 쇼콜라라고 부르게 된 거죠."

점주는 유리 진열장 가운데에 다소곳이 놓여 있는 둥글고 각진 초콜릿들을 가리키며 설명했다.

"아, 이게 봉봉 쇼콜라인가요?"

"네, 귀엽죠?"

"그렇네요."

사실 귀엽다기보다 아름답다는 생각이 들었다.

"나도 보여줘."

유가 밑에서 보챘다. 아유무는 "그래, 그래" 하며 유를 안아 들고 유리 진열장 안을 보여주었다.

"우와, 이쁘다."

유가 흥분해서 소리를 질렀다.

"아빠, 혹시 나 음식 알레르기 같은 거 있어?"

점주도 아유무를 힐끔 쳐다봤다.

"아, 없을 겁니다."

아유무는 자신 없다는 투로 대답했다. 아마 없을 거라고 속으로 중얼거렸다.

"그럼, 시식 좀 해보겠어요?"

"그래도 될까요?"

"그럼요, 저기 앉아 계세요."

두 사람은 작은 원형 테이블을 사이에 두고 마주 놓인 두 개의 스툴에 각자 자리를 잡았다.

"이건 파는 건 아니지만……."

점주는 쑥스러운 듯 새어 나오려는 웃음을 애써 참으며 테이블 위에 접시를 올려놓았다.

"어? 스마일이다."

초콜릿을 보자 유의 표정이 환해졌다.

"후후후. 요즘 전사지를 이용한 초콜릿에 빠져서 시험 삼아 봉봉 쇼콜라에 스마일 마크를 찍어봤거든요."

돔 모양으로 둥글린 초콜릿에 찍힌 노란 스마일 마크가 두 사람을 향해 웃고 있었다.

"잘 먹겠습니다."

아유무가 조심스럽게 하나를 집어 입안으로 넣었다. 얇은 초콜릿 막이 순식간에 녹아들더니 금세 혀끝에서 딸기잼 맛이 나기 시작했다. 쫀득쫀득한 식감에 새콤달콤한 향과 풍미가 입안 가득 퍼져나갔다.

"마시따."

유가 사르르 녹는 듯한 표정을 지었다.

"그러게. 맛있다."

"라즈베리하고 리치로 만든 가나슈를 넣었어요."

점주의 설명에 아유무는 과연, 하고 고개를 끄덕였다. 잼 같은 식감의 내용물이 점주가 말한 '가나슈'인가 보다.

"초콜릿은 누가 만드시나요?"

"제가요."

"혼자서요?"

"네, 올해로 몇 년째더라. 어찌어찌 이어가고 있네요."

그렇게 말하며 웃는 점주의 눈가에 인자한 주름이 잡혔다.

"제 아내가 종종 이곳에서 초콜릿을 사 간 모양인데 혹시 아십니까? 그러니까, 머리는 긴 편이고 가끔 고무줄로 묶기도 합니다. 키는 제 가슴팍 정도 오고, 하얀 피부에 눈동자가 갈색이고, 그리고……."

아유무가 니나의 특징을 생각나는 대로 말하자 유가 "아빠, 전화기" 하고 말했다.

"아아, 그래. 그게 빠르겠다."

아유무가 휴대폰 배경 화면을 보여주었다.

"저, 이 사람인데요."

"아, 니나 씨! 저희 단골손님이에요. 남편분이시군요? 그리고 아드님, 유 맞죠?"

점주가 상냥하게 웃으며 말했다. 유의 이름을 알고 있다는 건 상당히 가까웠다는 뜻이다. 어쩌면 그날, 니나는 이 여성을 만나러 가던 길이 아니었을까.

"아내는 열흘 전에 세상을 떠났습니다."

아유무는 입술을 깨물었다.

"세상에……."

점주는 말을 잇지 못했다. 혈관이 불거진 손으로 입을 틀어막고 눈을 부릅뜨더니 금세 눈물을 뚝뚝 흘리기 시작했다.

"죄송합니다. 몰랐어요."

점주는 목멘 소리로 사과하며 티슈로 눈가를 찍어 눌렀다. 몇 번인가 자신을 다독이듯 "응응" 하고 중얼거리면서 티슈를 몇 장이나 적셨다.

"니나 씨는 어쩌다가……?"

호흡을 가라앉히고 자신을 진정시키고 나서야 점주는 자초지종을 물었다.

"급성 심부전이었습니다."

"아니, 아직 한창인데……."

점주는 양손으로 얼굴을 감쌌다. 아유무는 그런 반응

에 조금은 익숙해진 자신을 깨닫고는 낙담했다. 아내가 세상을 떠난 뒤, 몇 명한테나 이 병명을 전했을까? 아유무의 설명을 들은 이들은 하나같이 똑같은 말을 입에 담으며 허망한 표정을 지었다.

"아내는 그날 만날 사람이 있다면서 외출했어요. 혹시 이곳에 오려고 했던 건 아닐까요?"

점주는 아유무 쪽은 보지도 않은 채 고개만 가로저었다. 마치 그럴 리 없다고, 아유무의 짐작을 부정하는 듯했다.

"하지만, 달리 짚이는 사람도 없어서요."

"니나 씨는 늘 퇴근길에 불쑥 들르는 식이었어요."

이번에는 아유무의 눈을 바라보며 천천히 타이르듯 말했다.

"그럼, 니나는 대체 누굴 만나러 간 거죠? 그 사람은 왜 니나의 장례식에 오지 않았을까요……."

아유무는 맥이 탁 풀리는 것 같았다.

"저도 생각해 볼게요. 우리의 숙제군요. 그러니 얼굴을 들어요."

아유무는 고개를 떨구듯 끄덕였다. 그게 최선이었다.

"아빠?"

걱정스러운 표정으로 유가 아유무를 불렀다.

"응, 미안."

마음을 가다듬고 천천히 자리에서 일어났다.

"아내가 늘 샀던 초콜릿으로 하나 주세요."

아유무는 알루미늄 통을 달그락거리며 흔들었다.

점주는 눈가를 지그시 누르며 유리 진열장을 열었다.

"이거예요."

열두 개들이 초콜릿, 한 다스짜리 봉봉 쇼콜라였다. 형태도 장식도 제각각인 초콜릿이 마치 보석처럼 빛을 발하며 반짝이고 있었다.

"행복을 빌어주고 싶은 사람에게 이 초콜릿을 주세요."

"행복이요?"

아유무가 행복을 빌어주고 싶은 사람. 그 사람은 이제 없는데…….

"지금 가장 먼저 떠오른 사람이 누군가요?"

"아내요."

"그럼, 니나 씨에게 이걸 주세요."

그렇게 말하고는 점주가 금색 포장지를 펼쳐 초콜릿을 싸기 시작했다.

"가게 이름은 카이라라고 읽나요?"

"사 이라Ça ira."

점주는 원어민 같은 발음으로 알려주었다.

"사 이라…… 사 이라." 아유무는 입속에서 초콜릿을 굴리듯 단어를 중얼거렸다.

"프랑스어로 '괜찮아', '어떻게든 될 거야', '잘될 거야' 라는 뜻이에요."

아유무는 저도 모르게 눈시울이 뜨거워졌다. 콧속이 찡하더니 따뜻한 액체가 볼을 타고 흘러내렸다. 이내 걷잡을 수 없이 눈물이 흐르기 시작하자, 달리 막을 방도가 없었다. 유가 건네준 꼬깃꼬깃한 손수건을 고맙다며 받아 들고는 얼굴을 훔쳤다. 슬퍼서 눈물을 주체하지 못한 게 아니었다. 점주의 말이 지금 유와 자신에게 너무나 필요한 말이었기 때문이다.

아유무는 무의식적으로 유의 손을 꼭 잡았다. 그러자 무척 마음이 놓였다. 니나와 이어진 듯한 착각마저 들었다.

니나가 어디로 가려고 했는지 이제 더는 알 수 없다. 하지만 생전에 다정하게 지냈던 누군가에게 니나의 죽음을 전할 수는 있다.

조금씩 가면 돼. 이렇게 둘이 걸어가는 거야. 니나를 생각하면서.

아유무는 유의 손을 잡고 "괜찮아, 어떻게든 될 거야. 잘될 거야"라고 되뇌었다.

2장 깜짝 이벤트가 싫은 오랑제트

하지메 니나

"혼자서 정말 괜찮으시겠어요?"

후배 반이 물었다.

니나는 "응, 맡겨만 줘" 하고 자신만만하게 대답했다.

"많이 신청하면 좋겠어요."

반은 가벼운 응원과 함께 니나의 컴퓨터 메신저 화면에 '아자!'라고 쓰인 이모티콘을 띄웠다.

"땡큐."

니나는 두 달에 한 번 이곳 도서관에서 열리는 독서회 준비에 여념이 없었다. 독서회는 셋째 주 일요일 오후 1시부터 2층 회의실에서 열리는데, 행사가 바로 다음 주라

준비에 박차를 가하고 있었다. 예전에는 월에 한 번이었지만, 참가자가 너무 줄어서 격월로 바꿨다.

원인은 SNS 사용이 활발해지고 소모임이 붐을 이루면서 여기저기 독서회가 늘어난 탓이다. 해시태그로 독서회를 검색하면 꽤 많은 모임이 뜨는데, 최근에는 비대면 방식이나 소개팅을 겸한 독서 모임 등 형태도 다양해졌다.

하지만 니나는 앞으로도 독자가 직접 모임에 참석하는 기존 독서회 방식을 고수할 생각이다. 독서회의 가장 주된 활동은 자신이 좋아하는 책을 마음껏 소개하는 것이다. 참가자는 마치 자신이 그 책의 판매자라도 된 듯 손짓, 발짓까지 동원해 열정적으로 발표한다. "아, 당장 읽고 싶다. 서점에 들러야지"라는 반응이 나오면 발표는 대성공이다. 물론 이곳은 도서관이니 발 빠른 사람이 먼저 빌려 가겠지만.

참가자 연령대는 10대부터 60대까지 폭넓다. 모두 처음에는 "낯을 가려서 남 앞에서 말하는 건 좀……"이라며 독서회 모집 포스터 앞에서 주저한다. 그러면 니나가 이렇게 말한다.

"괜찮아요. 좋아하는 책을 간단히 소개해 주시면 나중에는 제가 질문을 드릴 거예요. 누가 주인공이고 어떤 장면이 가장 좋았는지 정도만 말해주세요."

그러면 대부분은 "그럼, 한번 해볼까?" 하며 신청한다. 우선은 흥미를 갖게 하는 게 중요하다.

SNS에 그다지 익숙하진 않지만, 업무의 일환이라고 생각하며 최근에는 조금씩 업데이트 빈도를 늘리고 있다. 독서회 계정을 만들어 '책의 숲에서, 니나'라는 이름으로 소소한 일상을 글로 엮어 올린다. 이따금 댓글이나 '좋아요'가 달리면 살짝 뿌듯하기도 하다.

"어머, 이런 게 왔네."

니나가 화면을 클릭하다 얼떨결에 쓴웃음을 지었다.

"왜요? 또 이상한 DM 왔어요?"

반이 컴퓨터를 쳐다보면서 물었다.

"아니, 내가 이 영화 좋아한다고 올렸더니 같은 작품으로 공연을 올린다면서 보러 오라네."

"누가요?"

"극단 사람."

"오오, 공연이라면 뮤지컬이요?"

"글쎄. 잘 모르겠네. 어쨌든 엄청 궁금하다."

"흐음."

반은 그다지 관심 없다는 듯 "아, 스카치테이프 좀 빌릴게요" 하며 데스크를 빠져나갔다. 근처 주민이 부탁한 반려견 실종 포스터를 현관 앞에 붙이고 있던 모양이다.

어떤 영화인지 정도는 좀 물어봐 주지. 만약 물어보면 얼마나 재밌는 영화인지 못해도 두 시간은 떠들었겠지만.

〈썸머 타임머신 블루스〉는 대학의 SF 연구 동아리 멤버들이 에어컨 리모컨이 망가지자 타임머신을 타고 '어제'로 돌아가 망가지기 전 리모컨을 되찾아 오려다가 잇달아 소동에 휘말리며 좌충우돌하는 도미노 게임 같은 청춘 SF 코믹물이다. 니나는 이 영화를 정말 좋아해서 아들 유와 종종 집에서 보고는 했다.

유는 리모컨이 없어지면 타임머신이 날아오는 줄 알고 곧잘 리모컨을 보물 상자에 숨기며 장난을 쳤다. 그때마다 아유무는 짜증 섞인 목소리로 "니나" 하고 불렀다.

"그 공연 보러 가실 거예요?"

반이 현관에서 돌아와 물었다.

"아니, 그날 독서회가 있어."

니나는 달력을 보며 대답했다.

"아쉽네요."

"괜찮아. 재밌는 건 마지막까지 아껴두는 법이니까."

전혀 아쉽지 않은 투로 건네는 반의 위로에 니나는 쓴웃음을 지으며 공연에 초대한 극단 사람에게 감사 인사를 담은 정중한 거절 DM을 보냈다.

"아, 맞다. 그 책도 구매 목록에 넣어야겠죠?"

"그 책이라니, 무슨 책?"

"왜, 요즘 잘나가는《좌우명 파는 남자》라는 에세이 있잖아요. 불티나게 팔리나 봐요."

"아, 그 적당히 아저씨?"

"맞아요. 온라인에서 완전 화제예요. '적당히요' 같은 말이 유행이라니 좀 웃기죠?"

화제가 된 계기는 한 인터뷰 때문이었다. "타인의 좌우명을 어떻게 정하세요?"라는 질문에 남자가 "적당히요"라고 대답한 것이다. 약간 경박하면서도 사투리 같은 구수한 억양과 '적당히'라는 단어의 의외성이 맞물려 그는 순식간에 대세로 떠올랐다.

"뭐, 그래도 그 사람 해석은 괜찮더라."

"네?"

반이 고개를 갸웃했다.

"'적당히'라는 게 아무렇게나 되는대로 한다는 뜻이 아니고 '어지간히'나 '딱 알맞은 정도'로 한다는 의미로 쓰는 거라고 했거든."

"그래요?"

반은 눈을 동그랗게 떴다.

"응."

최근 일본어는 단어의 쓰임새가 점점 달라지는 추세

다. '괜찮아'나 '전혀'도 부정과 긍정의 의미를 모두 지니고 있고, '적당히'도 부정적일 때와 긍정적일 때 양쪽에 다 쓰인다.

"아, 그러고 보니 이번에 역 앞 서점에서 사인회 겸 좌우명 지어주는 이벤트를 연대요."

"그거 아무나 가도 되는 거야?"

"글쎄요. 예약 같은 걸 해야 하지 않을까요?"

"그러려나?"

"니나 씨, 받고 싶어서요?"

"응, 가능하면."

"아, 아깝다. 이미 예약 종료래요."

반이 휴대폰 화면을 보며 한숨을 내쉬었다.

최근에는 적당히 아저씨가 써준 좌우명을 지갑에 넣고 다니면 행운이 온다는 소문까지 돌고 있었다. 대체 뭐 하는 사람일까? 니나는 그의 사람 좋은 미소를 떠올리며 궁금해했다. 적당히 아저씨는 늘 머리에 두건을 두르고 다니는데 묶는 법이 독특해서 예능에 나올 때마다 다른 출연진에게 놀림을 받았다. 그때마다 그는 이마를 가릴 요량으로 쓰는 거라고 했다.

"아, 니나 씨. 저 학생……."

반이 니나의 어깨를 톡톡 두드리며 말했다. 반이 가리

키는 방향을 보니 마히로가 열람실 앞에서 난처한 표정으로 몸을 비틀고 있었다. 니나는 황급히 데스크 밖으로 나갔다.

"무슨 일이야?"

"아, 니나 씨. 옷에 뭐가 걸린 것 같아서요."

보아하니 문에 티셔츠 자락이 껴서 오도 가도 못 하고 있던 모양이다.

"아아, 잠깐만 기다려."

니나가 조심스레 잡아당기자 티셔츠는 의외로 쉽게 빠졌다. 마히로는 스트리트 계열의 스타일을 좋아해서 요즘 한창 유행인 카고바지나 헐렁한 데님을 종종 입는다. 팔다리가 길고 얼굴이 작아서 어떤 옷이든 찰떡같이 소화한다. 즐겨 쓰는 야구 모자는 뉴욕 양키스. 그 밑으로 어깨까지 내려오는 곱슬머리가 참 잘 어울린다. "타고난 곱슬이에요" 하며 덧니를 드러내고 웃을 때는 천진한 소년 같아 귀엽기까지 하다.

마히로는 시각장애인으로 열람실을 자주 이용한다. 점자 공부를 위해 일주일에 두 번 정도 도서관에 들르고 있다. 최근에는 오디오북에 관심이 생겨 직접 만들어보고 싶다고도 했다. 이제 도서관 정도는 지팡이 없이도 다닐 수 있지만 아무래도 한 번씩 사람과 부딪히는 일이 생긴다. 이따금 뛰어다니는 애들하고 정면으로 부딪히기도 하는데, 좀 위태위태하다.

마히로는 중학생이라고 해도 믿을 만큼 어려 보이지만, 올해로 스무 살이란다. 초등학생 때 시력을 잃어 지금은 빛만 어렴풋이 느낄 뿐 앞은 거의 보이지 않는다고 들었다.

"니나 씨, 이거 어제 제가 녹음한 건데 좀 들어주실래요?"

마히로는 그렇게 말하더니 자기 귀에서 이어폰을 빼 니나에게 건넸다. 이어폰을 귀에 꽂자 곧바로 음성이 흘러나왔다.

"어? 이거 아사노 아쓰코의 《배터리》 아냐?"

"역시 바로 아시네요."

최근에는 구독 서비스로 오디오북을 듣기도 한다. 소설의 경우, 작품당 6, 7시간이면 다 들을 수 있다. 하지만 아직 작품 수가 적다. 유명한 작가의 유명한 작품밖에 없는 것이 현실이다.

"어? 근데 목소리 바뀠어?"

"네, 보이스 체인지 기능을 써봤어요."

마히로는 자신의 목소리가 별로 마음에 안 드는지 누가 자기 대신 녹음 좀 해줬으면 좋겠다며 투덜대곤 했다. 니나도 본인 목소리를 그다지 좋아하지 않는다. 그저 어색해서 그런 거겠지만, 누구든 녹음된 자기 목소리를 들으면 평소 생각하던 목소리와 달라 거부감을 느낄 것이다.

"니나 씨는 특별히 좋아하는 목소리 있어요?"

"글쎄, 낮고 차분하면서 약간 허스키한 목소리가 좋던데."

우리 남편처럼, 하고 자랑하고 싶은 마음을 참으며 니나가 대답했다.

"최근에 이런저런 오디오북을 듣고 있는데요. 귀에 착 감기는 목소리가 있고, 그렇지 않은 목소리가 있잖아요."

"귀에 착 감기는 목소리라. 생각도 안 해봤는걸."

"아무래도 좋아하는 목소리로 듣고 싶잖아요. 그래야 듣는 재미도 커지고요."

"그야 그렇지."

대답은 그렇게 했지만, 니나는 오디오북을 별로 듣지 않아서 딱히 할 말이 없었다.

"고음에 생기 있고 약간 울리는 목소리가 좋아요. 달콤한 목소리랄까, 본능적으로 딱 마음에 드는 목소리가 있어요."

마히로가 눈을 감으며 말했다. 니나는 길게 뻗은 그의 속눈썹을 홀린 듯 바라봤다.

"아하. 마히로는 목소리로 사랑에 빠지는 타입이구나?"

"그야 지금 저한테는 목소리가 중요하니까요. 옛날에는 얼굴만 보고 좋고 싫고를 바로 판단했지만."

마히로는 겉보기와는 달리 애늙은이처럼 말하는 면이 있다. 아직 한창 어리건만 옛날에는 어땠다는 식으로 말하는 게 좀 의외였다.

"하하, 그러게. 나도 얼굴로 고르는 타입이었는데."

니나는 아유무의 얼굴을 떠올렸다. 결코 꽃미남도 아니고, 이목구비가 균형 잡힌 것도 아닌데 왠지 모르게 처음부터 끌렸다. 뭐지? 이 무해함의 표본 같은 미소는? 남편의 얼굴을 보고 있으면 절로 해사한 웃음이 지어졌다.

다시 데스크로 돌아와 컴퓨터를 켰다. SNS를 확인하니, 독서회 예약이 한 건 들어와 있었다. 스무 살 남자라. 직업란에는 학생이라고 쓰여 있었다. 마히로와 친해지면 좋을 텐데. 순간 니나는 괜한 오지랖을 부리는 아줌마 같은 자기 모습에 흠칫 놀랐다.

"니나 씨, 이 책 어떻게 할까요?"

반이 책을 펼치더니 떨떠름한 표정으로 물었다. 기증받은 책에 낙서가 있는 모양이었다.

"어디 봐봐."

니나가 가까이 다가가자 반이 짜증 난다는 듯 표지 안

쪽을 보여주며 말했다.

“아니, 애거사 크리스티 책에 자기 사인을 하면 어쩌라는 거예요? 대체 나나모리 나나미가 누구래요?”

눈에 익은 사인이었다.

“아, 이건…….”

니나는 말문이 막히는가 싶더니 일순 가슴이 먹먹해졌다.

“낙서가 아니야. 다 사연이 있어.”

“사연이요?”

“아냐, 아무것도. 이거 내가 가지면 안 될까?”

“그렇게 해주시면 저야 좋죠.”

반은 성가신 작업 하나를 덜어 안심했다는 듯 니나에게 문고본을 건넸다.

“틀림없이 나중에 비싸질걸. 고흐 그림에 피카소가 사인한 것처럼 희귀 아이템이 될 거야.”

어리둥절한 얼굴을 한 반을 보며 니나는 웃음을 지었다.

반이 나나모리 나나미를 모르는 건 당연했다. 그녀는 아직 무명 작가다. 게다가 이 도서관에는 그녀의 책이 단 한 권도 없다. 데뷔작이 이미 시장에서 자취를 감춘 상태라 출판사에 연락도 해봤지만, 절판됐다는 답변만 돌아왔다.

니나가 혼자 애석해하고 있는데 마침 열람실에서 마히로가 나왔다.

"저기……" 하며 니나가 어깨를 툭툭 치자 마히로는 "네?" 하며 상냥한 미소를 지었다.

"작년 가을쯤이었나, 독서회에 왔던 작가라는 여자분 기억해?"

"아아, 나나모리 나나미 씨요? 물론 기억하죠."

땀을 잔뜩 흘린 마히로한테서 알싸한 체취가 풍겼다.

1년 전, 독서회에서였다.

"죄송합니다. 홍보하려는 건 아닌데."

그녀는 자신을 '팔리지 않는 작가'라고 소개하며 민망한 듯 본인의 데뷔작을 소개했다. 귓가의 피부가 점점 딱딱해지면서 나무 껍데기처럼 돌기가 올라오는 병에 걸린 한 소녀의 이야기였다. 슬펐지만 어딘가 온기가 묻어나는 신비로운 이야기에 니나는 흥미가 동했다. 그녀는 10년도 더 전에 이 작품으로 지방의 한 문학상을 받으며 작가로 데뷔했다고 한다.

"대단하세요."

니나는 진심으로 한 말이었지만, 그녀의 표정은 어두웠다.

"아뇨, 그렇지도 않……."

그때 마히로가 끼어들었다.

"언제부터 소설가가 되고 싶으셨어요?"

"초등학생 때부터였던 것 같아요."

"와! 그렇게 오래됐다니. 계기는요?"

"선생님이 제 작문을 칭찬해 주셨는데 그게 좋았어요. 학창 시절에는 교실 구석에서 내내 노트에 글만 썼어요. 그러면 친한 친구들이 기다렸다가 제 글을 돌아가며 읽었죠. 빨리 다음 편을 읽고 싶다는 말에 신나서 정신없이 썼던 기억이 나요."

"대단하세요. 줄거리는 어떻게 구상하세요? 한 편 완성하는 데 얼마나 걸려요? 집필할 때는 역시 원고지에 만년필로 쓰시나요? 아니면 컴퓨터로? 앞으로 쓰고 싶은 이야기는……."

마히로는 속사포처럼 질문을 퍼부었다. 작가는 마히로의 질문 공세에 당황한 듯했지만 이내 뿌듯한 표정으로 하나하나 성의 있게 답변해 주었다. 흡사 인터뷰 같은 두 사람의 대화를 니나는 흐뭇한 미소로 지켜봤다.

심지어 독서회가 끝나고 사인을 해달라고 조르는 남성 참가자도 있었다. 그녀는 내키지 않는 얼굴로 볼펜을 쥐고 남성이 내민 애거사 크리스티 책에 '나나모리 나나미'

라고 적었다.

"나나모리 씨한테 무슨 일 있나요?"

마히로의 물음이 니나를 현실로 되돌렸다.

"다시 독서회에 와주면 좋을 텐데 싶어서. 책에 관해서는 정말 해박한 분이잖아."

"아, 그건 그래요. 그분만의 관점이 참 흥미로웠어요."

나나모리 씨는 자기 책을 소개할 때는 자신 없는 듯이 머뭇거리며 얘기했지만, 다른 작품에 관해 말할 때는 그 작품이 왜 훌륭한지 다양한 견해를 곁들여 설명했다. 다들 "당장 서점에 가서 사야겠어"라고 말할 정도였다.

"또 들을 기회가 있으면 좋겠다."

"아, 그분 지역 라디오에 나오던데요. 무슨 프로그램이었는지는 까먹었지만."

"어머, 정말?"

"어디서 들어본 목소리 같은데…… 하고 기억을 더듬어 보니까 나나모리 씨더라고요."

"목소리만 듣고 알았다고?"

"네, 나나모리 씨 목소리에는 설득력이 있어요. 운율감이 느껴지고 완급 조절이 탁월해서 듣다 보면 무슨 말이든 수긍하게 만드는 리듬 같은 게 있거든요."

"남의 목소리를 들으면서 리듬을 생각해 본 적은 없는

것 같아."

"제 유일한 특기일지도 몰라요. 한번 들은 목소리는 안 잊거든요. 목소리로 그 사람을 기억하는 것 같아요, 명함처럼."

"아하, 좋다. 그런 특기."

니나는 마히로의 비상한 재능에 감탄하다 문득 나나모리 씨의 소식이 궁금해졌다. 소설은 더 이상 안 쓰시는 걸까?

"그건 그렇고 니나 씨, 오늘은 선물 없어요?"

마히로가 니나의 어깨를 작은 동물마냥 콕콕 두드리며 물었다.

"후후. 이번에는 독서회 발표에서 1등 한 사람한테 주려고."

"에이, 그러면 전 불리하잖아요. 다른 사람보다 읽는 책 수가 적으니까."

"숫자는 상관없어. 마히로는 오디오북의 매력을 알려주면 되잖아."

"아, 그 초콜릿 또 먹고 싶은데……."

"하하. 열심히 해봐."

컴퓨터 화면을 켜자 아까 들어왔던 독서회 예약이 취소되어 있었다. 니나는 자기도 모르게 "아니, 왜" 하며 얼굴을 찡그렸다.

2시 반, 니나는 도서관을 나섰다. 어린이집 버스가 올 때까지 시간이 좀 남아서 '사 이라'에 들르기로 했다. 양산을 쓰고 주택가를 사뿐사뿐 거닐었다. 인적은 거의 없었다.

'사 이라'의 문을 열 때마다 흡사 딴 세상에 빨려 들어가는 기분이다. 두웅, 하고 육중한 문을 열면 느껴지는 선선한 공기. 그 안에서 희뿌연 조명 빛을 받으며 다부지게 서 있는 지요코 씨는 무척이나 신비한 기운을 뿜어낸다. 나이를 가늠하기 어려운 분위기도 지요코 씨의 매력이다. 정갈하게 땋아 올린 머리와 기모노 재질의 세련된 원피스도 분위기에 한몫한다. 세월을 견뎌낸 자의 아름다움이란 내면에서 배어 나오는 게 아닐까.

"안녕하세요."

"니나 씨, 어서 와."

"오늘도 애썼다." 마치 자신의 수고를 위로하듯 니나는 혼잣말을 했다.

"뭐 좀 마실래?"

"네."

지요코 씨는 배꼽이 툭 튀어나온 고양이와 둘이 산다.

실제로 이름도 '배꼽이'인 그 고양이는 지요코 씨의 둘도 없는 파트너인 양 늘 그녀 곁에 찰싹 붙어 있다. 지요코 씨가 외롭지 않도록. 아마 꽤 나이를 먹은 것 같은데 최근 종종 다리를 끌고 다니는 게 신경 쓰인다.

"자, 들어."

카운터 옆 작은 테이블 위에 유리잔 두 개가 놓였다.

"향기 좋다. 이건 민트 음료예요?"

"응, 민트초코 소다."

"잘 먹겠습니다."

니나가 빨대를 입에 물고 천천히 음료를 빨아들였다. 지요코 씨는 잠자코 니나의 반응을 기다렸다.

"으음. 상쾌한 게 맛있는데요."

"다행이다. 마지막에 박하 잎을 탁탁 빻아서 넣었거든. 그러면 박하 향이 확 살아나."

'사 이라'의 점주인 지요코 씨와는 우연한 기회로 알게 되었다. 몇 달 전, 어느 가전 매장 라디오 매대 앞에서였다. 직원을 찾고 있는지 주위를 두리번거리며 불안한 듯 서 있는 지요코 씨를 보고 니나는 엉겁결에 말을 걸었다.

"뭐 찾으시나요?"

직업병 탓이었는지도 모른다. 원하는 책을 찾지 못해

도서관을 이리저리 헤매는 사람을 봤을 때의 기분이랄까.

"가장 좋은 라디오가 어떤 거죠?"

"가장 좋은 라디오요? 음……."

니나는 괜한 짓을 했다며 살짝 후회했다. 여기는 도서관이 아닌 가전 매장이었다.

"제가 라디오 듣는 걸 좋아해요. 라디오 사연엔 여러 사람의 인생이 담겨 있잖아요? 어떤 사람이 사연을 보냈을까 상상하는 것도 즐겁고요. 그런데 계속 쓰던 라디오가 고장이 나서."

나중에 들은 얘기지만, 지요코 씨는 니나를 매장 직원으로 착각했다고 한다. 유니폼은 안 입었지만 워낙 말투가 싹싹하고 자연스러워서 매장 책임자인 줄 알았다고.

"잠시만 기다려 주세요……."

주위를 둘러봤지만 도움을 줄 만한 직원은 없었다. 라디오를 사본 적이 없으니 아는 게 있을 리 만무하고, 애당초 휴대폰으로 모든 걸 해결하는 요즘 세상에 아직도 가전 매장에서 라디오를 판다는 사실이 놀라웠다. 니나는 난처해하면서도 일단 추천이라고 쓰인 상품을 집어 들었다.

"이건 어떨까요? 크기도 적당하고 세련된 디자인에 가격도 합리적인 제품이에요."

큰일 났다 싶었지만, 고백할 타이밍은 지나간 후였다.

니나가 한차례 설명을 마치자, 지요코 씨는 "잘 모르겠지만 이걸로 할게요" 하며 미소를 지었다.

"그럼, 전 이만."

그렇게 발길을 돌리려던 찰나, 지요코 씨가 니나를 불러세웠다.

"잠깐만요. 사용법 좀 가르쳐줄래요?"

니나는 그제야 자신이 직원이 아닌 그저 손님이라는 사실을 털어놓으며 사과했고, 그녀에게 라디오 사용법을 설명해 주기로 했다. 그렇게 방문하게 된 곳이 '사 이라'였다.

"미안해요. 내가 기계치라."

지요코 씨는 사과하며 초콜릿과 홍차를 내주었다. 니나가 "어머, 너무 맛있다" 하며 탄성을 지르자 지요코 씨는 "다행이네요" 하며 웃었다.

"절묘해요. 이 새콤달콤한 오렌지와 초콜릿의 궁합이."

"후후. 그쪽이 말을 걸었을 때 오랑제트 같은 여자구나 하고 생각했어요."

"제 이미지가요?"

니나는 오랑제트를 집어 들고는 고개를 갸웃했다.

"보이는 것처럼 오랑제트는 설탕에 절인 오렌지에 초

콜릿을 입힌 건데, 이렇게 반반 섞인 느낌이 절반은 소녀, 절반은 어른 같은 그쪽하고 딱 어울린다고 생각했지요."

"저한테 소녀 같은 느낌이 아직 남아 있나요?"

"그럼요. 아주 멋지고 매력적이에요."

"어머, 그렇게 띄워주시니 부끄럽네요."

"아니, 이런 얘기 해주는 사람이 없어요?"

"없어요."

니나가 쓴웃음을 짓자, 지요코 씨는 자기가 얼마든지 해주겠다며 미소를 지었다.

돌아갈 시간이 되자 지요코 씨는 "행복을 빌어주고 싶은 사람에게 주세요" 하며 한 다스짜리 봉봉 쇼콜라를 내밀었다.

니나는 곧바로 아유무와 유의 얼굴을 떠올렸지만, 그들의 얼굴은 이미 행복으로 가득했다.

그날 이후, 퇴근길에 불쑥 들러 지요코 씨와 평범한 수다를 나누는 게 니나의 일상에 큰 즐거움이 되었다.

"저기, 지요코 씨. 그 얘기 좀 해주세요. 엄마 찌찌가 고장 난 이야기."

"또 그 얘기?"

그녀는 기쁜 듯이 웃었다. 지요코 씨는 본인 아들 얘기하기를 좋아했다. 귀여웠지, 하며 눈을 가늘게 뜨고서는 재밌는 에피소드를 자주 들려주었다. 어린아이는 어른은 상상도 못 할 언행으로 기쁨을 안겨주는 천사 같은 존재라고도 했다. 니나 생각에도 그랬다. 꽤 오래전 얘기일 텐데도 흡사 또래 엄마랑 자식 자랑을 주고받는 기분이 드는 게 신기했다.

"네. 몇 번을 들어도 재밌어요."

"그때가 아들이 이제 막 네 살쯤 됐을 땐가……."

박하 잎이 쓱 하고 목구멍으로 넘어갔다. 니나는 마치 수업을 듣는 학생처럼 네네, 하고 고개를 끄덕이며 진지한 표정으로 귀를 기울였다. 지요코 씨는 그리움과 사랑스러움이 뒤섞인 얼굴로 옛이야기를 읊었다.

"그래서 평소대로 젖을 빠는데 맛이 이상했나 봐. 감기에 걸려서 미각이 둔해진 거지. 그러니까 '엄마 찌찌 **고장 났어**' 하면서 난리를 치는 거야."

"아하하. 음료수 바도 아니고." 이 타이밍에 어김없이 니나가 끼어들며 한마디 거들었다.

"이 얘기를 하고 있으면 여기가 따뜻해져."

지요코 씨는 가슴팍에 손을 대고는 슬며시 애틋한 표정을 지었다. 니나는 젖을 떼는 타이밍을 놓친 지요코 씨와 아들의 이야기가 정말 좋았다.

“지요코 씨, 전 운명이나 기적 같은 걸 꽤 믿는 타입이거든요.”

“정말? 나도 그런데.”

“하지만…….”

“깜짝 이벤트는 별로.”

두 사람이 이구동성으로 외쳤다. 크크크, 저도 모르게 웃음이 터져 나왔다.

지요코 씨는 예전에 학원 선생님을 한 적이 있는데 당시 학생들이 걸핏하면 깜짝 이벤트 같은 장난을 쳤다고 한다. 한번은 “내가 눈치가 엄청 빠르거든. 그런데 전혀 몰랐던 것처럼 놀란 척 연기하기가 너무 힘든 거야” 하고 말한 적도 있다.

니나도 깜짝 이벤트는 썩 좋아하지 않았다. 준비하는 쪽의 자기 만족감이 은연중에 드러나는 게 마음에 안 들었다. 하지만 다른 사람의 웃는 얼굴을 보는 건 정말 좋아한다. 몰래 작전을 짜고 정말 우연히 일어난 일인 것처럼 시치미를 떼면서 상대방이 기뻐하는 모습을 볼 수 있다면 그걸로 족하다. 제야의 고수는 결코 자신의 존재를 드러내지 않는 법이다.

“지요코 씨가 초콜릿을 만들기 시작한 게 아드님 때문이죠?”

"맞아, 아들이 견과류 알레르기가 있었거든. 겉으로 봐선 잘 모르겠지만 밖에서 파는 초콜릿 과자는 견과류가 들어간 게 꽤 많아. 그래서 직접 만들게 됐지."

지요코 씨는 옛 기억을 회상하듯 눈을 가늘게 떴다. 그녀의 초콜릿은 사랑으로 가득하다.

"좋네요. 엄마의 손맛."

니나는 그렇게 중얼거리며 가방 속 휴대폰으로 시간을 확인했다.

"어휴, 벌써 시간이. 늘 샀던 걸로 부탁드려도 될까요? 다음 독서회 때 상품으로 주려고요."

지요코 씨는 물론, 하며 금색 포장지를 꺼내더니 '봉봉 쇼콜라 한 다스'를 싸기 시작했다. 열두 개의 보석을 한데 모아놓은 듯한 초콜릿 세트는 이곳에서 가장 인기가 좋다. 지요코 씨 본인이 소중한 사람에게 주려고 만든 것이라고 한다.

"고맙습니다. 또 올게요."

니나는 웃으며 가게를 나섰다.

어린이집 버스가 천천히 멈춰 섰다. 아이들이 "엄마아" 하고 외치며 우르르 버스에서 내렸다. 다들 귀엽지만 내 아이가 제일 귀엽다고 볼 때마다 생각한다.

"유, 내놔."

"싫어."

"그거 욘코 꺼야."

"좀만 더 보자."

무슨 일인지 유와 요리코가 옥신각신하고 있었다.

"무슨 일이야?" 요리코 엄마 사에가 끼어들었다.

"욘코 열쇠고리, 유가 가져갔어."

요리코는 자기를 욘코라고 부른다. 집에서 그렇게 불리는 모양이다.

"유, 돌려줘야지. 어서." 니나가 유를 다그쳤다.

"싫은데……."

니나의 단호한 태도에 유의 표정이 부루퉁해졌다. 할 수 없이 니나는 유의 손에서 열쇠고리를 빼냈다. 둥글고 투명한 통 속에 민들레 홀씨 같은 게 들어 있는 열쇠고리로, 스노볼처럼 생겨서 참 예쁘긴 했다.

"이게 갖고 싶었어?"

유는 여전히 부루퉁한 얼굴로 고개를 끄덕이더니 주문을 외듯 "케**타**란파**타**란……" 하고 중얼거렸다. 요즘 유는 '케사랑파사랑'에 푹 빠져서 하얀 솜털 같은 것만 보면 금세 흥분한다. 처음엔 니나도 그게 뭔지 몰라서 찾아봤더니 에도 시대부터 전해 내려오는 '미지의 생물'로, 발견하는 사람한테는 행운이 찾아온다는 속설이 있다고 한다. 일전에 유가 울고 있는 여자한테 손수건을 건넨 적이 있는데, 그때 보답으로 받은 것이 케사랑파사랑 열쇠고리였다. 많이 모으면 좋은 일이 생긴다고 믿는 눈치였다.

"아, 이 열쇠고리는 내가 만든 거야. 욘코한테는 또 만들어주면 되니까 이건 유 가지라고 해."

사에가 그렇게 말하자 요리코는 고개를 세차게 흔들며 외쳤다.

"안 돼. 못 줘!"

"아냐, 안 줘도 돼. 괜찮아. 요리코, 아줌마가 미안해. 유도 미안하다고 해야지."

"……미안."

유는 토라진 얼굴로 사과했다.

"만드는 법 알려줄까?"

사에는 요리코가 듣지 못하게 니나한테 귓속말로 물었다. 사에의 마음 씀씀이가 참 예뻤다. 요리코의 기분을 배려해서 한 행동일 것이다. 자기 마음에 든 물건을 남한테 주는 것도 싫을 텐데 하물며 엄마가 만들어준 세상에서 단 하나뿐인 물건이라면 말할 것도 없다.

"고마워. 다음에 부탁할게."

니나가 웃으며 대답했다.

"유, 이제 집에 갈까?"

금방이라도 울음을 터뜨릴 것 같은 유의 손을 슬며시 잡으며 니나가 말했다.

"엄마가 요리코 거보다 더 큰 케사랑파사랑 찾아줄게."

"정말?"

"그럼."

하얗고 털이 보송보송하면서도 손쉽게 구할 수 있는 건 그것밖에 없다. 백엔숍이나 드러그스토어에 가면 파는, 귀이개 위에 달린 그것.

"저기, 니나 씨."

사에가 부르는 소리에 니나는 걸음을 멈추고 뒤를 돌아봤다.

"언제 또 같이 점심 먹으러 안 갈래?"

"좋지. 가자."

"그럼, 16일은 어때? 일요일 점심. 가끔은 남편한테 유 좀 봐달라고 해."

사에네 집에서는 주말에 요리코를 시댁에 맡기는 일이 잦은 듯했다. 한번은 시어머니한테 딸을 뺏긴 것 같다며 푸념을 늘어놓기도 했다.

"미안, 그날은 독서회가 있어."

"그럼, 그다음 주 주말은 비어?"

"응."

"좀 상의할 게 있어서."

사에의 표정이 굳어지는 게 보였다. 니나는 귓속말로 물었다.

"또 시어머니랑 무슨 일 있었어?"

"아니, 다른 일로 좀……."

"무슨 일인데?"

"응, 그게……."

사에가 머뭇거리더니 미간을 찌푸렸다.

"그럼, 지금 라멘 먹으러 갈까?"

"정말?"

"가보고 싶은 데가 있어서. 얘기는 거기서 들으면 되니까."

"응. 고마워."

사에의 안도하는 듯한 표정을 보니 니나도 마음이 놓였다.

하지만 그날, 사에의 고민은 들어줄 수 없었다.

그뿐만이 아니다. 남은 일이 산더미인데.

말도 안 돼. 내가 이렇게 죽다니.

이래서 깜짝 이벤트는 싫다니까.

3장

한숨 나는 날 쇼콜라 기모브

산노미야 사에

"사에 씨, 진짜 잘 묶는다."

한껏 올려 묶은 요리코의 머리를 보며 니나 씨가 감탄했다.

"그래? 고마워."

사에는 새침하게 대답했지만, 속으로는 좋아서 저도 모르게 표정이 환해졌다. 아침마다 남편은 "뭘 그렇게 요란하게 묶어?" 하며 핀잔을 준다. 그때마다 여자아이는 늘 예쁘게 꾸미고 싶은 법이라며 맞받아치지만, 소용없다.

어린 시절, 사에의 엄마는 머리를 못 기르게 했다. 그리 유복한 집이 아니었던 탓에 샴푸와 수도세를 아끼려면 머리카락이 짧아야 했다. 당연히 미용실 같은 데는 보내주지도 않았다. 무딘 가위로 숭덩숭덩 잘린 머리는 늘 삐죽삐죽하게 뻗쳐 있어 창피했다.

만약 딸을 낳는다면 긴 머리를 예쁘게 땋아 귀여운 리본을 달아줘야지. 사에는 늘 생각했다.

"좋겠다. 딸 키우는 재미라는 게 이런 건가 봐."

니나 씨 말투에 빈정거리는 기색은 없었지만 사에는 은근히 쑥스러웠다.

"그치만 엄마는 맨날 화내."

요리코가 옆에서 투덜댔다.

"그건 네가 가만히 안 있으니까 그렇지."

펠트와 비즈로 장식한 머리핀 위치를 고쳐주며 사에는 웃는 얼굴로 대꾸했다. 머리핀도 사에가 만든 것이었다. 예전부터 수공예처럼 손으로 뭘 만드는 걸 잘했다.

등원 버스가 떠나자 사에는 긴 숨을 내뱉고는 말했다.

"있잖아, 다음 점심 말이야, 여기 어때?"

사에는 인스타에 저장한 음식점 사진을 니나 씨에게 보여주었다.

"와, 맛있겠다. 런치 세트 시키면 디저트랑 커피도 주네?"

니나 씨의 밝은 표정에 사에는 마음이 놓였다. 두 사람은 한 달에 한 번 정도 함께 점심을 먹는다. 인스타그램에서 요즘 뜨는 가게를 찾으면 사에가 같이 가자고 제안한다. 니나 씨가 먼저 가자고 한 적은 없다. 내심 먼저 얘기를 꺼내주길 바랐지만 좀처럼 거리가 좁혀지지 않았다. 그래도 남모르게 둘만 먹는 점심은 방과 후 딴 길로 새는 듯한 특별한 느낌을 주었다.

니나 씨는 사에의 푸념에 "힘들겠다" 하고 맞장구를 쳐 준다. 사에도 딱히 정답이나 조언을 원하는 건 아니기에 그저 들어주는 것만으로도 고맙다. 거기다 다른 엄마들한테 떠벌리는 일도 없어서 마음 놓고 얘기할 수 있다.

니나 씨는 규슈 태생으로 대학에 진학하면서 상경했다고 한다. 전 직장은 도쿄였는데 결혼하고 이 동네로 이사왔다고 했다. 도심까지 전철로 약 30분. 물론 집에서 역까지 차로 20분쯤 걸리긴 하지만, 교통편 좋고 대형 쇼핑몰에 레저 시설도 풍부한 데다 시세도 나쁘지 않고 치안도 좋아서 최근에는 '아이 키우기 좋은 지역' 순위에도 이름을 올렸다. 그 덕인지 여기저기 신축 아파트가 경쟁하듯 들어서고 있었다.

"우리 그이, 내가 전 직장으로 돌아가는 걸 싫어해."

"아니, 왜?"

"예전에 회사 다니면서 우울증을 앓은 적이 있는데, 또 그렇게 될까 봐 걱정되나 봐. 근데 그건 전전 직장에서 있었던 일이거든. 게다가 벌써 몇 년 전인데."

"걱정해 준다는 건 사랑받는다는 뜻 아냐?"

니나 씨는 늘 이런 식이다. 부정적인 일을 긍정적인 일로 바꿔버린다.

"하지만 그건 날 믿지 못한다는 뜻이잖아?"

"사에 씨, 지금 남편 회사에서 사무 일 보고 있지? 그건 믿으니까 맡기는 거잖아?"

"아냐, 그런 거. 딴 사람 고용하느니 날 부려먹는 쪽이 싸게 먹히니까 그런 거지."

이럴 때면 저도 모르게 꼭 목소리가 커졌다.

"난 부럽기만 한데. 우리 남편은 꼭두새벽에 나가서 한밤중이나 돼야 들어오니까 거의 얼굴을 못 봐."

'얼굴을 못 봐'라고 말하는 순간 니나 씨 얼굴에 쓴웃음이 스쳤다. 보고 싶어도 볼 수 없는 데서 오는 애틋한 감정이 아직 남편에게 남아 있다는 뜻이다.

니나 씨는 외로워서 일하는 거라고 말했지만 그건 아닌 듯하다. 그저 사에를 배려하느라 한 소리일 뿐 실제로 니나 씨는 일을 즐기고 있었다. 분명 보람도 느낄 것이다. 사에는 부러웠다. 자신도 니나 씨처럼 누군가에게 도움이 되는 일을 하고 싶었다.

니나 씨의 남편에 대한 기억은 흐릿하다. 어딘지 모르게 존재감이 약한 사람이었다. 훌쩍 큰 키에 자상해 보인다는 느낌 정도. 실제로도 자상한 사람 같았다. 니나 씨 입에서 남편 험담을 들은 적이 한 번도 없었다. "우리 남편이" 하며 은근슬쩍 푸념하듯 운을 떼지만, 종국에는 남편 자랑으로 끝난다. 이러니저러니 해도 부부간에 사이가 좋고 서로 신뢰하는 느낌이다. 점심을 먹는 중에도 몇 번이고 니나 씨의 남편한테서 라인이 왔다.

"점심으로 생선조림 정식 먹었대. 짓궂어, 괜히 눈치 주는 거야. 내가 집에서 생선조림을 안 해주거든. 우리 집은 오로지 생선구이야."

니나 씨는 호쾌하게 웃으며 말했다. 사에는 자신의 휴대폰을 보며 "우리 남편은 라인 같은 거 보내지도 않아" 하고 중얼거렸다.

사에의 남편은 부모님께 가업으로 물려받은 자그마한 제면소를 운영하고 있다. 막 사귀기 시작했을 당시, 남편은 대형 여행사에서 영업직으로 일하고 있었다. 가업은 잇지 않겠다는 말에 안심하고 결혼했건만 요리코가 태어났을 무렵 결국 제면소를 물려받기로 했다. 지금은 세 식구가 시댁 근처 아파트에서 지내고 있지만 언젠가는 단독주택에서 살고 싶다. 남편은 일을 좋아한다기보다 오기를 부리는 듯하다. 회사를 키워야 한다는 부담감 때문인지 늘 초조해하고 사에의 말에 귀를 기울일 여유가 없다.

"저기, 니나 씨. 잠깐 시간 돼?"

사에는 평소 이런 식으로 일상의 울분을 털어냈다. 니나 씨의 긍정적인 말과 태도를 격려 삼아 하루를 겨우 버티며 지냈다. 자신도 저렇게 발랄하게 살 수 있다면 얼마나 좋을까 싶었다.

그런 니나 씨가 세상을 떠났다.

급성 심부전이었다고 한다. 아직 서른넷이었는데. 사람은 이렇게 허망하게 죽기도 한다. 아무 예고도 없이.

니나 씨가 세상을 뜨기 일주일쯤 전, 애들을 데리고 한 라멘집에 갔다. 동네에서 노부부가 운영하는 작은 가게로 사에도 선대 때부터 드나들던 곳이었다. 친분 때문에 종종 먹으러 가긴 하지만, 사실 특별히 맛있는 집은 아니다. 이젠 손님도 거의 없어 언제 망해도 이상할 게 없건만 끈덕지게 버티고 있는 게 용했다. 그래서 니나 씨가 그 가게에 가보자고 했을 때는 적잖이 놀랐다.

실은 둘만 있을 때 상의하고 싶었지만, 니나 씨가 먼저 제안해 준 게 고마워서 애들까지 넷이서 가기로 했다.

"조금 이르지만, 저녁으로 할까?"

사에는 니나 씨가 하자는 대로 했다. 여태껏 넷이 밥을 먹으러 간 적이 없어서인지 유도, 요리코도 평소보다 들떠 있었다. 중화 소바 2인분과 어린이용 라멘 2인분을 주문했다.

주문을 마치자 남자 점원이 "괜찮으시면 드세요" 하며 콜라 두 병을 테이블에 내려놓았다. 아무래도 니나 씨가 아는 사람인 듯했다.

"나 마시고 싶어."

유가 호기롭게 병을 잡았다.

"자, 요리코도 마셔."

니나 씨가 권했다.

"우린 괜찮아."

"치. 욘코도 콜라 마시고 싶은데."

"안 돼. 엄마가 탄산 마시면 이 녹는다고 했지!"

사에의 한마디에 일순 분위기가 싸늘해졌다. 니나 씨가 겸연쩍게 웃었다. 그 후로 요리코의 기분은 점점 더 나빠졌다. 요리코가 라멘을 엎지르는 사태가 벌어지더니 급기야 "뜨거, 뜨거!" 하며 울고불고 난리를 치는 통에 사에는 하는 수 없이 니나 씨 일행을 남겨두고 가게를 나와야 했다.

"얘기는 다음에 들을게."

다음 날 니나 씨는 그렇게 말해주었지만, 다음은 없었다. 만약 그때, 하루 정도는 괜찮다며 요리코에게 콜라를 먹였더라면 상황은 바뀌었을까? 그랬다면 이렇게 내내 답답한 심정으로 지내는 일은 없었을까?

"있잖아……."

사에는 말을 꺼내려다 말았다. 니나 씨에게 하려던 얘기를 남편한테 털어놓으려다, 대꾸조차 안 해줄 게 뻔하다는 생각이 든 것이다. 사에는 여태껏 나눴던 남편과의 대화를 떠올리며 단념했다.

하아. 한숨이 나왔다.

휴대폰을 켜서 고가네마루 씨와의 대화 이력을 살폈다. 반년 전에 보낸 메시지가 마지막이었다. 고가네마루 씨는 지금 아파트로 이사 오면서 알게 된 지인으로, 함께 불임 치료센터를 다닌 것이 인연이 되어 친해졌다. 서로 힘내자며 격려하던 시절이 그리웠다. 요리코가 태어났을 때, 고가네마루 씨는 눈물까지 흘리며 축하해 주었다. 누구보다도 사에의 마음고생을 알아주던 사람이었다.

"안아봐도 돼?"

고가네마루 씨는 어색한 손길로 요리코를 안더니 "역시 나도 낳고 싶다" 하고 중얼거렸다. 순간 가슴이 바늘로

찔린 듯 움찔했다. 무슨 말을 해야 좋을지 알 수 없었다. '먼저 낳아서 미안해'도 '힘내'도 아닌, 현명하게 상대를 배려할 말이 떠오르지 않았다.

출산 기념으로 직접 만든 기저귀 케이크도 선물받았다. 직접 만들어 줬다는 사실도 기뻤지만, 고가네마루 씨가 여느 때와 같이 자신을 대해주는 것이 무엇보다도 기뻤다. 요리코를 키울 때도 적극적으로 도와주었다. "가끔은 콧바람도 쐬어야지"라는 조언에 혼자 쇼핑을 간 적도 있었다. 요리코의 첫 목욕이며 첫 산책에도 함께해 주었다. 고가네마루 씨는 사에보다 다섯 살 위로, 올해 서른아홉이다. 하지만 외모도 젊어 보이고 감각도 세련돼서 나이 차이를 느낀 적은 없었다. 사에에게 그녀는 언니 같은 든직한 존재였다.

그런데 요리코가 어린이집을 다니면서부터였을까? 고가네마루 씨한테서 조금씩 거리감이 느껴지기 시작했다. 아파트 엘리베이터에서 만나면 인사 정도는 했지만 서로 집을 왕래하는 일은 거의 없어지다시피 했다. 작년 요리코 생일 파티 때는 와주었지만, 사에가 고가네마루 씨 집에 가려고 하면 이런저런 이유를 대며 거절하는 일이 반복되었다. 언제부턴가는 연락도 끊기고 엘리베이터에서 만나도 가볍게 인사하는 게 고작이었다.

사에는 이 일로 요즘 계속 고민이었다. 내가 뭘 잘못했나? 기분 탓이라며 지금껏 대수롭지 않게 넘기려 했지만 더는 그럴 수 없었다. 얼마 전에는 옆 동네 쇼핑몰에서 마주쳐 아는 척을 했더니 아예 사에를 본체만체했다.

고가네마루 씨는 유아용 기저귀를 품에 안은 채 계산대 앞에서 차례를 기다리고 있었다.

"아, 고……."

눈이 마주치자 고가네마루 씨는 고개를 푹 숙이더니 사에의 부름을 못 들은 척했다.

도대체 왜?

그때 받은 충격이 줄곧 마음에 남아 사에를 괴롭혔다. 고가네마루 씨는 사에가 "그 기저귀는 뭐야?" 하고 묻기라도 할까 봐 두려운 듯했다. 아직 아이는 없을 텐데. 도대체 기저귀는 어디다 쓰려는 거지?

"요새 '호호정'이 무지 인기던데?"

남편이 신문을 보며 말했다. 호호정은 니나 씨랑 함께 갔던 라멘집이다. 당시만 해도 얼마 못 가 망할 것 같은 노포였는데, 지금은 대기 행렬이 끝이 없을 정도라니 놀라울 뿐이다. 사에는 새삼 유명인의 영향력을 실감했다.

며칠 전, 요즘 한창 주가를 올리고 있는 '적당히 아저씨'가 방송에서 호호정을 소개했다. 청춘 시절이 고스란히 담긴 추억의 맛이라나 뭐라나. 맛집을 즐겨 찾는 한 예능 리포터의 극찬까지 더해져 가게는 단번에 화제에 올랐다. 지역신문에도 소식이 실리자, 호호정의 상황은 빠르게 일변했다. '연일 행렬이 끊이지 않는 핫플레이스'라는 홍보 문구가 온갖 지면을 장식했다.

"앗! 우리 제면소 얘기도 나왔어. 호호정에서는 산노미야 제면소가 생산하는 중간 굵기의 꼬불거리는 면을 고집한대. 우리 제면소도 뜨는 거 아냐?"

"그게 그렇게 쉬운 줄 알아?"

하지만 남편은 사에의 대답을 듣는 둥 마는 둥 했다.

적당히 아저씨가 이렇게까지 인기를 끄는 이유가 대체 뭘까? 사에는 기억을 더듬었다. 적당히 아저씨는 원래는 평범한 거리의 아티스트로, 지나가는 사람한테 좌우명을 지어줄 뿐이었다. 그런데 언제부턴가 그 좌우명을 지갑에 넣고 다니면 행운이 온다는 소문이 돌기 시작했다. 등장하는 장소가 매번 다르다는 희소한 속성과도 맞물려 소문은 도시 전설처럼 퍼져나갔고, 게임 속 희귀 아이템처럼 신출귀몰한 캐릭터가 대중의 관심을 자극하면서 행복을 구하는 이들이 남자를 찾아다니기 시작했다. 급기야 유행에 민감한 방송국까지 나서 남자를 찾는 데 혈안이 됐고, 끝내 그를 찾는 데 성공했다.

사에는 한숨을 푹 내쉬고는 신문에 끼워진 전단을 빼 들었다. 슈퍼마켓 할인 품목을 살피는데 불쑥 '개를 찾습니다'라고 쓰인 전단이 눈에 들어왔다. 검은색 프렌치불도그가 혓바닥을 축 늘어뜨린 채 사에를 올려다보고 있었다. 그러고 보니 이 전단, 요즘 여기저기 보이던데 아직도 못 찾았나?

"일요일 아침에 엄마가 욘코랑 쇼핑 간다고 토요일 저녁까지 애 보내래."

남편이 휴대폰을 만지작거리며 말했다.

"아니, 또?"

사에는 얼굴을 찌푸렸다. 요즘 들어 시댁에서 요리코를 너무 자주 찾는다. 거의 매주 시댁에서 재운다.

"또라니? 당신도 한숨 돌리고 좋잖아?"

"바로 요 앞인데 굳이 재울 거 있어? 일요일 아침에 내가 데리고 갈게."

"엄마도 혼자 적적하니까 그러지. 욘코 보내면 좋아할걸."

"뭐가 적적하셔?"

마당만 건너면 바로 딸내미 집인데.

"어쨌든 토요일이야. 보낼 준비 해놔."

"저기, 어머님 말인데…… 욘코 응석을 너무 받아주시는 거 같아."

사에는 이미 알고 있었다. 시어머니가 몰래 요리코에게 초콜릿을 먹인다는 걸. "엄마한테는 비밀이다" 하며 둘만 소곤거리는 소리를 듣기도 했다. 요리코 원피스에서 달큼한 초콜릿 냄새가 나는 줄도 모르고 말이다. 엄마 눈을 무슨 수로 속이겠다는 건지. 먹을 걸로 애를 꾀어내는 게 치사했다.

"뭐 어때? 손주 어리광 받아주는 건데. 당신이 너무 예민한 거야."

"내가 예민한 게 아니라, 다 욘코를 위해서……."

사에는 곧 입을 다물었다. '아이를 위한다는 부모가 가장 아이를 망치는 거야'라는 소리만 돌아올 게 뻔했다. 남편 입에서 나오는 교육론은 대부분 어디서 주워들은 말이다.

"그건 그렇고 아버님 다시 입원하셨다며? 또 경조금 내야 하나? 지난번에 3만 엔 드린 지도 얼마 안 됐는데."

이번에는 다른 화제를 꺼냈다.

"그런 건 미사코한테 물어봐."

"또 그런 식으로 어물쩍 넘어간다……."

미사코는 남편의 누이동생으로, 결혼해서 친정이 내어

준 부지 안에 단독주택을 지어 살고 있다. 결혼 당시 그녀는 땅값 굳었다며 철없는 소리를 했다. 심지어 동갑이라는 이유로 사에에게 아무렇지도 않게 반말로 말을 거는데 거북하기 짝이 없다. 새언니도 아니고 천연덕스럽게 '사에' 하고 부르며 친구처럼 군다.

게다가 걸핏하면 돈타령이다. 무슨 신축 기념이다, 출산 기념이다, 명절맞이다, 입학 기념이다, 입원비다 등등 온갖 구실로 돈을 뜯어갔다. 챙길 수 있는 건 다 챙기겠다는 주의인지. 그런 주제에 정작 본인은 동생이라는 자기중심적인 이유로 사에 부부의 결혼 축하금도 건너뛰었다. 요리코가 태어났을 때, 어린이집에 들어갔을 때 보낸 축하금과 명절 세뱃돈은 액수가 하도 적어서 황당하기까지 했다.

"아, 그러고 보니 505호 고가네마루 씨, 이달 말에 이사간대."

남편이 사에의 푸념을 미리 차단하기라도 하듯 화제를 돌렸다.

"뭐? 왜?"

"글쎄. 얼마 전에 그쪽 남편하고 우연히 술집에서 마주쳤다가 들었어."

"왜 나한텐 아무 말 안 했지?"

사에는 고가네마루 씨한테 직접 듣지 못했다는 사실에 화가 났다.

"그 집 최근에 이상한 소문이 돌던데."

"소문?"

"새벽이나 한밤중에 커다란 상자를 몰래 옮기고 다닌대."

"상자라니? 그게 무슨 소리야?"

"모르지 뭐. 차 몰고 어디로 나간다던데. 뭘 옮기는 건지, 영 수상해."

남편은 히죽거리며 기분 나쁜 웃음을 지었다.

토요일에 요리코를 시댁으로 보낸 뒤 슈퍼에서 니나 씨 남편과 마주쳤다.

"안녕하세요."

"아, 안녕하세요."

하지메 씨는 소고기 팩과 돼지고기 팩을 양손에 들고 자못 심각한 표정을 짓고 있었다. 저녁거리에 쓸 고기를 고민하는 듯했다.

"저, 돼지고기 카레하고 소고기 카레 중에 어느 게 더 맛있을까요?"

하지메 씨가 멋쩍게 웃으며 물었다.

"둘 다 괜찮을 것 같은데요."

니나 씨라면 분명 이렇게 대답했을 것이다.

"그렇겠죠. 하하."

하지메 씨는 겸연쩍게 웃으며 두 팩을 비교했다.

"그런데 오늘은 유가 안 보이네요?"

"혼자 집 보는 연습 시키고 있어요. 본인이 해보겠다길래 그냥 집에 두고 나왔어요."

"괜찮을까요?"

"어떻게든 되겠죠. 괜찮아요, 괜찮아."

하지메 씨는 자신을 타이르듯 고개를 끄덕였다.

"기특하네요."

부자가 애쓰는 모습을 상상하니 가슴이 뭉클했다.

"둘 다 넣는 것도 방법이지."

하지메 씨는 소고기와 돼지고기 팩을 둘 다 바구니에 넣었다.

"아! 혹시 저…… 보석처럼 반짝이는 초콜릿 어디서 파는지 아시나요?"

사에가 갑자기 생각났다는 듯 물었다.

"사에 씨도 아시는군요."

그렇게 말하며 하지메 씨는 활짝 웃었다.

선물이야, 초콜릿은.

니나 씨가 버릇처럼 하던 말이 문득 떠올랐다. 육아에 초콜릿을 적절히 활용한다길래 유한테도 먹이냐고 물었더니 정리 잘하면 준다는 대답이 돌아왔다. 사에는 아이한테 초콜릿은 아직 이르다고 생각한다. 적어도 초등학교에 올라가기 전까지는 먹이지 않을 작정이다. 아무래도 충치가 생길까 봐 신경 쓰인다.

어린 시절, 사에의 부모님은 치과에 잘 데려가 주지 않았다. 통증을 참으며 밤을 지새운 적도 있었다. 애초에 꼼꼼하게 이를 닦는 습관을 들이지 못했다. 어릴 때도 부모님이 육아에 소홀하다고 알게 모르게 느꼈지만 사실 거의 방치나 다름없었다. 어른이 되고서야 그 사실을 깨달았다.

숨어서 몰래 초콜릿 까먹는 기분 따위, 남편이 알 리가 없다.

"보석처럼 반짝이는 초콜릿이 있대."

언제인지는 모르지만, 유가 요리코한테 넌지시 알려준 적이 있는 모양이었다. 반질반질한 예쁜 상자에 담겨 있다는 말과 함께.

슈퍼를 나와 버스에 탄 사에는 하지메 씨가 영수증 뒷면에 그려준 약도를 바라보았다. "좀 찾기 어려운 곳에 있거든요" 하면서 그가 펜으로 쓱쓱 그려준 약도에는 꽃집에는 튤립이, 자전거 가게에는 타이어가, 빵집에는 크루아상 그림이 섬세하면서도 앙증맞게 그려져 있었다. 의외로 손재주가 있구나 싶어 내심 감탄했다.

"우리 남편, 예전에 미대 다녔대."

문득 니나 씨가 했던 말이 떠올랐다. 재주 없는 사람의 전형이라고 웃으며 남편이 그린 그림과 직접 만든 도자기 사진을 보여주었다.

버스 타고 10분, 내려서 5분 정도 걸어가자 정말 초콜릿 가게가 나왔다. 주택가 육교 옆이라더니, 확실히 알아보기 어려운 곳에 있긴 했지만 하지메 씨의 친절한 약도 덕분에 헤매지 않고 찾을 수 있었다.

사에는 'Ça ira'라고 쓰인 문을 밀었다. 어둑어둑한 통로를 느린 걸음으로 지나자 세련된 유럽풍 공간이 나타났다. 피부에 닿는 선선한 공기가 기분 좋았다.

"어서 와요."

주인으로 보이는 여성이 상냥한 목소리로 맞아주었다.

"와, 예쁘다."

사에는 진열장에 나란히 놓인 아름다운 초콜릿에 넋이 나갔다.

"예쁘죠? 이번에 새로 나온 초콜릿이에요."

점주가 말했다.

"시식 좀 해볼래요?"

"그래도 될까요?"

"물론이지요."

점주는 작은 접시에 한 입 크기의 초콜릿을 올려 "드세요" 하며 내밀었다. 하얀색과 분홍색이 조화롭게 섞인 앙증맞은 비주얼이었다.

"잘 먹겠습니다."

사에는 물티슈로 가볍게 손을 닦으며 말했다. 초콜릿은 입에 넣자마자 사르르 녹더니 곧 예상치 못한 쫀득한 식감을 선사했다.

"와, 이게 뭐지? 특이한데."

사에는 자기도 모르게 감탄사를 내뱉었다. 폭신폭신하면서도 쫄깃한, 여태껏 경험한 적 없는 독특한 식감이었다.

"그쵸?" 점주가 웃으며 말했다.

"이 초콜릿, 이름이 뭐예요?"

"쇼콜라 기모브라고, 마시멜로에 초콜릿을 입힌 거예요."

"마시멜로군요. 하지만 제가 아는 마시멜로랑은 느낌이 다른데요?"

"후후. 속에 든 마시멜로는 2단으로 돼 있는데 각각 식감이 달라요."

"와, 섬세하네요."

"거기다 합성 보존료나 달걀, 대두, 백설탕도 쓰지 않지요."

"정말요? 이렇게 달콤한데요?"

"네, 저희는 가능한 한 천연 재료를 쓰려고 해요. 그래서 어린애가 먹어도 안전하죠."

"사실 전 아이한테 초콜릿을 못 먹게 하고 있어요. 충치 생기니까. 하지만 초콜릿 자체가 충치의 원인이 아니라는 건 알아요."

"그렇죠. 충치균이 좋아하는 건 초콜릿이 아니라 설탕 쪽이니까요."

"맞아요. 제가 괜한 고집을 피웠던 것 같아요."

"그럼, 다음에는 아이랑 함께 와요."

"네, 꼭 그럴게요."

사에가 대답을 마치기 무섭게 남편한테 전화가 왔다. 통화 버튼을 누르자 다짜고짜 "지금 어디야?" 하는 외침이 들렸다.

"왜? 무슨 일인데?"

"욘코가 사라졌어."

"뭐라고?"

"엄마가 이웃집하고 통화하는 사이에 애가 사라졌나 봐. 현관에 신발도 없어졌대."

"뭐? 말도 안 돼!"

사에는 급격히 동요했다. 요리코가 사라졌다니. 어딜 간 거야?

"저, 죄송합니다. 가야 할 것 같아요. 초콜릿은 다음에 와서 살게요."

황급히 밖으로 나와 버스 운행표를 보니 다음 버스는 20분 후에야 도착이었다. 기다릴 시간이 없었다. 사에는 안절부절못하며 휴대폰을 손에 쥔 채 뛰기 시작했다. 중간에 택시를 잡아타고는 기사에게 "빨리 가주세요" 하고 소리쳤다. 도로는 한산해서 5분 만에 집 앞에 도착했다. 그런데 하필 아파트 엘리베이터 앞에서 고가네마루 씨와 마주쳤다. 어색한 기류가 흘렀다.

"아."

눈이 마주치자 두 사람은 시선을 돌렸다. 하지만 사에가 못 참고 입을 열었다.

"욘코가 사라졌어."

"뭐? 어쩌다? 나도 찾는 거 도울게."

"고마워."

고가네마루 씨는 침착하게 말했다.

"사에는 여기 있는 게 좋겠어."

"그래도……."

"욘코가 혼자 집에 올지도 모르잖아."

듣고 보니 그럴 가능성도 없지는 않았다.

"그렇네. 그럼, 부탁 좀 할게."

사에는 아파트 출입구 앞에서 몸을 내민 채 요리코가 나타나기만을 기도하며 서 있었다. 곧 남편이 땀범벅이 되어 돌아왔다. 눈에는 벌겋게 핏발이 서 있었다.

"욘코 집에 왔어?"

"아니. 진짜 무슨 일이라도 생기면 어쩌지?"

억눌러 왔던 감정이 터져 나왔다. 급기야 아이처럼 엉엉 울기 시작했다. 유괴라도 당한 건 아닐까 불안했다.

"울지 마. 괜찮을 거야. 무슨 수를 써서라도 찾을 거니까."

"으, 흐흑."

"경찰에 신고는 했어. 아는 사람한테 부탁도 해놨고. 안심해. 꼭 찾을 거야."

왠지 모르게 이런 위태로운 순간이면 남편은 늘 믿음직스럽다. 문득 남편과 처음 만난 날이 떠올랐다.

"……응."

제대로 나오지도 않는 목소리로 겨우 대답했다. 남편

은 다시 어디론가 뛰어갔다. 사에는 휴대폰을 손에 쥔 채 안절부절못하며 아파트 앞에 못 박힌 듯 서 있을 뿐이었다. 아무것도 할 수 없는 자신이 원망스러웠다.

"욘코는?"

이번에는 고가네마루 씨가 땀을 비 오듯 흘리며 돌아왔다.

"아직이야. 어떡해, 고가네마루 씨. 나…… 그……."

후우후우, 뛰지도 않았는데 숨이 가빠왔다.

"천천히 얘기해도 돼."

고가네마루 씨가 사에의 어깨를 가볍게 쓰다듬었다.

"곧 이사 간다며?"

"응. 미안해."

사에는 그녀가 뭣 때문에 사과하는지 알 수 없었다. 때마침 남편한테서 전화가 왔다.

"찾았어?"

"방금 어떤 여자하고 함께 걸어가는 걸 봤다는 사람이 있어."

"누구랑? 유괴범은 아니겠지?"

"키가 크고 노란 원피스를 입은 사람이었대."

"말도 안 돼……."

전화를 끊은 사에는 새파랗게 질린 얼굴로 고가네마루

씨를 쳐다봤다. 남편이 말하는 수상한 여자의 인상착의와 고가네마루 씨의 차림새가 완전히 일치했다. 몸이 부들부들 떨리기 시작했다.

"내, 내가 뭐 잘못한 거 있어?"

사에가 떠듬떠듬 물었다. 설마 고가네마루 씨가 우리 딸을?

"응?"

놀라는 표정이 왠지 시치미를 떼는 것처럼 보였다.

"줄곧 나 피했잖아. 집에 놀러 가고 싶다고 했을 때도 거절하고. 얼마 전에 옆 동네 쇼핑몰에서 마주쳤을 때는 아예 못 본 척하길래 내가 뭘 잘못했나 싶어서."

사에는 묘한 흥분감에 휩싸인 채 그간 묻어둔 말을 한꺼번에 쏟아냈다. 아이가 행방불명된 마당에 이런 질문이나 하고 있다니, 스스로도 어처구니가 없었지만 지금 묻지 않으면 앞으로 평생 기회가 없을 것 같았다. 그리고 무엇보다 고가네마루 씨가 의심스러웠다.

"미안해. 실은 저거 때문에……."

고가네마루 씨가 게시판을 손으로 가리켰다. '개를 찾습니다' 포스터였다.

"저게 왜?"

"실은 나 이제 아이는 포기하기로 했거든. 그래서 1년쯤 전부터 강아지를 기르고 있어. 근데 우리 아파트는 반려동물 금지잖아. 하는 수 없이 몰래 키웠는데, 어릴 때는 괜찮더니 크니까 낯선 사람을 보면 짖더라고. 그래서 남편이 아무도 집에 들이지 말라고 했어."

"강아지를 키운다고……?"

언젠가 사에가 강아지나 고양이는 별로 안 좋아한다고 고가네마루 씨한테 말했던 일이 떠올랐다.

"저 포스터 속 개 말이야. 견종도 색깔도 우리 집 강아지랑 완전 똑같거든. 그런데 계속 못 찾고 있는지 최근에는 누가 개를 유괴했다는 소문까지 나돌고 있어. 그런데 SNS를 보니까 검은 프렌치불도그를 데리고 있는 게 목격되면 누가 몰래 사진 찍어서 견주한테 연락할 수도 있다지 뭐야. 그때부터는 왠지 사람 눈을 피해서 다니게 되더라고."

"저 포스터에 그런 폐해가 있을 줄은……."

새벽이나 한밤중에 커다란 상자를 몰래 옮긴다더니 그게 강아지였던 것이다.

"뭐, 그래도 몰래 키우는 우리가 잘못한 거지만."

"그랬구나. 그래서 이사 가기로 했구나."

"맞아. 어쨌든 미안해."

고가네마루 씨는 고개 숙여 사과했다.

"그럼, 기저귀는 왜 산 거야?"

"우리 집 강아지가 생리를 시작했거든. 강아지용 기저귀가 좀 비싸길래 유아용 기저귀로 대신하려고 잔뜩 샀는데 그걸 들킨 거지. 당황해서 그만 모른 척했어. 미안."

"뭐야, 그런 거였어?"

사에는 맥이 빠진 듯 중얼거렸다. 고가네마루 씨의 해명에 어색한 부분은 없었다. 동요하는 낌새도 없었다. 그럼, 요리코는 어디로 간 거지?

그런 생각을 하며 가슴을 졸이고 있는데 어디선가 "엄마아!" 하는 소리가 들렸다. 재빨리 고개를 들자 요리코가 울면서 달려오는 게 보였다. 그보다 약간 뒤에서 단발머리가 잘 어울리는 젊은 여성이 사에를 향해 고개를 숙였다. 해바라기 무늬가 들어간 원피스 소매가 하늘하늘 나부끼고 있었다. 아마도 대학생인 듯했다. 길을 잃고 헤매는 요리코를 여기까지 바래다준 모양이었다.

사에는 고가네마루 씨를 향해 "미안해" 하고 말하며 고개를 숙였다.

다음에는 꼭 '사 이라'에 초콜릿을 사러 가야지. 한순간이라도 고가네마루 씨를 의심했던 걸 사과하고 이사도 축하할 겸 선물을 줘야겠어.

4장 엄마의 미소를 찾아서, 퐁당 쇼콜라

산노미야 요리코

아빠랑 엄마가 싸우고 있다. 요리코는 〈이웃집 토토로〉 DVD를 보면서 "또 시작이네" 하고 중얼거렸다. 이미 몇 번이나 본 〈이웃집 토토로〉에서는 메이가 엄마를 위해 옥수수를 품에 안고 달려가는 장면이 나오고 있었다. 대사도 거의 다 외웠다.

"안 돼. 엄마한테 줄 거란 말이야!"

요리코가 좋아하는 대사다.

얼마 전, 엄마가 "메이도 네 살이야" 하고 알려줬다. 자기였다면 미아는 되지 않았을 텐데. 하지만 엄마를 생각하는 마음은 요리코도 똑같다. 결말을 알면서도 번번이

"힘내" 하고 응원하게 된다.

요리코는 기억력이 좋다. 엄마가 한 말은 절대 잊어버리는 법이 없고 어린이집 선생님이 해준 말도, 친구와의 약속도, 할머니 집에서 요리코 집까지 오는 길도 전부 기억하고 있다.

"욘코는 야무지구나."

다들 이렇게 칭찬해 주는 게 좋았다. 야무지다는 말은 최고의 칭찬이라고 생각했다(그 말에는 '네 살치고는'이라는 뜻이 숨어 있다는 사실을 요리코는 알지 못했다). 덕분에 요리코는 자신이 특별한 아이라고 믿어 의심치 않았다.

아빠와 엄마의 싸움은 아직도 진행 중이다. 엄마가 "이게 다 욘코를 위해서야"라고 말하면 아빠는 "욘코를 위한다는 소리 하지 마"라며 반박했다. 최근 들어 유독 싸움이 잦았다. 하지만 요리코는 알고 있었다. 두 사람에게도 알콩달콩한 시절이 있었다는 걸.

그 시절은 요리코가 〈이웃집 토토로〉에 버금갈 만큼 몇 번이나 돌려 봤던 결혼식 DVD에 담겨 있었다. 둘의 연애 초기 모습을 보고 있으면 당사자가 직접 출연한 재연 드라마를 감상하는 기분이었다. 요리코가 태어나기 훨씬 전, 두 사람은 운명적으로 만났다.

엄마는 운전이 서툰 편이어서 낯선 길을 갈 때면 곧잘 당황했다고 한다. 그런데도 내비게이션보다는 자신의 직감을 믿는 버릇이 있었다. 그날도 엄마는 운전 중 길을 헤매다 좁은 골목길로 들어서고 말았다.

하필 비까지 내려 길도 질퍽질퍽한 날이었다. 결국 차바퀴가 도랑에 박혀 오도 가도 못 하는 신세가 되었다. 경자동차도 겨우 지나갈까 말까 한 비좁은 길목을 중형차가 밀고 들어와 막고 있는 셈이었다. 몹시 당황한 엄마는 자동차에서 내려 "도와주세요" 하고 소리쳤다. 하지만 다들 딱하다는 표정으로 지나칠 뿐 나서서 도와주는 사람은 없었다. 그때 나타난 사람이 아빠였다. 아빠는 흙투성이가 돼가면서 엄마 차를 뒤에서 밀어주었다고 한다. 얼마 지나지 않아 두 사람은 사귀게 됐고, 결혼에 골인해 요리코를 낳았다.

예전에 아빠의 어디가 좋았냐고 엄마한테 물은 적이 있다. 그때 엄마는 "믿음직스럽고 멋있어서"라고 대답했다.

빨리 화해했으면. 요즘 들어 엄마가 웃는 모습을 본 적이 없는 것 같다. 아빠하고도 사이가 험악하지만, 할머니랑도 아슬아슬해서 요리코는 걱정이 끊이질 않았다. 그냥 다들 사이좋게 지내면 좋을 텐데.

이게 다 초콜릿 때문이다. 엄마는 초콜릿을 못 먹게 한다. 충치가 생기기 때문이란다. 하지만 할머니는 "먹고 싶으면 먹어야지" 하며 뭐든 준다. 실제로 할머니 집에는 과자가 많았다.

하지만 요리코는 엄마가 시키는 대로 초콜릿만큼은 먹지 않으려고 조심했다. 고집스러울 정도로 초콜릿을 안 먹으려는 요리코를 볼 때마다 할머니는 난처한 표정으로 혼잣말을 중얼거렸다.

"안쓰러워서 원."

요리코가 안쓰럽다고? 이렇게 엄마한테 사랑받는데?

"초콜릿이 진짜 맛있는 거거든. 그래서 네 엄마가 못 먹게 하는 거야. 치사하게."

할머니가 엄마를 험담했다. 요리코는 슬퍼졌다. 엄마는 치사하다는 말을 가장 싫어한다. 이유는 모르겠지만.

초콜릿이 무슨 맛인지는 모른다. 하지만 냄새를 맡은 적은 있다. 달콤한 향내만으로도 요리코는 그게 얼마나 맛있는 음식인지 단번에 알 수 있었다. 솔직히 먹고 싶기는 했다.

"엄마가 충치 생겨서 안 된댔어."

"괜찮아. 충치 생기면 치과 선생님이 고쳐주신다니까."

"하지만 무지 아프잖아. 욘코, 아픈 거 싫어."

"괜찮다니까. 이만 열심히 닦으면 돼."

할머니는 전혀 괜찮지 않을 때도 괜찮다고 한다.

오늘은 토요일, 할머니 집에 자러 가는 날이다.

엄마가 조금 외로워 보였지만, **비밀 작전**을 성공시키려면 어쩔 수가 없었다. 그 작전이란 우리 동네 프렌치불도그 클로에를 찾는 일이다. 클로에는 가족과 나들이를 갔다가 일행과 떨어져 미아 신세가 됐다고 한다.

클로에가 좀처럼 나타나지 않아 주인이 몹시 슬퍼하고 있다는 소식을 어린이집 선생님한테 전해 들었다. 여기저기 전단도 나돌고 포스터도 붙었다. 요리코는 개를 찾아주고 싶었다.

하지만 개를 싫어하는 엄마한테 부탁할 수는 없었다. 하는 수 없이 할머니한테 부탁했더니 같이 찾아보자고 하셨다. 할머니는 머리카락은 새하얗지만, 몸이 아주 튼튼하고 무엇보다도 인자하다. 특히 손녀의 응석에 약하다. 그래서 정말 좋다. 엄마랑 사이좋게만 지내준다면 더 좋을 텐데.

저녁에 뒷집에 사는 미사 언니(고모라고 부르지 말라고 했다)가 퐁당 쇼콜라라는 케이크를 들고 할머니 집을 찾았다.

"와, 맛있겠다."

할머니는 상자를 열자마자 황홀한 듯 미소를 지어 보였다.

"우리 욘코도 먹자."

미사 언니가 접시와 포크를 준비해 자리에 앉았다.

"욘코는 안 먹을래."

요리코는 홱 하고 고개를 돌렸다.

"왜?"

"초콜릿 냄새난단 말이야."

"괜찮아. 이건 그냥 케이크잖아."

할머니는 늘 그렇듯 요리코를 회유하려 했다.

"싫어, 안 먹어."

요리코는 딱 잘라서 거절했다. 그러자 미사 언니가 "그러지 말고 먹어봐. 맛있어. 와앙" 하며 포크로 케이크를 한입 크기로 잘라 요리코의 입 앞에 가져다 댔다.

"안 먹는다니까."

요리코는 두 손으로 입을 필사적으로 막았다. 그런데 하필 팔꿈치로 미사 언니의 손을 건드렸는지 포크에서 퐁당 쇼콜라가 떨어지고 말았다. 찐득한 초콜릿 케이크는 그대로 요리코의 원피스에 안착했다.

"아휴, 이를 어째."

그렇게 말하며 할머니는 젖은 행주로 원피스에 묻은

케이크를 닦았다. 아아, 이를 어쩐담.

"엄마, 욘코가 왜 저렇게 고집을 피우는 거야?"

미사 언니가 할머니한테 물었다.

"며늘애가 초콜릿은 충치 생긴다면서 못 먹게 하잖니."

"진짜? 충치 생기면 치과 가면 되잖아?"

"나도 그렇게 말했지."

"그냥 좋은 엄마 흉내 내는 거잖아. 자기만족인 줄도 모르고."

미사 언니도 할머니도 엄마를 나쁘게 말한다. 왜 그럴까? 엄마는 늘 노력하는데.

요리코는 안쓰러운 아이가 아니다. 엄마는 요리코 머리를 공주님처럼 묶어준다. 좀 더 기르면 라푼젤 머리처럼 할 거다.

그런데 자기만족이 뭐지?

월요일, 요리코는 별 기대 없이 유한테 물었다.

"있잖아, 유. 자기만족이 뭔지 알아?"

"모르겠는데."

역시. 유한테는 묻는 게 아니었다. 엄마한테 물어보면 빠르겠지만 괜히 들었다가 상처받는 말일 수도 있으니 신중히 알아봐야 한다. 아빠도 바빠서 요리코를 상대해

줄 시간이 별로 없다. 맞다, 담임선생님이 있었지.

"저, 가나 선생님."

요리코가 선생님의 앞치마 자락을 잡아당겼다.

"응, 왜?"

가나 선생님이 쪼그려 앉더니 눈을 동그랗게 뜨며 대답했다. 속눈썹에 잔뜩 붙은 펄이 반짝거리는 게 아주 예뻤다.

"자기만족이 뭐예요?"

"하하, 그런 말은 어디서 들었어?"

어른들은 곧장 대답해 주는 법이 없다. 그런 건 왜 묻냐고 꼭 반문한다.

"좀 알려주세요. 네?"

다시 한번 물었다. 요리코는 어른들이 어린아이의 부탁에 약하다는 걸 잘 알고 있었다.

"자기만족은 자기만 만족한다는 뜻이야."

"흐음."

무슨 뜻인지 알 것 같았다. 엄마는 만족하고 있었다. 요리코를 충치에서 지켜주는 것도, 요리코 머리를 예쁘게 묶어주는 것도 만족한다는 소리다. 진짜 좋은 거잖아, 하고 요리코는 생각했다.

"그게 나쁜 말인가요?"

"글쎄, 나쁜 의미로 말할 때도 있어."

가나 선생님은 모호하게 대답했다.

"흐음."

역시 어른들은 알다가도 모르겠다.

같은 날 미술 시간, 유가 크레용을 이것저것 잔뜩 써가며 그림을 그리고 있었다.

"그게 뭐야?"

"엄마가 준 칭찬 초콜릿."

"칭찬 초콜릿?"

"응. 방 정리 잘하면 하나씩 주거든. 보석처럼 반짝거리는데 빤질빤질한 상자에 들어 있어."

보석처럼 반짝거리는. 그 말에 요리코는 솔깃했다. 요리코가 알고 있는 초콜릿은 슈퍼나 편의점에서 파는 빨갛고 노란 종이에 싸인 판판한 초콜릿이 전부인데, 그런 건 전혀 반짝거리지 않았다.

"그건 어디서 파는데?"

"글쎄. 엄마밖에 몰라."

"뭐? 왜 몰라?"

역시 유는 바보다.

그렇게 바보처럼 늘 실실거리는 유한테 슬픈 일이 닥

쳤다. 엄마가 죽은 것이다. 어린 요리코는 궁금했다. 죽었다는 게 무슨 뜻일까.

그건 엄마가 없어졌다는 것. 엄마와 두 번 다시 만날 수 없다는 것. 엄마가 없는 하루가 매일 계속된다는 것이다.

생각하면 할수록 슬펐다. 요리코였다면 견딜 수 없을 것 같았다.

유는 한동안 어린이집을 쉬었다. 기운이 없어서 못 나오는 건가 싶어 걱정하던 어느 날, 유가 키다리 아빠 손을 잡고 버스 정류장에 나타났다.

유의 키다리 아빠는 아들한테 목말을 태워주는 자상한 사람이었다. 아빠 목에 올라탄 유를 다들 부러운 눈길로 쳐다봤다. 여느 때와 다르지 않은 듯했지만, 기운이 좀 없어 보이긴 했다.

요리코는 유가 빨리 기운을 되찾게 해달라고 매일매일 하늘에 대고 빌었다. 그러자 조금씩 유는 본래의 모습으로 돌아왔다.

"안녕."

요리코가 웃으며 인사하자 유가 귓속말로 속삭였다.

"반짝거리는 초콜릿 파는 가게가 어딘지 알았어."

"어? 진짜?"

"응. 어제 아빠랑 다녀왔어."

"어딘데?"

"커다란 멜론하고 마시멜로가 보였어……."

유의 설명은 전혀 이해가 가지 않았다. 커다란 멜론이라니, 대체 그게 뭐지?

"다시 말해봐."

"그니까 우리 집 앞에 난 길을 쭉 걷다가 버스를 타면 커다란 멜론 두 개가 보여. 그 앞에 마시멜로가 엄청 많아……."

"그게 무슨 말이야?"

안 되겠다. 유의 설명은 믿을 수가 없다. 그래, 할머니한테 물어봐야지.

그날 저녁, 아빠한테 휴대폰을 빌려 할머니에게 전화를 걸었다.

"있잖아, 할머니. 커다란 멜론하고 마시멜로가 있는 길 알아?"

"으응? 뭐라고? 수수께끼야?"

"아니, 그게 아니라 가고 싶은 데가 있어. 엄마한테 선물 주려고. 근데 거기가 어딘지 몰라."

"그럼, 할머니하고 산책하면서 찾아볼까?"

"그래도 돼? 신난다!"

그날부터 클로에 수색과 동시 진행으로 커다란 멜론과

마시멜로 찾기 작전도 시작됐다. 요리코는 자처해서 할머니 집에 가겠다고 엄마한테 말했다. 엄마는 은근히 서운해하는 눈치였지만 다 엄마를 위한 일이라고 생각하며 꾹 참았다.

하루는 할머니와 산책하는데 유와 키다리 아빠를 마주쳤다.

"와, 무지 큰 케**타**란파**타**란이다!"

유가 할머니를 손으로 가리키며 흥분한 듯 소리쳤다. 할머니는 아무것도 모른 채 "응?" 하며 미소를 지었다. 할머니의 새하얀 머리를 유심히 살피던 유는 킥킥대며 웃었다. 그러자 키다리 아빠가 고개를 숙이며 "죄송합니다" 하고는 유의 손을 잡아끌었다. 역시 바보 같은 놈이다. 요리코는 잘 가라며 인사하고 헤어졌다.

잠깐. 그때였다. 요리코는 걸음을 멈췄다. 어쩌면 유가 말한 커다란 멜론과 마시멜로도 인간일지 모른다. 만일 그렇다면 이 산책은 의미가 없다. 인간은 건물과 달리 돌아다니니까. 클로에도 돌아다니는 동물이라 여태 찾지 못하고 있는 것 아닌가.

요리코는 작전 변경이라고 말하며 할머니 집으로 돌아갔다.

그 주 토요일에도 요리코는 할머니 집에 자러 갔다. 저녁나절부터 다시 클로에를 찾으러 나갈 예정이었지만, 도대체 할머니는 누구랑 통화가 이리 길어지는지 좀처럼 끊을 기색이 없었다. 멍하니 텔레비전을 보고 있는데 적당히 아저씨가 나왔다.

"엄마를 놀라게 하려다가 베란다에서 떨어져서요."

그는 이마의 상처를 문지르며 웃었다. 별로 재미가 없어서 교육 방송 채널로 돌렸다. 그때 미사 언니가 찾아왔다. 하지만 할머니가 통화 중인 걸 보고는 얕은 한숨을 내쉬더니 요리코 쪽으로 다가왔다.

"아. 촌코다."

미사 언니는 지난번에 퐁당 쇼콜라 사건이 있은 뒤로 요리코를 촌코라고 부른다. 역시 어른은 알다가도 모르겠다.

"있잖아, 미사 언니. 반짝거리는 보석 같은 초콜릿 어디서 파는지 알아?"

"백화점 같은 데 가면 있을 거 같은데. 왜? 드디어 초콜릿 먹기로 한 거야?"

"아니. 그게 아니야." 요리코는 단호하게 부정했다. 그러자 미사 언니가 "그러셔요" 하면서 뭔가 입이 근질근질한 듯한 미소를 지어 보였다.

"커다란 멜론하고 마시멜로가 있는 길을 지나가면 나

온대."

요리코는 유라는 친구가 해준 얘기라고 덧붙였다.

"멜론이랑 마시멜로?"

미사 언니는 손을 턱에 대더니 "미스터리 판타지네"라며 생각에 잠겼다. 때마침 사촌 오빠 콩이 찾아왔다. 콩은 요리코보다 네 살 위다.

"커다란 멜론이랑 마시멜로 있는 데 알아?"

미사 언니가 사촌 오빠에게 물었다. 콩은 잠시 고민하더니 "그래, 거기야!" 하며 손뼉을 짝 쳤다.

"진짜? 어딘지 알아?"

"응, 커다란 멜론이라면 거기일 거야. 왜 그……."

오빠가 설명을 시작했다.

"아아, 여기?"

미사 언니가 휴대폰 화면을 요리코에게 보여주었다. 연녹색의 커다란 공 모양이 보였는데 언뜻 멜론 같기도 했다. 문제는 그게 뭔지 모른다는 거였다.

"이건 뭐야?"

"여긴 공장이야. 안에 가스가 들었을걸. 맞네. 여기 가스탱크라고 적혀 있어."

미사 언니는 다른 사진도 보여주며 "커다란 멜론이라. 그렇게 보이긴 하네" 하며 수긍한 듯 웃었다.

"그럼 마시멜로는?"

그러자 사촌오빠가 무언가 깨달은 듯 휴대폰으로 몸을 기울이더니 "여기 논 한복판에 지천으로 깔린 거, 이게 마시멜로네!" 하고 소리치며 미사 언니의 어깨를 두드렸다.

"봐봐, 이거."

"그러게. 이게 마시멜로인가 봐."

미사 언니는 다른 사진도 보여줬다. 논 위에 하얀 사각형 뭉치가 줄지어 있었다.

"어, 이거 본 적 있는데."

예전에 아빠 차를 타고 외출했다가 우연히 이 광경을 본 적이 있었다.

"건초를 모아놨나 본데? 마시멜로라. 하여튼 애들은 기발해."

미사 언니가 감탄한 듯 말했지만 요리코 눈에는 그저 두루마리 휴지로 보였다.

"여기가 어딘지 알아?"

"흐음. 요 근처에 공장이 있다는 말이잖아……."

언니는 곧바로 검색을 시작했다.

"아! 아마 훼미리마트 앞일 거야. 근처에 논도 있으니, 마시멜로도 있을 테고."

미사 언니가 말했다.

"거긴 멀어?"

"그렇지."

"걸어가면 얼마나 걸려?"

"글쎄, 30분 정도?"

"그래? 알았어."

"태워다주고 싶은데 지금 나가봐야 해서. 다음에 가자."

미사 언니는 그렇게 말하고는 사촌오빠와 나가버렸다.

할머니는 아직도 통화 중이었다.

"좋아, 가보지 뭐."

요리코는 혼자서도 갈 자신이 있었다. 산책에는 익숙하니까. 엄마한테 줄 반짝이는 초콜릿을 사러 가는 거다. 주머니에는 할머니한테 받은 용돈 1000엔이 들어 있었다. 요리코는 괜찮아, 괜찮아, 하며 자신을 달랬다.

엄마아.

한 시간 뒤, 요리코는 길을 헤매며 울고 있었다. 그 모습이 꼭 〈이웃집 토토로〉의 메이 같았다.

커다란 멜론을 찾은 것까지는 좋았는데 중간에 클로에처럼 생긴 개를 목격하는 바람에 정신없이 쫓아가다 길을 잃고 말았다.

"꼬마야, 왜 울고 있니?"

모르는 언니가 뒤에서 말을 걸어왔다.

"길을 잃었어요."

"어머."

언니의 눈동자는 토끼처럼 새빨개져 있었다. 혹시 언니도 울었나?

"그럼 내가 바래다줄게."

불현듯 모르는 사람은 따라가면 안 된다고 했던 엄마 말이 머리를 스쳤다.

"근데 모르는 사람은……."

"그렇지 참……."

언니는 난처한 표정을 짓더니 "누굴 돕는 것도 쉬운 일이 아니네" 하고 중얼거렸다. 요리코는 언니가 나쁜 사람으로 보이지는 않았다. 하지만…….

"그럼, 집 근처 가게나 건물 이름 몇 개 말해 볼래?"

"그러니까 M 공원이랑, A 신사랑, T 동물 병원이랑……."

언니는 휴대폰을 보며 그렇군, 하고 고개를 끄덕였다.

"그럼 언니 뒤따라올래? 가다가 집 근처다 싶으면 그냥 가도 돼."

"알겠어요."

요리코는 그렇게 말하고 언니와 약간 떨어져서 걷기로 했다. 도중에 언니가 어쩌다 길을 잃었냐고 묻길래 떠듬

떠듬 대답했다.

"엄마한테 초콜릿을 사드리려고 했구나."

언니가 한숨 섞인 목소리로 말했다.

"왜 그러세요?"

"난 초콜릿을 아주 싫어하거든."

"왜요? 엄청 맛있잖아요?"

"엄청 맛있지. 근데 싫어해."

"왜요?"

"음…… 사정이 있어서."

그런 얘기를 하며 언니를 뒤따라가다 보니 낯익은 건물이 보였다. 아파트 앞에서 고가네마루 씨와 얘기 중인 엄마도 보였다. 엄마는 요리코가 오는 줄 전혀 모르고 있었다.

"엄마아!"

큰 소리로 외치자, 엄마가 화들짝 놀라며 고개를 들었다. 눈과 코가 새빨개져 있었다. 한달음에 달려가 품에 안기자 엄마는 요리코를 바스러질 정도로 꼭 껴안았다.

"어디 갔었어? 다들 걱정했잖아!"

"잘못했어. 뭘 좀 찾다가 돌아오는 길을 잃어버려서. 저 언니가 데려다줬어."

요리코는 뒤돌아 손으로 언니를 가리켰다.

"감사합니다. 정말 감사해요."

엄마가 허리를 깊숙이 숙여 인사했다. 언니는 가볍게 고개를 숙이고는 이름도 밝히지 않은 채 되돌아갔다. 어딘지 모르게 외로워 보이는 뒷모습에 요리코가 "고맙습니다" 하고 말하자 그녀는 뒤돌아보며 미소를 지었다.

"다행이다."

고가네마루 씨가 엄마를 향해 상냥하게 웃으며 말했다.

"응, 고마워."

엄마는 다리에 힘이 풀린 듯 자리에 주저앉았다. 때마침 아빠가 돌아왔다. 헉헉하고 숨을 몰아쉬면서.

"욘코, 괜찮아? 어디 안 다쳤어?"

아빠 눈도 새빨개져 있었다.

"응."

아빠도 요리코를 꽉 껴안았다.

"근데 나 가고 싶은 데가 있어."

요리코는 엄마한테 들리지 않게 아빠 귀에 대고 슬며시 속삭였다.

"초콜릿 가게 말하는 거지?"

"어떻게 알았어?"

"미사코 고모가 그러던데? 욘코가 초콜릿 가게 가는 길을 물어봤다고."

"그럼, 지금 데려다줘."

"알았어. 차 가져올 테니까 여기서 기다려."

아빠는 요리코의 머리를 두어 번 쓰다듬더니 주차장으로 향했다.

"엄마, 우리 어디 좀 가자."

"응? 어디?"

"그럼, 난 이만 갈게."

그렇게 말하며 고가네마루 씨는 아파트 안으로 들어갔다. 엄마가 다시 물었다.

"어디 가려고?"

"그냥 셋이 가고 싶은 데가 있어."

그렇게 요리코는 엄마와 함께 아빠 차에 올라탔다. 엄마는 조수석에, 요리코는 운전석 뒤편 유아용 카시트에 앉았다.

"그래서, 어디 가는데?"

"초콜릿 가게."

아빠가 대답했다.

"거긴 왜?"

"욘코가 자기한테 줄 초콜릿을 산다고 할머니 집에서 나왔던 모양이야."

"뭐라고? 그것 때문에 길을 잃었다고?"

엄마가 운전석에 앉은 아빠를 빤히 쳐다봤다.

"미사코도 엄마도 욘코가 고집이 세다고 하는데, 난 자기 의사 분명하고 심지가 굳다는 소리 같아서 듣기 좋더라."

"그게 무슨 말이야?"

엄마가 눈을 동그랗게 뜨며 놀란 표정을 지었다.

"초콜릿 먹이려고 무지 꼬셨는데, 욘코가 입에도 안 댔다나 봐."

"거짓말……. 지난번 원피스에선……."

"그건 실수였지? 욘코 안 먹었잖아?"

"응, 엄마하고 약속했으니까."

"우리 욘코 착하네. 엄마 닮은 게 분명해."

아빠는 은근히 약 올리듯이 엄마 쪽을 흘낏 쳐다봤다. 그 말을 들은 엄마는 기쁜 듯 수줍은 미소를 지었다.

"욘코, 저기 봐봐."

갑자기 아빠가 엄지손가락을 치켜세우며 창밖을 가리켰다.

"와, 진짜 큰 멜론이다."

유가 말한 대로 큼지막한 멜론이 떡하니 거리 한가운데를 차지하고 있었다.

"응? 뭔데?"

엄마도 창밖을 바라봤다.

"아, 저거구나. 큰 멜론."

"아하하."

엄마가 이렇게 크게 웃는 건 오랜만인 것 같다. 아빠도 얼굴은 안 보이지만 분명 웃고 있을 것이다.

5장 물고기 낚는 법을 알려줘, 카카오 씨

고토 미오

"헤어지는 게 미오한테도 좋은 일이야."

고토 미오는 방금 2년 반 동안 사귄 가나타에게 이별 통보를 들었다. 정오가 막 지난 시각, 쇼핑몰 앞 광장 벤치였다. 주위를 둘러보니 아이들이 부모와 함께 즐거운 한때를 보내고 있었다.

2월의 바람은 살을 에는 듯 차가웠다. 방금까지 맞잡고 있던 손은 어느새 풀려 갈 곳을 잃었다.

"나한테도 좋다니, 그게 무슨 소리야?"

바람을 피운 건 저쪽인데 왜 자신이 차여야 하는지 혼란스러웠다. 조금 전까지만 해도 미오는 가나타에게 처음이니 용서해 주겠다고 말하고 있었다. 근데 왜 내가 차여야 해?

"넌 유명하잖아. 나하고는 안 어울려."

얘가 뭔 소릴 하는 거야? 유명인은 무슨 유명인. 그냥 방송 몇 번 나간 걸 가지고.

"뭐? 무슨 엉뚱한 소리야? 그거하고 이게 무슨 상관인데? 도대체 뭔 소릴 하는 거야."

"아니, 앞으로 구직 활동이다 뭐다 해서 바빠질 테고, 게다가 넌 해외로 나가고 싶다며? 그러면 서로 만나기도 힘들잖아. 떨어져 있으면 쉬운 일도 어려워져. 그럴 바에는 차라리 이쯤에서……."

가나타는 자신이 바람피운 건 어물쩍 넘기며 마치 "지금이 적기입니다, 고객님" 하고 안내하듯 열변을 토했다. 미오는 차츰 깨달았다. 그는 지금 바람난 상대한테 푹 빠져 있고, 자신은 그저 성가신 존재일 뿐이라는 걸.

"좋아. 그럼, 여기서 나하고 주고받은 휴대폰 기록 다 삭제해. 사진이랑 라인도."

"뭐? 지금 여기서?"

"응."

가나타는 "이것도?", "이건 상관없잖아?" 하며 귀찮다는 듯 휴대폰을 눌렀다.

"됐으니까 그냥 다 지워."

미오는 울고 싶은 걸 애써 참으며 이건 일종의 의식이라고 자신을 설득했다. 고향 친구인 나오가 신신당부한 적이 있다.

"헤어질 땐 남자한테 반드시 네 데이터 다 지우라고 해."

안 그러면 크게 낭패 본다며 협박조에 가까운 말투로 경고했다. 나오는 아슬아슬한 사진이나 동영상 촬영을 좋아해서 종종 남자친구와 야릇한 모드로 사진을 찍곤 했는데, 그 바람에 헤어지고 나서 남사스러운 사진이 지인들 사이에 돌았던 모양이었다.

"넌 얼굴도 알려졌으니 더 조심해야 해."

미오가 방송에 나간 건 대학에 진학하고 얼마 지나지 않아서였다. 이제 막 도쿄에 올라온 대학생이 거주지 찾는 과정을 밀착 취재한다는 취지의 프로그램이었다. 정착 자금의 일부를 프로그램 측에서 지원해 준다길래 혹해서 지원했는데, 남쪽 지방 사투리가 고스란히 남아 있는 여학생이라는 점이 매력적으로 비쳤는지 당시에는 반응이 꽤 좋았다. 물론 집세와 치안, 교통편을 고려한 끝에 도심에서 살겠다는 꿈은 접어야 했지만.

어느새 미오는 학교에서 '텔레비전에 나왔던 남쪽 소

녀'로 알려졌고, 그 덕에 남학생이 작업을 거는 일도 종종 있었다. 단체 미팅에서도 인기가 꽤 좋아서 여기저기 추파가 끊이지 않았다. 별것 아닌 말에도 다들 사투리 쓰는 게 귀엽다며 빵빵 터졌고 박수 세례까지 받았다. 그때까지만 해도 미오는 자기가 사투리를 쓰는 줄도 몰랐고, 더군다나 그게 무기가 될 거라고는 조금도 예상치 못했다. 스스로 생각해도 좀 우쭐하던 시기였다. 하고많은 남자 중에 가나타를 고른 건 미오에게 가장 잘해줄 것 같았기 때문이었다.

실제로도 가나타는 미오가 원하는 건 웬만하면 다 들어주었다. 그러니 자신이 차이는 날이 올 거라고는 꿈에도 상상하지 못했다.

"다 지웠어."

가타나가 휴대폰 화면을 보여주며 말했다.

"그럼, 건강해라."

미오는 끝까지 가나타를 노려봤다. 그렇게라도 안 하면 울어버릴 것 같았다. 가나타의 모습이 완전히 사라지고 나서야 울음을 터뜨렸다. 억울함인지 슬픔인지 모를 감정이 복받쳐 눈물이 멈추질 않았다. 눈물 못지않게 콧물도 줄줄 나왔다. 손수건도 티슈도 없는데 어쩌지. 난처해하고 있는데 어디선가 멜빵바지를 입은 자그마한 남자

아이가 미오에게 달려왔다.

"누나, 괜찮아?"

"으, 으으응." 미오는 콧물을 훌쩍거렸다. 긍정도 부정도 아닌 모호한 대답이었다. 하긴 전혀 괜찮지 않았으니.

"이거, 줄게."

남자아이가 타올 재질로 된 손수건을 내밀었다.

"받아도 돼? 고마워."

미오는 고마운 마음으로 손수건을 받아서 눈물을 닦았다.

"유, 이제 가야지."

아담한 몸집의 여성이 아이에게 손짓했다. 엄마인 듯했다. 멜빵바지와 패딩점퍼의 조합이 잘 어울렸다. 엄마와 아들이 커플 패션이라니, 지금의 자신과는 한참 동떨어진 미래의 모습이라고 생각하며 미오는 그녀를 향해 고개를 숙였다.

"아, 근데 이거……."

돌려줘야 하나 망설이고 있는데 아이가 물었다.

"이제 괜찮아?"

"응, 근데 이거 어떡하지?"

"누나 가져."

"그럼, 대신 이거 줄게. 초콜릿 케이크."

가나타에게 미처 주지 못한 수제 자허토르테*를 이렇게라도 떠나보내고 싶었다.

"필요 없어."

아이가 고개를 가로저었다. 역시 모르는 사람한테 음식까지 받는 건 좀 그런 듯했다.

"그럼, 이건 어때?"

미오는 백팩에 달린 열쇠고리를 떼어냈다.

"그게 뭐야?"

아이가 고개를 갸우뚱했다.

"이건 케사랑파사랑이라고 하는 거야. 소원을 이뤄주는 요정인데 이걸 가지면 행복해진대. 손수건 대신 줄게."

"진짜?"

"응, 누난 하나 갖고 있거든."

문득 1년에 두 번 이상 보면 행운의 효과가 사라진다는 속설이 떠올랐다.

자그마한 손수건 왕자는 "고마워!" 하고 손을 흔들며 떠나갔다.

가나타와의 이별을 계기로 미오는 봄방학 기간을 이용

* 오스트리아 빈의 전통 초콜릿 스펀지케이크.

해 자신을 찾는 여행을 떠나기로 했다. 이른바 실연 여행이었다. 사실 실연당한 여대생한테는 하와이나 발리 같은 남국의 리조트에서 즐기는 휴가가 제일이다. 하지만 철저히 자신을 되돌아보고 싶은 마음에 미오는 서아프리카로 떠나기로 했다.

목적지는 가나. 가나타한테 주려고 만든 자허토르테를 퍼먹으며 미오는 다짐했다.

"그래, 가나로 가는 거야."

가나 하면 초콜릿이다. 매해 일본으로 들여오는 초콜릿 원료만 해도 약 3만에서 5만 톤. 그중 약 80퍼센트가 가나산이라고 한다. 이참에 현지에 가보자. 가서 내 눈으로 초콜릿의 원류를 확인하는 거야. 뜬금없게도 그런 마음이 들었다. 실연의 충격에서 벗어나려면 그에 맞먹는 충격이 필요했던 것이다.

그간 야금야금 아르바이트로 모은 돈, 다시 말해 결혼자금을 다 써버리고 싶었다. 순진하게도 언젠가 결혼하자던 그의 달콤한 말을 믿었다.

기왕 떠나는 거 기록으로 남겨둬도 좋겠다 싶어 미오는 자신의 여정을 SNS에 실시간으로 올리기로 했다. 혼자서 떠나는 여행은 불안하지만, 자신이 올린 글이나 사진에 반응이 오면 사명감도 생기고 보람도 있을 것이다.

스스로 기운을 북돋기에도 좋은 방법이라고 생각했다.

물론 SNS에는 실연 여행이라는 말은 쓰지 않았다. 표면상으로는 어디까지나 자신을 찾아 떠나는 여행이었다.

시작은 나리타 공항을 출발하는 데서부터. 미오는 삼각대를 세우고 탑승하는 장면을 촬영했다. '요즘 것들이란' 하는 눈빛으로 자신을 쳐다보는 승객과 공항 직원의 시선이 느껴졌다.

일본에서 가나로 가는 직항은 없었다. 우선 이집트까지 간 뒤 다른 비행편으로 가나의 수도 아크라에 있는 코토카 국제공항까지 가야 했다. 중간에 몇 번이나 후회가 밀려왔지만, 어쨌든 무사히 가나에 상륙했다.

일본인 관광객은 미오 한 사람뿐이었다. 피부색이며 복장이며 불안한 표정까지 타지 사람이라는 티가 역력했다. 긴 비행을 마치고 코토카 국제공항에 도착했을 때는 이미 기진맥진해서 뭐 한다고 여기까지 왔을까 혼란스럽기만 했다.

아, 맞다. 촬영.

미오는 남은 기력을 겨우 짜내 미소를 지었다.

"도착했습니다. 공항은 꽤 깨끗하네요."

해맑게 웃으며 찍은 동영상을 올렸다. 곧바로 '좋아요'와 댓글이 달리자 안도감이 들었다. 미오는 괜찮을 거라며 자신을 다독였다.

다음 날, 곧장 카카오 농장으로 향했다. 여행 자금이 넉넉지 않아 일정을 빡빡하게 짜야 했다. 게다가 손쉽게 버스나 전철로 이동할 수 있는 것도 아니어서, 또다시 비행기를 타야 했다. 이번에는 국내선이었다. 공항에 도착한 뒤에도 자동차로 비포장도로를 덜컹거리며 몇 시간이나 달렸다. 그렇게 겨우 도착한 '마을'은 완전히 딴 세상이었다. 미오는 〈크레이지 저니〉*의 야외 촬영지 같다고 생각하며 가이드를 따라나섰다. 봉사활동의 일환으로 마을을 안내해 주고 있다는 현지 가이드와는 인터넷을 통해 알게 됐다. 겉보기에는 호쾌한 아저씨 같은 인상이었다. 팁과 함께 일본 담배를 건네자 상당히 좋아하며 입에 밴 일본어 억양으로 "고맙습니다" 하고 인사했다.

미오는 스스로 영어를 잘하는 편이라고 생각했지만, 정작 실전에서는 여태껏 공부한 게 거의 쓸모가 없었다. 결국 번역 앱을 써서 취재 협조를 부탁했다.

가이드가 촌장으로 보이는 사람을 소개해 주었다. 미오는 애써 미소를 지으며 살짝 고개를 숙였다. 촬영 허가를 받으려고 선물도 건넸다. 공항에서 산 병아리 모양의

* 2015년부터 일본 TBS 방송사에서 방영 중인 여행 예능 프로그램.

쿠키를 신기한 듯 쳐다보는 모습이 인상적이었다. 역시 술을 갖고 왔어야 했나, 조금 아쉽기도 했다.

사전에 가이드를 통해 방문 허가를 받아놓은 상태였기 때문에 촬영 허가는 순조롭게 떨어졌다. 여기까지 어떻게 왔는데, 점잔 빼며 여유 부릴 때가 아니지, 하는 생각에 미오는 서둘러 휴대폰 카메라를 켰다. 그런데 문득 등 뒤에서 인기척이 느껴졌다. 돌아보니 이 마을 아이들이었다. 나무 그늘에서 관찰하듯 이쪽을 물끄러미 쳐다보고 있었다.

촬영을 계속하자 아이들이 하나둘 다가왔다. 미확인 생물체라도 발견한 기분일까?

“이 농장에서 일하는 친구들이에요. 다들, 이리 와봐.”

가이드가 영어로 설명하곤 아이들을 불렀다. 초등학교 저학년쯤으로 보이는 아이들이 커다란 눈망울로 다가와 미오를 쳐다봤다. 미오가 웃자 아이들도 따라 웃었다. 하얗고 커다란 앞니가 유난히 귀여웠다.

가이드의 안내에 따라 이번에는 농장 안쪽으로 들어갔다. 나무에 올라 카카오 열매를 땅으로 떨구고 있는 아이들이 보였다. 유치원생만 한 어린애도 있어 다치지 않을까 염려스러웠다. 위태위태해서 차마 볼 수가 없었다.

“괜찮아?” 급기야 일본어가 튀어나왔다.

"□○×△×○."

한 아이가 땅을 가리키며 미오에게 뭐라고 말했다. 마치 미오의 물음에 "괜찮아요, 괜찮아"라고 답하는 듯했다. 그들은 땅에 떨어진 카카오 열매를 쪼개며 신나게 떠들고 있었다. 처음 보는 광경이라 다소 기이했다. 농장 아이들은 열매 속을 파서 안에 든 하얗고 말랑말랑한 과육을 입에 털어 넣었다. 한 남자애가 손으로 과육을 집어 미오에게도 먹어보라고 권했다. 미오가 "NO" 하고 고개를 가로젓자, 아이는 이해가 안 간다는 표정을 짓더니 내용물을 볼이 터지도록 자기 입으로 밀어 넣었다. 그 모습이 하도 천진해서 미오는 저도 모르게 웃음이 새어 나왔다. 열심히 산다는 느낌이 들었다.

그때 웬 여자아이가 미오 일행한테 다가오더니 말을 걸었다.

"응?"

미오가 고개를 갸웃하자 가이드가 이리 오란다며 손짓으로 알려주었다. 당황했지만 일단 아이를 따라나섰다.

안내를 받은 곳은 어느 가정집이었다. 마침 애들이 가장 좋아하는 식사 시간이란다. 다들 밀가루를 물로 반죽한 덩어리를 입에 물고 있었는데 아무리 봐도 맛있을 것 같지는 않았다. 보다 못한 미오가 백팩에서 소포장된 가나 밀크초콜릿을 꺼내 애들한테 나눠주었다.

고등학교 수업 때 미오는 카카오 농장에 만연한 아동 노동착취 문제의 심각성에 대해 배운 적이 있었다. 가나 아이들은 어릴 때부터 귀중한 인력으로 취급되어 노동을 강요받는다. 학교에도 못 가고 임금도 제대로 못 받는다. 인신매매 같은 위험에도 노출돼 있다고 한다.

'카카오 농장에서 일하는 아이들은 초콜릿 맛을 모른다.'

그게 정말일까? 확인해 보고 싶었다. 아니, 순수하게 알려주고 싶었다. 너희들이 딴 카카오 열매로 이렇게 맛있는 초콜릿을 만든다고.

아이들은 이국에서 온 과자를 신기한 듯 바라보다 입에 넣었다. 그러자 금세 표정이 바뀌었다. 눈이 번쩍 커지더니 슬며시 미소를 지었다. 그 모습을 휴대폰 카메라로 찍으며 미오는 새삼 깨달았다.

"초콜릿은 사람을 행복하게 해주는구나."

동영상과 글을 SNS에 올리자 순식간에 '좋아요'가 달렸다. 왠지 모르게 엄청 좋은 일을 한 것 같은 우월감마저 들었다. 영상 속 아이들의 미소를 보며 미오는 만족스럽게 실연 여행을 마쳤다.

봄이 오고 대학교 4학년이 되었다. 미오는 가나타에 대한 감정을 정리하고 구직 활동에 돌입했다. 다소 늦은 감은 있었지만 잿빛으로 염색한 머리를 서둘러 검은색으로 바꿨다. 흡사 먹물을 뒤집어쓴 듯한 거울 속 자기 모습에 웃음이 나왔다. 늘 하고 다니던 피어싱을 빼고 컬러 콘택트렌즈를 일반 렌즈로 바꿨다.

드디어 올 것이 왔다며 다들 한숨만 쉬는 나날이 계속되었다. 캠퍼스에는 이산화탄소가 넘쳐흘렀다. 남아도는 시간을 주체하지 못해 고민이었던 대학교 1학년 때로 돌아가고 싶었다. 대학교 4년은 짧아도 너무 짧았다.

솔직히 만만하게 생각했다. 어떻게든 되겠지 하며 취업을 우습게 봤다. 하지만 구직난이라는 현실은 예상보다 가혹했다. 서류 단계에서부터 떨어지는 일이 다반사였다. 붙을 거라고 확신한 회사조차 탈락이었다. '학력 필터'라는 게 정말 있는 모양이었다. 어렵사리 압박 면접까지 올라가 2차 관문을 통과했나 싶으면 불합격 메일이 날아들어 인격을 전면 부정당한 듯한 절망감에 빠지는 나날이 계속되었다.

유명기업에 입사가 결정된 선배가 자신만의 무기가 필요하다고 했던 말이 떠올랐다. 그 선배는 중학생 시절 학생회장을 역임했던 게 도움이 됐다고 했지만, 미오는 속으로 '이 사람의 최대 무기는 얼굴이지'라며 혀를 찼다.

구직에서 아니, 살아가는 데 단정한 용모는 여러모로 유리하다. 부럽기는 했지만, 미오는 자신의 무기가 용모가 아니라는 것쯤은 알고 있었다.

내 무기는 뭘까?

남쪽 사투리가 귀엽다며 환대받던 시절도 다 지나갔다. 그런 건 전혀 무기가 되지 못한다. 3년이나 도쿄에서 학교를 다니다 보면 사투리는 자연스럽게 옅어진다.

입사지원서 작성법을 알려주는 강의를 듣거나 기업설명회를 예약하는 등 번거로운 취업 활동을 연달아 해치우며 미오의 정신은 점차 피폐해졌다. 입사라는 두 글자를 얻기 위한 여정은 멀기만 했다. 흐름에 역행해서는 안 된다고 자신을 격려하며 다이어리 스케줄러를 채워갔지만, 끝이 없었다. 노력만으로는 아무것도 해결되지 않았다.

수단 방법을 가리지 않고 무조건 이 전쟁에서 승기를 잡아야 했다. 그만큼 미오는 구석에 몰려 있었다.

일찌감치 입사가 확정된 동기들은 말했다.

"구직에 필요한 건 장기적인 준비야."

그들은 대학 입학과 동시에 취업을 염두에 두고 대학생활을 해왔다고 한다. 봉사활동, 유학, 아르바이트, 인턴십, 자격증까지 모두 구직 활동에 쓰기 위한 수단이었다고. 어영부영 대학에 입학해서 어영부영 알게 된 사람과 어영부영 동아리에 들어가 어영부영 시간을 보내고 또 어영부영 구직을 시작하는 식으로는 어림도 없다는 말이었다.

이제 와 그 사실을 깨달은들 시간을 되돌릴 수는 없다. 아무리 구직 준비에 소홀했다고는 해도 이제라도 할 수 있는 게 있지 않을까.

미오는 기업에 내세울 만한 자신의 장점을 고민하다가 불현듯 SNS를 떠올렸다. 다들 하는 거지만, 다들 하는 것이기에 특징적인 요소가 있으면 승산이 있겠다고 판단했다.

문득 한 유명인이 재난 지역에 거액의 기부금을 보냈다는 기사가 떠올랐다.

'실천하지 않는 선의보다 실천하는 위선을.'

한때 그런 말이 인터넷에 나돌기도 했다.

재난 지역에 기부금을 보냈다던 그 유명인은 적당히 아저씨라는 애칭으로 방송이나 잡지에 뻔질나게 얼굴을 내미는 인물이었다. 미오의 기억이 정확하다면, 처음 놀러 간 시부야에서 딱 한 번 그를 만난 적이 있었다.

"좋아하는 단어 있어요?"

지나가는 미오에게 적당히 아저씨가 물었다.

"딱히 없는데, 아저씨가 생각해 주실래요?"

미오가 대답했다. 그가 써준 글귀는 '언제라도 마음에 힘을'이었다. 중간에 붓이 부러지는 바람에 당황하던 아저씨의 표정도 떠올랐다.

대체 뭐 하던 사람일까? 시인이었는지 서예가였는지는 잊어버렸지만, 책 인세를 재난 지역에 기부한 모양이었다.

"제가 원하는 건 명성도 돈도 아닙니다."

미오는 그렇게 인터뷰하는 적당히 아저씨의 얼굴을 보며 그럼 이 사람은 뭘 위해 사는 걸까 하고 궁금해했다. 미오의 의문에 답하듯 그는 "사람들이 기뻐하는 얼굴이 보고 싶어서요"라며 의기양양하게 대답했다.

진심인지 아닌지는 몰라도 적당히 아저씨의 행보를 보며 미오는 그가 영리한 사람일 거라고 추측했다. 미디어의 주목을 받으면 인지도는 올라가게 마련이다. 그러면 책은 날개 돋친 듯 팔린다. 선한 사람이라는 이미지를 연출해 돈과 명성을 얻으려는 게 본래 목적이라면 그의 전략은 대성공인 셈이다.

불현듯 미오는 생각했다. 자신도 가능할지도 모른다고.

실연 여행 때 만난 가나 아이들의 미소가 떠올랐다. 그러자 카카오 농장에서 일하는 아이들에게 초콜릿을 나눠주었을 때의 감동이 되살아났다.

타인을 위해 할 수 있는 일. 그래, 개도국 아이들을 도와주면 되겠다. 봉사활동으로 내가 추진력 있는 인재라는 걸 기업에 강조하는 거야.

미오는 곧바로 SNS에 글을 올렸다. '가나의 어린이들에게 생활용품을 보냅시다.' 옷이나 생리용품 같은 건 아프리카 아이들이 구하기 힘들 것이다. 할 수 있는 것부터 시작하지 뭐. 조금이라도 상관없잖아? 안 입는 옷이나 쓰지 않는 문구류를 조금씩 기부하는 거야. 우선 이 프로젝트에 함께할 동료를 모아야 했다. 생각났을 때 바로 행동할 것. 이것이 미오의 신조였다.

SNS에 글을 올리자, 일주일도 채 안 돼 몇몇 사람이 돕고 싶다며 DM을 보내왔다. 봉사 아이디어를 보내주는 이도 있었다. 우선 기부 물품을 맡길 장소가 필요했는데 이는 개인 창고를 빌려 저렴하게 해결하기로 했다. 그다음에는 모인 물건을 종류별로 나누어 현지로 보낸다. 배송비는 모금으로 해결한다. 직장이나 주거지 때문에 돕고 싶어도 도울 수 없는 사람이 있을 것이다.

미오의 SNS 팔로워는 점차 늘어났다. 계정명도 '봉사활동 여대생 미오'로 바꿨다. 활동을 세세하게 기록한 블로그를 개설하고, 틱톡과 유튜브도 야무지게 활용했다. 이대로만 간다면 입소문이 나는 건 시간문제였다.

미오는 머릿속으로 밝은 미래를 상상했다.

'지원자가 학창 시절 가장 몰두했던 일이 뭐죠?'

'봉사활동입니다.'

상상 속에서 미오는 면접관에게 씩씩하게 대답하고 있었다.

틀림없이 잘될 거야.

그러나 며칠 후, 상황은 급변했다.

배터리가 못 버틸 정도로 휴대폰이 줄기차게 울어댔다. 아니, 벌써 소문이 퍼졌나? 그런 기대감을 품고 앱을 열었다.

하지만 상황은 예상치 못한 방향으로 흘러갔다. 미오는 너무 놀란 나머지 휴대폰을 떨어뜨릴 뻔했다.

"말도 안 돼……."

예상과는 전혀 다른 반응이었다. SNS에는 미오를 향한 악담은 물론 지금까지의 언행을 비난하는 댓글로 넘쳐났다. 위선자다, 자기만족이다, 제멋대로다, 관심받으려고 저러는 거다…….

왜지? 미오는 이 모든 상황이 이해되지 않았다. 호흡을 가라앉힐 새도 없이 원인을 찾았다. 잠시 후 '이건 민폐죠'라며 미오의 게시물을 공유한 글을 발견했다. 미오의 프로젝트에 누군가 딴지를 걸고 있었다.

계정명은 'CACAO'였다. CACAO가 올린 글을 살펴보니 그는 프리랜서로 국제구호활동을 하는 남자였다. 그의 발언에 반응을 보인 이들이 미오를 공격한 것이었다.

다행히 '이런 게 악성 댓글이구나' 하고 판단할 정도의 침착함은 남아 있었다. 하지만 원인을 밝혀냈다고 한들 바뀌는 건 없었다.

미오는 떨리는 손가락으로 화면을 눌렀다. 어떡하지. 사태를 수습할 방법이 도무지 떠오르지 않았다. 어쨌든 첫 게시물을 삭제하는 수밖에 없었다. 그러자 이번에는 '카카오 농장 아이들에게 초콜릿을 나눠주었다'라는 과거 게시물을 퍼 나르며 비난하는 이들이 나타났다.

— 가장 해서는 안 될 행동.

— 거만한 태도가 짜증 난다.

— 무슨 생각으로 저런 거지?

지금까지 미오의 글에 관심 한번 보이지 않던 사람들이 한꺼번에 몰려와 비난을 퍼부었다. 악의로 돌변한 정의감은 이제 누구도 막을 수 없었다.

차단, 차단, 차단…….

이것으로 일단락되나 했더니 이번에는 라인으로 메시지가 쇄도했다. 미오를 걱정한 친구들이 보낸 것이었지만 답장은 하지 않았다.

그때 전화벨이 울렸다. 가나타였다. 걱정돼서 연락한 모양이었다. 그런데 번호는 어떻게 알았지?

"여보세요."

전화받는 목소리가 떨렸다. 알고 보니 미오는 온몸을 떨고 있었다.

"아, 다행이다." 안도하는 가나타의 목소리가 다정하게 느껴졌다.

"왜? 내 연락처 지운 거 아니었어?"

"친구한테 물어봤어. 그건 그렇고 괜찮아?"

"으, 으응."

"하아, 그건 괜찮지 않을 때 나는 소린데."

이제 와서 왜 잘해주는데. 너한테 안 차였으면 가나 같은 데 갈 일도 없었어……. 너한테 안 차였으면 그런 동영상을 올릴 일도 없었다고……. 미오는 가나타를 책망하며 어떻게든 자신을 정당화하고 싶었지만, 그럴 기운도 남아 있지 않았다.

"내가 지금 갈까?"

가나타가 자상하게 물었다. 그러자 눈물이 왈칵 쏟아졌다. 더는 아무것도 할 수 없었다. 옛 남친이고 뭐고 상관없으니까 나 좀 도와줘. 이 상황 좀 어떻게 해달라고.

"응, 와."

"지금 어딘데?"

어디더라? 미오는 주위를 둘러봤다. 그제야 그녀는 자신이 비틀거리며 동네를 방황하고 있었다는 사실을 깨달았다.

그때 눈앞에 우는 여자아이가 보였다. 네다섯 살쯤 됐으려나.

"엄마아, 우에엥."

아이는 딸꾹질까지 해가며 울고 있었다.

"미안, 가나타. 누굴 좀 도와야 해서."

불현듯 그런 생각이 들었다. 미오는 전화를 끊고 눈물을 훔친 뒤, 아이에게 무슨 일이냐고 물었다. 아이는 경계하면서도 말귀를 곧잘 알아들었다. 의외로 침착하고 대답도 잘해서 야무진 친구라며 속으로 감탄했다.

여자아이는 초콜릿을 사러 가던 중에 길을 잃었다고 했다.

"초콜릿이라."

미오는 저도 모르게 하늘을 쳐다봤다.

아이를 집까지 바래다주자 다소나마 기분이 누그러들었다. 다시 가나타의 목소리가 듣고 싶었지만, 배터리가 방전된 바람에 단념해야 했다. 집에 도착한 미오는 곧장 침대 위로 쓰러져 죽은 듯이 잠에 빠져들었다. 이럴 때는 잠이 최고다. 자고 일어나서 생각하자. 무엇 때문인지 지독하게 피곤했다.

얼마나 잠들었을까. 깨어나 보니 눈앞에 가나타와 나오가 보였다.

"무슨 일이야? 두 사람이 왜 여기 있어?"

"전화를 아무리 해도 안 받으니까 그렇지!"

두 사람은 이구동성으로 대답했다. 호흡이 척척 맞았다. 서로 일면식도 없을 텐데.

미오가 하도 전화를 받지 않자, 나오가 걱정스러운 마음에 집까지 찾아온 모양이었다. 현관문 앞에서 고양이처럼 "미오, 미오!" 하고 부르고 있는데 마침 가나타가 나타났단다.

"잉? 그런데 어떻게 들어왔어?"

"전에 마스터키 줬잖아." 가나타가 대답했다.

"잃어버렸다고 하지 않았나……."

"죽어라 찾았지."

두 사람은 장장 이틀에 걸쳐 무슨 일이 있었는지 들려주었다. 미오는 만 이틀을 꼬박 잠들어 있었다고 한다. 한시름 덜었다는 표정의 두 사람을 보며 미오는 이 모든 일이 꿈이길 바랐다.

한바탕 난리를 치른 지 한 달.

정신을 차려보니 여름도 막바지에 다다라 있었다. 취직은 여전히 요원한 상태였다. 그러던 어느 날, 얼굴을 무기 삼아 취업 전쟁에서 승리한 선배한테 전화가 왔다.

"널 만나고 싶다는 사람이 있어."

방송에 나갔을 때도 종종 이런 얘길 들었다. 지금과 상황은 전혀 달랐지만.

"무슨 일로요?" 미오는 쭈뼛거리며 물었다.

"널 돕고 싶대."

이상한 포교 단체에서 나온 사람 아니냐는 농담조차 할 기운이 없었다. 실은 아무도 만나고 싶지 않았지만, 선배가 분명 도움이 될 거라며 하도 강권하는 바람에 마지못해 승낙했다.

그 일 이후로 SNS는 한 번도 열어보지 않았다. 여는 순간 휴대폰이 폭발할지도 모른다는 망상에 시달렸다. 학교는 의외로 조용했다. 뒤에서 손가락질하는 사람도 없었고, 무리에서 소외당하지도 않았다. 하지만 미오가 먼저 말을 걸 수는 없었다. 무엇보다 사람이 무섭다는 생각에서 헤어나기 힘들었다.

약속 장소는 역 안 카페였다. 마침 개찰구 앞에서 싸우는 고등학생 커플이 눈에 들어왔다.

"왜 그렇게 화를 내?"

"두고 봐. 내가 제대로 한 방 먹일 거니까."

그들은 젊디젊은 기운을 사방으로 발산하고 있었다. 하지만 지금 미오에게 연애는 사치스러운 오락이었다.

카페에서 얼마쯤 기다리자, 가로줄 무늬 셔츠를 입은 남자가 말을 걸어왔다. 20대 후반에서 30대 초반쯤 됐을까. 럭비 선수를 연상시키는 떡 벌어진 어깨와 두툼한 가슴팍이 인상적이었다.

"안녕하세요. 혹시 '봉사활동 여대생 미오' 씨 되시나요?"

럭비 선수는 당황해하는 미오에게 깊이 고개를 숙였다.

"일전에는 죄송했습니다."

미오가 영문을 몰라 멍하니 있으니, 럭비 선수가 말을 이었다.

"CACAO라고 합니다."

"아……."

몸이 절로 얼어붙었다.

"연락을 드리고 싶어서 DM을 보냈는데 답장이 없어서요……. 이래저래 방법을 찾다가 그쪽 개인 정보가 인터넷에 여기저기 올라와 있더라고요. 어느 게 진짜인지 헷갈렸는데, 다행히 그중에 대학명이 있어서."

미오는 저도 모르게 "아아" 하고 힘없이 고개를 떨구었다. 괜히 들떠서는 방송 같은 데 나가는 게 아니었는데. 지난날 자신의 선택이 원망스러웠다.

"지인한테 부탁해서 겨우 그쪽한테 연락이 닿았네요."

"아, 그럼 사과하시려고 일부러……?"

"그런 이유도 있습니다. 하지만 우선 그쪽한테 하고 싶은 말이 있어서요."

"무슨 말이요?"

설교라도 하려나 싶어 긴장됐다.

"그쪽이 하려던 행동은 잘못이지만, 그 마음은 잘못이 아닙니다."

"네?"

미오는 어안이 벙벙했다.

"저도 대학생 때 봉사를 시작했어요. 지금까지 해외에서 이런저런 활동을 많이 했죠. 물론 혼자서는 불가능합니다. 늘 여러 사람한테 도움과 조언을 얻어가며 하고 있어요. 처음에 이 일을 시작하려고 했던 동기도 그쪽과 다르지 않고요."

미오는 차마 구직에 써먹으려고 한 게 최초 동기라고는 말하지 못했다.

"'물고기를 주지 말고 물고기 낚는 법을 가르쳐라'라는 말 들어본 적 있으신가요?"

"글쎄요."

"배고픈 사람을 보면, 물고기부터 주는 게 아니라 물고기 낚는 법을 가르쳐줘야 한다는 뜻입니다. 즉, 현 상황을 일회적으로 개선하는 것이 아닌 장기적인 관점에서 근본적으로 개선해야 한다는 말이죠."

아아, 그렇구나. 그제야 그가 하는 말이 이해가 갔다.

"그런데 방법이 있나요?"

"저는 개발도상국에서 생리대 만드는 법을 가르치고 있습니다. 선진국에서 수입해도 되지만, 배송비 문제도 있고 무엇보다 이것저것 손에 쥐여주기만 해서는 시간이 아무리 흘러도 발전하지 못할 테니까요. 정답이 아니라 지혜를 알려주는 게 진짜 도움이 아닐까요?"

"듣고 보니 그렇네요."

"공정무역이라고 아십니까?"

"죄송해요. 제가 공부가 부족해서."

"개발도상국에서 만든 물건을 적정한 가격에 꾸준히 매입해서 어려운 처지에 있는 개도국 주민과 노동자의 생활을 개선하고 자립을 도모하려는 일종의 '무역 운동' 입니다."

"아하."

의미는 대충 이해했지만, 구체적으로 뭘 어떻게 한다는 건지 알 수 없었다.

"간단히 말해 무역국 간에 상생 관계를 맺어야 한다는 뜻입니다. 근데 아직 일본은 이 부분이 제대로 안 되고 있어요. 여러 문제 때문에……."

미오는 CACAO씨의 열변을 들으며 자신의 어리석음과 무지를 반성했다.

"만약 괜찮으시면 저희 프로젝트에 참여해 주시겠습니까?"

그가 팸플릿을 내밀며 말했다. 팸플릿 맨 앞면에 초콜릿 사진이 실려 있었다.

"여기는 제가 운영하는 회사입니다. 가나에서 카카오 농장을 운영하는데 지금은 현지인을 다수 고용하고 있죠. 카카오 생산에는 빈곤, 아동 착취, 산림 벌채 같은 심각한 문제가 늘 따라다닙니다. 다 바꿀 수는 없을지 몰라도 누군가 나서지 않으면 아무것도 바뀌지 않으니까……."

그는 자신이 앞으로 하려는 일에 대한 비전을 손짓, 발짓까지 동원해 가며 설명했다.

"열의를 갖고 일해주실 분을 찾고 있습니다."

그는 말했다. 미오 씨라면 가능할 것 같다고.

며칠 후, 미오는 그를 따라 작은 초콜릿 가게를 찾았다.

"초콜릿이 어떻게 만들어지는지 아세요?"

"카카오 콩을 발효시켜서 건조하고…… 여하튼 손이 굉장히 많이 간다고 들었어요. 가나에서 만난 애들은 처음 먹어보는 초콜릿 맛에 감동하더라고요. 그 애들은 모르겠죠. 자기들이 무슨 일을 하고 있는지, 그 뒤에 어떤 과정을 거치는지."

"그때 안됐다는 생각이 드셨나요?"

"아…… 네."

미오가 솔직하게 대답하자, 그는 부드러운 말투로 그렇지 않다고 말하며 가게 안으로 들어갔다. 뒤따라 들어가니 서늘한 바람이 볼에 닿는 게 느껴졌다.

"어서 오세요."

우아한 노부인이 상냥하게 웃으며 두 사람을 반겨주었다. 이곳 점주인 듯했다.

"자, 미리 말씀드린 걸로."

그가 점주에게 무언가를 부탁했다.

"실은 카카오 과육이 얼마나 맛있는지 의외로 일본인은 잘 모르거든요."

그의 얼굴을 쳐다보며 미오는 "흠" 하고 고개를 끄덕였다. 잠시 후, 하얀 음료가 나왔다.

"드셔보세요."

미오는 빨대에 입을 갖다 댔다. 마셔보니 상쾌한 과일 맛 칵테일이었다. 약간의 탄산이 쏴아 하며 목구멍을 자극하더니 리치나 사과 같은 새콤달콤한 맛이 느껴졌다.

"정말 맛있는데요. 이게 뭐예요?"

"카카오 열매로 만든 음료예요."

"네? 그 카카오 말인가요?"

미오가 알고 있는 초콜릿과는 전혀 다른 맛이었다.

"네, 열매 속에 카카오 종자를 감싸고 있는 하얀 펄프가 있는데, 그 펄프에서 이런 단맛이 나거든요."

문득 카카오 과육을 파 먹던 가나 아이들의 얼굴이 떠올랐다.

"그들은 초콜릿 맛은 몰라도 카카오 열매가 맛있는 건 알고 있어요. 저희 일본인과는 정반대죠."

그는 너그러운 미소를 지으며 말했다.

"저, CACAO씨. 저도 함께 일하게 해주세요."

"잘 부탁드립니다, 미오 씨."

미오는 함께하는 세상을 꿈꾸며 이제부터 무조건 열심히 뛰어야겠다고 다짐했다.

6장

까만 밤을 비추는 코코넛 프랄린

미나즈키 로쿠로

9월 1일. 2학기가 막 시작됐을 무렵, 좋아하는 사람이 머리를 잘랐다. 일자 컷에 허리까지 오는 윤기 나는 검은 머리가 그 아이의 상징이었는데.

다른 여자애들보다 어른스러워 보이는 미나즈키 로쿠로의 첫사랑, 그녀의 이름은 한자로 '星空'라고 쓰고 '세이라'라고 읽는다. 하지만 로쿠로는 말문이 트였을 때부터 '세라'라고 불렀다. 그렇다, 두 사람은 소꿉친구다. 로쿠로는 세라에 관해서는 모르는 게 없다. 아니, 모르는 게 없는 줄 알았다.

그런데 어째서? 왜 갑자기 세라가 머리를 잘랐을까?

"머리 하나 자르는 것도 네 허락이 필요해?"

세라는 로쿠로의 기분은 아랑곳하지 않고 정색하며 말했다. 새삼스럽지도 않다. 세라는 예전부터 그랬다. 로쿠로한테는 특히 까칠하게 굴었다. 하지만 그 점이 좋았다. 부드러운 건 세라와 안 어울렸다.

"내가 길고 검은 머리카락 좋아하는 거 알잖아?"

"그래서? 머리 때문에 이제 나 싫어?"

"아니, 그건 아니지. 당연히 좋……."

로쿠로는 부끄러움에 급하게 입을 다물었다. 사실 둘은 아직 사귀는 사이가 아니다. 그렇다, 아직은. 정식 관문을 밟지 못했다. 고백할 타이밍을 잡지 못한 채 어느덧 고3이 되어버렸다. 언제까지고 이 상태로 지낼 수 없다는 건 알고 있었다. 로쿠로의 마음은 이미 세라한테 들킨 지 오래고, 세라도 분명…… 로쿠로와 같은 마음일 것이었다. 확인한 적은 없지만.

"그럼 상관없잖아."

세라는 성큼성큼 앞으로 걸어갔다.

"무슨 일 있었어?"

세라는 처음 만났던 유치원 시절부터 일자 컷에 검은 머리를 고수했다. 약간 널찍한 이마를 신경 쓰기는 했지만, 로쿠로는 그 부분이 귀여웠다.

그랬던 머리가 보브컷인지, 단발머리인지 어깨에도 닿지 않을 만큼 짧아졌고, 가지런히 정돈된 앞머리는 눈썹 부근에서 멈췄다. 전체적으로 산뜻한 게 세라와 안 어울리는 건 아니지만 어색한 건 어쩔 수 없었다. 지금이라도 '이거 가발이지롱' 하고 말해주길 바랐다.

"너도 지난주에 머리 잘랐잖아. 무슨 일 있었어?"

"그건 그냥 다듬은 거고."

"거봐, 이유 같은 거 없잖아."

세라는 얼버무리듯 말하고는 정문을 빠져나갔다. 로쿠로는 서둘러 뒤쫓았지만 이미 여자애들과 무리 지어 떠나는 세라에게 더는 아무 말도 할 수 없었다.

지난달, 여름 축제에서 돌아오는 길에 세라가 물었다.

"배우 이시하라 사토미하고 우에노 주리 중에 누가 더 좋아?"

아마 이시하라 사토미라고 대답했던 것 같다. 솔직히 로쿠로는 연예인 따위는 관심 없었다. 어느 쪽이든 무슨 상관이랴. 공교롭게도 그날 점심으로 스키야*에서 카레를 먹은 바람에 그렇게 대답했을 뿐이다.

머리를 자른 게 설마 그 대답 때문이라고? 하지만 세라

* 일본의 소고기덮밥 체인점. 배우 이시하라 사토미가 광고 모델이며 짧은 머리로 등장한다.

는 부러 로쿠로의 취향에 맞추거나 할 타입은 아니다. 그럼 그런 질문은 왜 한 거지?

세라의 변화는 머리 스타일뿐이 아니었다. 행동도 좀 수상했다. 8월로 접어들었을 무렵이었다.

"나 대입 준비하려고."

"농담이지?"

"진짜야. 올해 안에 힘들면 재수도 각오하고 있어."

"뭐? 적당히 취직하려던 거 아니었어?"

"아니, 대학 갈 거야."

"지금부터 해서 언제 가게?"

"그래서 이제 너하고 놀 시간 없어. 미안."

난데없는 세라의 면학 모드에 로쿠로는 어안이 벙벙했다. 외톨이가 된 것 같아 쓸쓸하기도 했다.

두 사람이 다니는 고등학교는 매년 정원 미달로, 이름만 적어 내면 누구나 붙여주는 이른바 꼴통 학교다. 대학에 진학하는 놈 따위 거의 없었다.

그런데 세라가 변했다. 여름이 세라를 바꿔놨다. 대체 뭔 일이 있었던 거냐고?

방과 후, 로쿠로는 세라의 뒤를 밟았다. 난생처음 하는 미행은 설레기보다는 긴장됐다. 덜컹대는 전철을 타고 이동한 지 30분. 갈아탈 때 한 번 놓칠 뻔했지만, 어찌어찌 목적지까지 따라붙는 데 성공했다. 세라는 역에서 내려 15분 정도 걸어가더니 시나비타 도서관으로 들어갔다. 왜 굳이 이런 작은 도서관을 찾은 거지? 책을 읽을 거면 학교나 집 근처에 더 번듯한 곳이 있을 텐데.

세라는 데스크에 있는 여성과 대화를 나누고 있었다. 책을 반납하러 온 건 아닌 듯한데, 운영 시간이라도 묻는 걸까?

그러고는 두어 시간가량 공부를 마치고 도서관을 나서더니 다시 역 쪽을 향해 걷기 시작했다. 한 손에는 휴대폰을 쥔 채였다. 그런데 돌연 오던 길과는 다른, 좁다란 골목길로 들어가는 세라. 세라는 방향치인 주제에 호기심이 강해서 종종 길을 잃어버렸다. 어딜 가는 거야? 로쿠로는 불안한 마음으로 뒤따라갔다. 세라는 이따금 멈춰서서 뭔가를 찾듯 두리번거리며 오른쪽을 봐도 왼쪽을 봐도 엇비슷한 아파트만 늘어선 베드타운 사이를 불안하게 걸어갔다.

그러다가 어떤 아파트 앞에서 우뚝 멈춰 서는가 싶더니 다시 걷기 시작했다. 그렇게 얼마쯤 가다 걸음을 늦추고 대뜸 고개를 들었다. 주위에는 높다랗게 솟은 화려한 건물이 즐비했다. 세라의 시선을 따라가자 비상계단 층

계참에 중년 여성과 스무 살쯤 되어 보이는 젊은 남성이 마주 보고 있는 게 보였다. 충격을 받은 듯 흐느끼는 나이 든 여성을 어린 남성이 달래는 희한한 광경이었다. 건물 옆에는 '좋아하는 일을 직업으로'라는 전문학교의 큼지막한 간판이 보였다. 선생님하고 학생인가?

세라도 의아한 듯 두 사람을 응시했다. 여성의 손에는 작은 종이 쇼핑백이 들려 있어 흡사 밸런타인 초콜릿을 건네려다 차이는, 터울이 많이 지는 커플처럼 보였다.

바로 앞 신호등이 바뀌자 세라는 다시 걷기 시작했다. 로쿠로도 뒤따라갔다. 세라가 전철에 올라타는 걸 확인한 뒤 로쿠로도 전철에 몸을 실었다. 아무래도 들키지 않은 눈치다. 안도감에 가슴을 쓸어내리는데, 불쑥 천장에 달린 주간지 광고에서 '적당히 티셔츠, 품절 대란'이라 쓰인 문구가 눈에 들어왔다.

"어, 세라다."

동네 역에 도착하자, 로쿠로는 우연인 척 세라에게 말을 걸었다.

"너 나 미행한 거 완전 티 났어."

"아, 다 알았…… 아니, 난 그냥 네가 걱정돼서."

"네가 걱정할 일 같은 거 전혀 없거든."

"없긴 무슨. 갑자기 대학에 간다지를 않나 머리를 자르질 않나. 왜 그러는데?"

로쿠로가 인상을 쓰며 말하자, 세라는 또 그 소리냐는 듯 한숨을 쉬었다.

"난 지금 내 인생에 대해 그 어느 때보다 심각하게 고민 중이야."

"고민이 있으면 나한테 말하면 되잖아."

"아니야. 이건 나 혼자 결정해야 해."

"무슨 말을 그렇게 섭섭하게 하냐."

"공부 시작하면서 새삼 느낀 건데, 수험 공부라는 게 끝이 없더라. 공부가 이렇게 고된 건 줄 몰랐어."

그야 당연하다. 어릴 적부터 공부와는 무관한 인생을 살았으니. 로쿠로 부모님도, 세라 부모님도 자식 성적에는 관심이 없어서 시험 결과가 아무리 엉망이어도 혼낸 적이 단 한 번도 없었다.

로쿠로의 집은 조부모 때부터 양조장을 운영하고 있다. 자연스레 로쿠로도 부친의 뒤를 이어야 한다는 소릴 들으며 자랐다. 굳이 좋은 대학에 가지 않아도 태어났을 때부터 직장이 정해진 셈이었다. 로쿠로는 내심 세라와 결혼만 하면 자신의 인생은 완성이라고 생각했다. 바보 같다고 비웃을지 모르지만, 그 꿈은 유치원 시절부터 변한 적이 없다.

"그렇게 애써서 공부 안 해도 돼. 귀중한 청춘을 공부로 낭비하지 말라고."

"있잖아, 우리는 지금껏 '적당히' 살아왔지만, 그동안 '적당히'라는 말뜻을 잘못 알고 있던 걸지도 몰라."

"뭐?" 로쿠로는 세라가 무슨 말을 하는지 도무지 알 수 없었다.

"'적당히'란 그 사람에게 가장 알맞은 상태를 의미해. 아무렇게나 되는대로 살아간다는 뜻이 아니라는 말이지."

"무슨, 적당히가 그냥 적당히지."

로쿠로의 말에 세라는 지친다는 듯 한숨을 내쉬었다.

"어째 좀 피곤하다."

세라가 역 벤치에 앉아 고개를 푹 숙였다. 그때 가방에서 참고서 몇 권이 떨어졌다. 서둘러 잡으려 했지만 이미 늦었다. 그때 이마에 상처가 난 어떤 아저씨가 다가와 세라와 로쿠로 사이에 떨어진 책을 주워주었다.

"아니, 이건?"

아저씨가 미간을 찌푸리며 말했다. 아저씨 손에는《내일, 죽고 싶다면》이라는 불온한 제목의 책이 들려 있었다. 띠지 문구는 더 무시무시했다.

'그런 방법으로는 편하게 못 죽지~'

아무리 봐도 그건 참고서가 아니었다. 왜 세라가 이런 책을 갖고 있지? 처음엔 아까 들른 도서관에서 빌린 건 줄 알았는데, 도서관 소장 도서를 나타내는 도장이나 스티커가 보이지 않았다. 그럼, 이런 책을 일부러 사서 읽고 있다고? 로쿠로는 화가 치밀었다.

"뭐야, 이 책은?"

"너랑 상관없잖아."

세라는 쌀쌀맞게 대꾸하더니 아저씨 손에서 책을 빼앗아 가방에 집어넣었다.

"아가씨, 옆에 좀 앉아도 될까?"

아저씨는 세라 옆에 앉아 사람 좋은 미소를 지었다. 그러고는 가방에서 자잘한 무늬의 자수가 새겨진 수첩 같은 걸 꺼내 붓펜으로 뭔가 적기 시작했다. 쓱쓱 물 흐르듯 거침없이 펜을 놀리더니 "됐다" 하고 고개를 끄덕이며 페이지를 찢었다.

"자, 여기."

그는 종이를 세라에게 건넸다. 뭘 썼나 보려고 로쿠로도 몸을 앞으로 숙였다.

씩씩하게 제멋대로 살아라.

"엥?"

세라는 종이에 적힌 문장과 아저씨를 번갈아 쳐다보며 고개를 갸웃했다.

"제멋대로라는 건 무례하게 남을 대하는 게 아니야. 넘치는 자신감으로 대담하고 거침없이 나아가는 걸 말하지. 누구든 방황을 해. 이 길이 맞나 하고. 하지만 자신을 믿어주는 것도 나쁘지 않아. 좀 제멋대로 살아도 돼. 젊으니까 그렇게 살아도 괜찮다고. 자, 난 그럼 이만."

아저씨는 그렇게 한바탕 설교를 마친 뒤 승강장을 떠났다.

"뭐야, 저 사람."

로쿠로는 어이가 없었지만 세라는 종이를 쥔 채 잔뜩 흥분한 목소리로 외쳤다.

"말도 안 돼. 진짜 만났어!"

"누군데?"

"요즘 뜨는 적당히 아저씨잖아. 왜, 저번에 다케시타 거리에서 저 사람 아냐고 인터뷰한 거 기억 안 나?"

"아. 기억나는 것도 같다."

"그래. 그 사람이야, 그 사람."

세라는 벌떡 일어서더니 받은 종이를 지갑에 넣고 들뜬 목소리로 배고프다며 개찰구를 빠져나갔다. 로쿠로는 요즘 뜬다는 그 아저씨보다 아까 본 불온한 책 제목이 더 신경 쓰였다. 휴대폰으로 찾아보니 자살 방법이 잔뜩 실린 책이었다. 출간된 지 수십 년도 더 지난 책이지만, 당시에는 반향이 꽤 있었던 모양이다. 이제는 서점 매대에서 찾아보기도 힘들 텐데. 우연히 발견하고 혹해서 산 걸까?

로쿠로는 가만히 세라의 옆모습을 바라봤다. 예쁘고 여리여리한 게 참 사랑스러웠다. 바깥으로 살짝 뻗친 머리카락이 걸을 때마다 바람에 흩날리며 세라의 갸름한 턱선을 한층 강조했다.

설마 자살을 생각하고 있을 줄이야……. 아냐, 내가 유난 떠는 거야. 그런 생각은 많든 적든 누구나 하잖아? 세라도 잠깐 마음이 흔들렸을 뿐이야. 그런데 최근에 보인 이상한 행동들은 뭐지? 죽고 싶을 만큼 공부가 힘든가? 여태 공부 쪽은 쳐다보지도 않던 애가 느닷없이 공부를 시작하겠다고 나섰으니, 어쩌면 대입 노이로제에 시달리는지도 모른다.

"내가 나서야지, 안 되겠어."

불쑥 세라를 구해야겠다는 사명감이 일었다.

"세라, 그렇게 자길 몰아세우지 않아도 돼."

"아니, 난 지금 시간이 없어."

세라의 쓴웃음에 로쿠로는 할 말을 잃었다. 시간이 없

다니, 무슨 뜻이지? 벌써 자살할 날짜라도 정해놨다는 말인가? 설마. 아냐, 그럴 리 없어. 로쿠로는 고개를 가로저었다.

"너, 아무 데도 가면 안 돼. 알았지?"

"나 이제 집에 갈 건데."

"아. 그런 거지? 하하."

로쿠로는 어색하게 웃으며 얼버무렸다. 어떻게든 막아야 해. 세라 마음을 살아가는 쪽으로 돌려놔야 한다.

"머리도 식힐 겸, 어디 바람 쐬러 안 갈래?"

"그럴 여유 없대도?"

"여유가 없다니, 왜 여유가 없는데?"

"너 아까부터 이상해. 왜 자꾸 캐물어? 수상하게."

세라가 짜증 난다는 말을 연발하며 질색한 표정을 지었다. 그래도 짜증 낼 기운은 있는 듯해 로쿠로는 오히려 안심했다.

"아, 맞다. 있잖아."

세라가 갑자기 진지한 표정으로 목소리를 낮췄다.

"응? 왜?"

"다음 주 일요일에 시간 돼?"

"응."

설령 안 되더라도 세라가 원한다면 시간이야 얼마든지

만들면 된다.

"같이 갈 데가 있어."

"어딜?"

"여긴데."

세라가 구글 맵을 보여주며 말했다. 아까 들렀던 베드타운 근처였다. 로쿠로가 인상을 썼다. 세라가 여기라며 보여준 사진에는 아파트가 죽 늘어서 있었다.

"누구 집에 가는 거야?"

"그건 아직 말 못 해. 확인하고 싶은 게 있거든."

"뭐 하러 가는데?"

"그게, 아까 만난 아저씨도 제멋대로 살라고 하기도 했고."

"그거랑 무슨 상관인지 전혀 모르겠는데."

"여하튼 부탁이니까 아무 말 말고 그냥 따라와."

"아, 알았어."

휴우. 로쿠로는 길게 한숨을 내쉬었다. 어쨌든 이번 주 일요일까지는 괜찮다는 소리다. 세라가 궁지에 몰린 끝에 자살하겠다는 바보 같은 결심을 하지 못하게 매일 감시해야 한다.

"어이, 로쿠로. 뭘 그렇게 보냐?"

같은 반 요다가 괜히 빈정대며 말을 걸어왔다.

"방해할 거면 가라."

로쿠로는 쌍안경으로 세라의 모습을 좇고 있었다. 홀수 반인 세라와 짝수 반인 로쿠로의 체육 수업은 따로따로 진행된다. 로쿠로 반은 지금 미술 시간이라 석고상을 데생 중이다. 대입을 목표로 하는 학교와 달리 로쿠로네 학교는 면학 분위기가 잡히지 않아 선택과목 수업은 거의 자습 시간이나 다를 바 없었다.

"네가 무슨 세라 스토커냐?"

"난 지금 소꿉친구로서 사명을 다하고 있는 거야."

"흐음. 너 아직 **진도 하나도 못 뺐지?**"

요다가 집요하게 치근덕거렸다.

"시끄러워. 그런 소리 할 때가 아니야. 지금 난 긴급사태라고."

"왜? 세라한테 다른 남자라도 생겼냐?"

헛다리도 제대로 헛다리였다.

"아니, 아니지……."

잠깐, 왜 그 생각을 전혀 못 했지?

"뭔데, 뭔데? 왠지 사건 냄새가 나는데? 말해봐. 들어나 보자."

요다는 쓸데없이 호기심이 많다. 장래 희망이 구도 신

이치* 같은 탐정이 되는 거란다. 꼴통만 모인 학교여서 참 다행이다.

"세라가 갑자기 머리를 잘랐어."

"그거야 보면 알고."

"그게 다가 아냐. 갑자기 대학에 가겠대. 공부하느라 바빠서 휴일에는 연락도 거의 안 돼. 등하교 때도 참고서만 뚫어져라 쳐다보고, 내 얘기는 듣지도 않아. 수업 끝나면 엉뚱한 데를 어슬렁거리질 않나, 거기다 읽는 책도 수상해. 네가 보기엔 이게 다 뭐 때문인 것 같냐?"

"흐음."

요다는 엄지와 검지를 L자로 펴서 턱에 갖다 대며 탐정 흉내를 냈다.

"역시 남자네. 그것도 나이 차이가 꽤 나는 연상남."

"왜 그렇게 생각하는데?"

"여자는 남자가 생기면 바뀌는 법이거든. 세라가 갑자기 바뀐 이유는 여태껏 자기 주변에서는 볼 수 없었던 새로운 유형의 남자가 나타났기 때문이야. 즉, 우리 같은 애송이가 아니라 어른 남자하고 사귀기 시작한 거라고. 틀림없어."

* 탐정 만화《명탐정 코난》주인공.

"나이 차이가 꽤 나는 남자라면, 혹시……."

요다가 로쿠로의 눈을 물끄러미 쳐다보더니 긍정하듯 고개를 끄덕였다.

"불륜." 두 사람이 이구동성으로 외쳤다.

"아냐, 그건 아냐. 세라는 그럴 애가 아니야."

"또 모르지. 여름 한철 만남으로도 여자는 바뀌니까."

숫총각 딱지도 못 뗀 주제에 괜히 아는 척이다. 하지만 요다의 추리는 그럴싸했다.

"그거야!"

로쿠로가 난데없이 외쳤다. 반 아이들의 시선이 일제히 로쿠로에게 쏠렸다.

"갑자기 왜 그래?" 요다가 목소리를 낮추며 물었다.

"어쩌면 세라, 그 남자네 집에 쳐들어갈 계획인지도 몰라. 이번 주 일요일에 어딜 같이 가자더라고. 누구 집인지는 모르겠는데, 어떤 아파트 사진하고 지도를 보여줬어. 확인하고 싶은 게 있다면서."

"헉, 분명 뭔가 구린 게 있다니까."

"아무래도 그런 거 같지?"

"응, 넌 이제 아수라장에 들어가는 거야."

"무슨 아수라장이야? 듣는 사람 무섭게."

"그쪽 부인하고 담판을 지으러 가는 거지. 넌 만일의

사태를 대비한 경호원 같은 거고."

"뭐? 무슨 만일의 사태? 드라마도 아니고……."

"너도 애쓴다. 소꿉친구 노릇도 힘들구나."

요다는 합장하듯 두 손을 모았다가 성호 긋기를 반복하며 어디론가 사라졌다. 밉살스러운 요다의 얼굴을 째려보며 로쿠로는 상황을 다시 한번 정리했다.

그 연상남인가 뭔가 하는 사람이 대학에 가라고 세라를 꼬셨다. 머리도 자르라고 하고. 세라는 그 사람한테 빠져들수록 궁지에 몰렸다. 처음에는 남자가 결혼한 줄도 몰랐겠지. 그러던 어느 날, 자신이 남자의 불륜 상대라는 사실을 깨닫고 그 집에 쳐들어가기로 마음먹은 것이다.

아아, 그래서 그런 불온한 책에까지 손을 댔구나. 로쿠로는 모든 상황이 이해됐다. 다음 주 일요일, 세라는 담판을 지을 작정이다. 혼자서는 불안하니까 로쿠로한테 동행을 부탁했고. 진흙탕 싸움을 각오한 결단. 만약 받아들일 수 없는 답변을 듣는다면 세라는 책에 나온 방법으로 목숨을 끊을 생각인지도 모른다.

얼토당토않은 추리지만 로쿠로 안에서는 이미 퍼즐이 다 맞춰졌다.

막아야 해. 무슨 일이 있어도 막아야 해. 피를 보기 전에 무슨 수든 써야 한다.

결전의 일요일. 세라가 새까만 원피스 차림으로 집에서 나왔다. 약간 긴장한 듯한 표정이었다.

"로쿠로, 너 그런 차림으로 가려고?"

세라는 로쿠로를 머리끝부터 발끝까지 훑어보고는 입을 비죽 내민 채 고개를 갸웃했다. 하얀 티셔츠에 청바지 차림이 뭐가 이상하다는 건지. 아수라장에도 정해진 복장이 있나?

"뭐, 상관없겠다. 넌 그냥 들러리니까."

"그냥 전부 나한테 맡겨."

"뭐? 넌 할 일 없다니까. 그냥 조용히 옆에 있으면 돼."

"그럴 수야 없지. 어쨌든 내가 있으니까 괜찮아."

"그래. 네가 있으면 분위기가 좀 누그러지겠지."

세라는 싱긋 웃었다.

도심에서 약 30분. 세라는 얼마 전에 갔던 도서관보다 한 정류장 앞에서 내렸다. 이 동네에 불륜남이 살고 있다니. 도서관에서 대화를 나눈 사람이 어쩌면 불륜남의 아내일지 모른다.

"나 꽃집에 좀 들를게."

"선물 살 거면 과자 같은 게 낫지 않아?"

"하지만…… 아, 그런가? 아이가 있다고 했으니 과자

도 괜찮겠다."

"뭐? 그 자식, 아이도 있어? 애도 있는데 어떻게 여고생이랑……."

로쿠로는 주먹을 꽉 쥐며 말했다.

"왜 그렇게 화를 내?"

"화나지. 화나는 게 당연하잖아!"

"저기, 너 뭔가 착각하고 있는 거 아냐?"

"두고 봐, 내가 제대로 한 방 먹일 거니까."

로쿠로가 언성을 높이자 주위 시선이 한꺼번에 쏠렸다.

"아니 잠깐. 무슨 뚱딴지같은 소리야? 부탁이니까 그냥 아무 소리 말고 따라와. 설명은 다 끝나면 해줄 테니까."

"지금 말해줘. 궁금하다고."

"나도 아직 헷갈려서 그래. 이래저래 확인할 것도 있고. 그게 풀리면 결론이 날 거야."

세라의 말에 로쿠로는 더 혼란스러웠다. 그 집엔 대체 뭘 하러 가려는 거지?

역에서 내려 20분 정도 걸어가자 목적지인 아파트가 나왔다. 휴대폰으로 시간을 확인하니 이제 막 오후 2시를 넘긴 참이었다. 로쿠로는 약간의 허기를 느끼며 세라를 따라갔다. 아파트 현관을 지나 엘리베이터를 탔다. 세라가 3층 버튼을 누르자 엘리베이터는 천천히 올라가기 시작했다. 3층에서 내려 복도 맨 끝에 있는 집 앞에 도착하자 세라는 크게 심호흡했다.

"로쿠로, 파이팅."

세라의 뜬금없는 구호에 로쿠로는 그저 고개만 끄덕였다. 무슨 싸움인지도 모른 채 적진으로 쳐들어가는 전사가 된 기분이었지만 무슨 일이 벌어져도 받아들일 각오가 돼 있었다.

초인종을 누르자 30대 중반 정도의 키 큰 남자가 나왔다. 이놈이 세라하고? 말도 안 돼! 로쿠로는 속으로 경악했다. 스웨트셔츠 차림에 머리에는 까치집이 선, 그냥 아저씨였다.

"아, 누구신지……?"

남자가 멍한 표정으로 물었다. 어쩌면 집을 잘못 찾아왔는지도 모른다. 그때 뒤에서 웬 자그마한 남자아이가 불쑥 얼굴을 내밀었다.

"아, 안녕하세요. 여기가 하지메 니나 씨 댁인가요?"

세라가 물었다. 그게 누구지?

"네." 남자가 대답했다.

"저, 조문…… 아니, 분향을 좀."

조문? 분향? 대체 이게 무슨 소리야? 로쿠로는 검정 원피스를 입은 세라의 뒷모습을 물끄러미 바라봤다.

"아아, 아내 손님이시군요. 감사합니다."

남자가 인사를 하며 두 사람을 안으로 들였다.

복도를 지나자 거실 안쪽에 조촐하게 마련된 제단이 보였다. 영정 사진 속 여성은 도대체 누굴까. 로쿠로는 자신의 추리와는 전혀 딴판으로 돌아가는 이 상황이 도무지 이해되지 않았다.

일단 세라를 따라 로쿠로도 무릎을 꿇고 합장했다. 조심스레 눈을 뜨자 세라는 입을 일자로 굳게 다문 채 영정 사진 속 얼굴을 하나하나 뜯어보듯 찬찬히 살피고 있었다.

"괜찮으시면 차라도 한잔 드시고 가시겠어요?"

식탁에 보리차 두 잔이 나란히 놓였다. 로쿠로는 잠자코 세라 옆에 앉았다.

"이렇게 불쑥 찾아봬서 죄송합니다. 전 하지메 니나 씨의 여동생 우사미 세이라라고 합니다."

"뭐?"

가장 먼저 반응을 보인 건 로쿠로였다. 그러자 세라의 매서운 눈초리가 날아들었다. 조용히 하라는 신호였다.

"죄송합니다."

로쿠로는 냉큼 사과하고 손으로 입에 지퍼를 닫는 시늉을 했다.

"니나한테 얼핏 듣긴 했습니다. 터울이 꽤 지는 여동생이 있다고요. 만난 적은 없지만."

아! 로쿠로는 속으로 비명을 질렀다. 외동딸인 줄 알았던 세라한테 언니가 있다는 얘기는 금시초문이었다.

"네, 저도 불과 얼마 전에 알았어요. 저한테 언니가 있다고."

그는 불륜남이 아니라 세라 친언니의 남편, 즉 형부였던 것이다. 로쿠로는 머릿속이 혼란스러웠다. 하지만 잠자코 두 사람의 대화를 들으며 조금씩 상황을 이해하기 시작했다.

세라의 언니인 니나 씨는 지지난달에 돌연사했다. 그 일로 부모님이 나누는 대화를 우연히 듣게 되면서 세라도 언니의 존재를 알게 됐다. 왜 여태껏 함구했냐고 어머니에게 물었더니, 니나 씨는 전남편과의 사이에서 낳은 자식이라는 대답이 돌아왔단다. 니나 씨가 고등학생 때 이혼했는데 아이는 아버지 쪽에서 키우기로 합의했다고 한다. 하지만 아버지는 곧바로 재혼했고, 니나 씨는 의붓어머니와 성격이 맞지 않아 집을 나와야 했다. 그 후, 아버지에 이어 어머니에게도 새로운 가족이 생기면서 니나 씨와는 사이가 멀어지고 말았다고.

"어른들은 참 제멋대로네요."

세라가 말했다.

"네. 그렇네요."

니나 씨 남편은 조용히 동의했다.

"니…… 언니는 어쩌다 세상을 떠났나요? 엄마한테 물어봤지만 잘 모르는 눈치더라고요. 병이었을 거라는 말밖에 못 들었어요. 갑자기 떠났다고요. 사람이 그럴 수가 있나요? 겨우 30대였잖아요? 입원도 안 했는데 그렇게 갑자기 죽다니요?"

세라의 말이 빨라졌다.

"어머니 말씀이 맞아요. 들으신 그대로입니다. 니나는 돌연사였어요. 전날까지만 해도 아주 건강했죠. 그날도 멀쩡하게 집을 나섰고요. 설마 두 번 다시 못 보리라고는 상상도 못 했습니다……."

니나 씨 남편이 담담하게 말했다. 외로움과 슬픔을 다 통과했다는 듯 차분한 말투였다.

"믿기지 않아요. 어쩌다……." 세라가 탄식했다.

"급성 심부전이라고 들었습니다. 젊은 사람도 건강한 사람도 갑자기 그렇게 될 수 있다고 하네요. 전 의사가 아니라서 잘은 모르겠지만 그런 사람도 있나 봅니다."

있나 봅니다, 라며 언뜻 남 얘기처럼 말하는 남편의 어투에서 그의 안타까운 심정이 고스란히 전해졌다.

"만나봤으면 좋았을 텐데. 저한테 자매가 있었다고 생각하니 왠지 기분이 묘해서요. 이름도 비슷하고 얼굴도…… 보세요, 닮았죠?"

세라는 영정 사진 쪽으로 시선을 던지며 동의를 구하듯 말했다.

"닮았다. 엄마하고 누나하고 닮았어."

남자아이가 말했다.

"닮았네요, 많이."

남편은 조용히 자리에서 일어나더니 천천히 복도를 걸어갔다. 곧이어 자리로 돌아온 그는 "이거, 같이 보실래요?" 하며 붉은 천으로 감싼 앨범을 내밀었다. 조심스레 표지를 넘기자, 남자아이가 "아, 엄마다!" 하고 환호하며 옆으로 다가왔다. 귀여운 아이였다.

"같이 볼까?"

세라가 싱긋 웃자, 남자아이가 슬쩍 세라의 무릎 위에 앉았다.

젊은 시절의 니나 씨는 정말 세라와 똑 닮은 얼굴이었다. 세라는 앨범을 넘기며 입술을 깨물었다. 울음을 참고 있는 게 느껴졌다.

"전 계속 찜찜했어요. 혹시 언니가 자살한 걸까 봐요. 갑자기 죽는 병도 찾아봤지만 왠지 안 믿겨서, 그래서 이곳에 와보기로 한 거예요. 언니가 일했던 도서관에도 다녀왔고요. 그러고는 깨달았어요. 자살이 아니라는 걸. 언니는 행복했던 것 같아요. 이렇게 예쁜 아이와 자상한 남편이 있었으니……."

급기야 참았던 눈물이 터지고 말았다.

"누나, 괜찮아?"

남자아이가 티슈 케이스를 건넸다.

"고마워." 세라는 콧물까지 훌쩍였다.

"세라……."

로쿠로는 무슨 말을 건네야 할지 몰라 살며시 세라의 어깨에 손을 올렸다.

"실은 이번에 니나 씨 일로 많은 생각이 들었어. 죽는다는 게 뭔지, 무슨 의미인지. 머리로는 알아도 마음으로는 알 수 없는 일이란 게 있잖아. 소중한 사람이 니나 씨처럼 갑자기 세상을 떠나서, 그 사람이 왜 죽었는지 이유도 모른 채 남겨진 사람들도 있고 말이야. 그들에겐 명확한 설명이 필요해. 그래서 나 대학에서 의학 공부를 하고 싶어."

"그래서 갑자기 대학에 간다고 했구나?"

"응."

로쿠로와 남편은 눈을 마주치며 미소를 지었다.

"오늘 와줘서 고마워요. 괜찮으면 저녁 먹고 갈래요?"

그는 잠시만 기다려달라고 말하고는 부엌으로 향했다. 키가 큰 탓인지 무릎을 구부린 채 엉거주춤한 자세로 채소를 썰었다. 도마를 두드리는 기분 좋은 소리가 집 안에 울려 퍼졌다. 손재주가 꽤 좋은 것 같았다. 곧 해산물볶음면과 주먹밥, 된장국이 식탁 위에 올라왔다.

"맛있겠다. 아빠가 요리 잘하시네."

세라가 남자아이를 향해 웃으며 말했다.

"엄마도 잘했어."

남자아이는 생글생글 웃더니 어린이용 젓가락으로 볶음면을 입에 넣었다.

로쿠로는 자신의 어이없는 오해를 반성하며 볶음면을 입안으로 쓸어 넣다시피 했다. 오징어랑 새우가 연달아 딸려 들어오고, 녹진한 소스가 입안에 착 감기는 것이 맛있었다. 명란주먹밥과 가지된장국도 즉석에서 만든 것이라고는 믿기지 않을 만큼 맛이 좋았다.

"잘 먹었습니다."

"이거 드셔보세요."

남자아이가 작은 접시에 각진 모양과 동근 돔 모양의

하얀 디저트를 내왔다.

"칭찬 초콜릿이야."

남자아이의 말에 남편이 설명을 덧붙였다.

"이건 니나가 좋아했던 초콜릿이에요. 하얀색은 코코넛 프랄린이라고 한대요. 화이트초콜릿 속에 헤이즐넛과 코코넛을 반죽한 크림이 들어 있어요. 이건 가나슈 초콜릿이고요. 전 어쩐지 아까워서 못 먹겠더라고요. 괜찮으면 드셔보세요."

"감사합니다. 저, 초콜릿 정말 좋아하거든요."

"다행이네요."

"잘 먹겠습니다."

세라는 코코넛 프랄린을 손으로 집어 절반을 깨물더니 음미하듯 말했다.

"아, 맛있다."

로쿠로는 가나슈 초콜릿을 통째로 입에 넣었다. 고급스러운 맛이라는 정도밖에는 모르겠다. 매일 먹는 게 아닌, 특별한 날 먹는 선물 같은 초콜릿 같았다.

두 사람이 현관을 나설 때였다. 니나 씨 남편이 샤프를 하나 건네며 말했다.

"이거 선물로 드릴게요. 부러지지 않는 샤프에요. 원래는 심이 부러지지 않는다는 콘셉트로 출시한 건데, 별 반응이 없어서 '마음이 부러지지 않는 샤프'라고 홍보했더니 잘 팔리더라고요. 니나가 사서 시험 준비할 때 썼던 겁니다. 괜찮으시면……."

"정말 제가 받아도 될까요? 고맙습니다."

"시험공부 힘내시고요."

"네."

"그럼, 조심히 가세요."

니나 씨 집을 나오니, 밖은 벌써 저녁 어스름이 깔리고 있었다. 세라는 개운한 표정으로 씩씩하게 걷는 듯했지만, 손끝은 떨고 있었다.

"그런데 머리는 왜 자른 거야?"

"또 시작이네."

"무슨 이유가 있을 거 아냐?"

"공부하는데 머리 길면 성가셔. 머리 말리는 시간도 아깝고."

"그게 이유라고? 그럼, 이시하라 사토미하고 우에노 주리 중에 누가 좋냐고는 왜 물어본 건데?"

"아아, 그건……." 세라는 민망한 듯이 고개를 떨궜다.

"〈언내추럴〉*의 이시하라 사토미로 가야 할지, 〈감찰의

* 이시하라 사토미가 법의학자로 등장하는 의학 드라마.

아사가오〉**의 우에노 주리로 가야 할지 고민돼서."

"무슨 말이야?"

"법의학자랑 검시관 중에 뭐가 될지 고민했다고."

세라는 얼굴을 붉히며 대답했다.

"난 드라마 잘 안 봐서 몰라. 그래서 어느 쪽인데?"

"상관없잖아, 그런 거."

세라는 고개를 홱 돌렸다. 로쿠로는 재차 물었다.

"그러니까 어느 쪽이냐고?"

"집요하다. 어느 쪽이든 뭔 상관이야?"

"하긴, 맞아. 어느 쪽이든 난 네가 정말 좋아."

기회는 이때다 하고 로쿠로는 냅다 고백해 버렸다.

하늘에는 막 떠오른 별 하나가 반짝반짝 빛을 내고 있었다.

** 우에노 주리가 검시관으로 등장하는 수사 드라마.

7장

아득한 꿈을 위해, 잔두야

나나모리 나나미

"사인 좀 받읍시다."

독서회를 마치고 돌아가는데 누가 팔을 잡아당겼다. 돌아보니 중년 남성이 턱살을 축 늘어뜨린 채 빙긋 웃고 있었다. 나나모리 나나미는 남자가 내민 책을 보자 맥이 탁 풀렸다. 세계적인 베스트셀러 작가 애거사 크리스티의 문고본이었다. 이미 수백만 부가 팔린 시리즈로 모르는 사람이 없는 명작 중의 명작이었다.

나나미는 난감해하며 말했다.

"이건 좀…… 저자한테 실례지요. 죄송합니다."

나름 정중히 거절했다고 생각했다.

"그러지 말고. 내가 진짜 소설가를 보는 게 처음이라 그래요. 지금 가진 책이 이거밖에 없어서 그러니까 부탁 좀 합시다."

남자는 포기하지 않았다. 진짜 소설가라는 한마디가 가슴을 후벼 팠다.

"그래도…… 다른 작가 작품에 사인하는 건 아무래도……."

"거참, 쩨쩨하게 구네. 괜찮아요, 괜찮아. 그냥 볼펜으로 조그맣게 써주면 된다니깐."

남자는 억지로 나나미에게 볼펜을 쥐여주고는 "얼른" 하며 재촉했다. 가방 안에 사인용 붓펜이 있었지만, 굳이 꺼내고 싶지는 않았다.

"알겠습니다."

나나미는 노여움을 참으며 볼펜으로 사인했다.

"여기요."

"아, 고맙수다."

남자는 사인에는 눈길도 주지 않고 책을 가방에 집어넣더니 나나미의 얼굴을 빤히 쳐다보며 물었다.

"그, 뭐였죠? 그쪽 이름."

사인한 지 얼마나 지났다고 벌써 이름을 까먹다니.

"나나모리 나나미입니다."

언짢은 티가 나지 않게 대답했다. 악의 없는 무례함처럼 악질적인 것도 없다.

"아, 맞다 맞다."

남자는 적당히 대답하고는 주위를 둘러보더니 근무 중인 사서에게 말을 걸었다.

"저기 말인데, 이 도서관에 나나모리 나나미 씨가 쓴 책 있나?"

"네, 무슨 일이시죠?"

아담한 여성이 잰걸음으로 남자에게 다가왔다. 사서 하지메 씨였다. 그녀는 타인과의 거리를 적절히 조절할 줄 아는 사람이라 대하기가 참 편했다.

"아, 내가 저 사람한테 사인을 받았거든. 기념으로 책도 좀 빌려 갈까 하는데."

남자가 나나미한테 사인받은 사실을 설명했다. 하지메 씨는 금세 상황을 이해하고 안색을 살피듯 나나미와 눈을 마주쳤다. 마치 괜찮냐고 묻는 것 같았다.

"……."

하지메 씨는 이내 양해를 구하는 표정으로 남자를 바라보며 사과했다.

"죄송합니다. 지금은 없는데요."

속삭이듯 작은 목소리였다.

"저런, 가는 길에 서점에라도 들러야 하나."

남자는 아쉽다는 표정으로 웅얼거렸다. 마치 네 소설은 도서관 대여로 충분하다는 듯.

그 순간 나나미는 잘나가지도 않으면서 소설가라고 떠벌린 자신을 책망했다. 내친김에 말해줄까? 내 소설은 근처 책방에서도 못 구한다고.

'뭐, 어차피 헛걸음이겠지만 궁금하면 어디 한번 가보시든가?' 그렇게 나나미는 속으로 빈정대며 모멸감을 삼킬 뿐이었다.

서점이라고 해서 모든 책이 다 있는 건 아니다. 팔리는 책만 진열될 뿐, 팔리지 않는 작가의 책은 발주서에 이름도 못 올린다. 무명작가는 서점에 갈 때마다 매대에 자신의 작품이 없다는 사실에 서러워진다. 큰마음 먹고 서점 직원한테 물어보면 직원은 작가 이름을 두세 번씩 되묻기 일쑤다. 그럴 때면 나나모리 나나미라는 작가가 있는 줄도 모르는구나 싶어 또다시 서러워진다.

"죄송합니다. 나나모리 씨."

하지메 씨가 정중하게 사과했다.

"아니, 괜찮아요. 익숙하니까."

대답이 좀 퉁명스러웠던 건 아닌지 신경 쓰였다.

"정말 죄송해요."

하지메 씨는 아까부터 연신 사과만 해댔다. 자꾸 그러니 오히려 비참한 기분이 들었다.

"신경 쓰지 마세요. 제 책이 도서관에 없는 건 알고 있어요."

"저희가 금방 들여놓을게요."

"아니에요. 어차피 나나모리 나나미라는 이름으로 낸 책은 한 권밖에 없어요. 벌써 10년도 더 지난 일이라, 아마 정식 경로로는 입수하기 어려우실 거예요."

"그럼, **다른** 이름으로 내신 책이 있는 건가요?"

예리하다. 다른 사람 같으면 "아, 그렇군요" 하고 넘어갈 텐데.

"아뇨, 그런 뜻은 아닙니다."

나나미는 곧바로 부정했지만, 하지메 씨의 짐작이 틀린 건 아니었다. 순문학 작가 나나모리 나나미로는 알려진 책이 없는 탓에 노선 변경을 시도했다. 다른 필명으로 쓴 포르노 소설이 아주 약간 팔렸다. 그래봤자 한 번 재판을 찍은 정도지만. 그 후로 들어오는 집필 의뢰는 죄다 그 필명으로 낸 포르노 계열뿐이다. 그렇다고 생활이 필 만큼 수입이 넉넉한 것도 아니다. 한 권 써봤자 고작해야 십몇만 엔, 시급으로 환산하면 편의점 아르바이트가 훨씬 남는 장사다.

결혼도 했고, 그냥 취미로 쓰면 안 돼? 주변에선 그렇게들 말한다. 하지만 별것 아닌 자존심이 그걸 허락하지 않았다. 어떻게 해서든 나나모리 나나미로 성공하고 싶었다.

'남들 시선이 무슨 상관이야? 팔리기만 한다면 할 수 있는 일은 무조건 다 할 거야.'

나나미는 결의를 다지며 블로그에 글을 끄적였다. 어차피 이런 글 따위 아무도 관심 주지 않는다. 그저 스스로 기운을 북돋으려고 쓰는 것일 뿐.

'두 번 다시 다른 작가 작품에 사인 같은 거 안 해.'

하지만 쓰라린 경험담이 독자에게 먹혔는지 그 글은 전에 없는 조회 수를 기록했다.

어느 날, 지역 FM 라디오에서 초대 손님으로 나와달라는 제의를 받았다. 순문학 작가 나나모리 나나미로. 블로그에 올린 글을 우연히 라디오 관계자가 본 모양이었다. '우리 지역에 현역 작가가 계시다니!' 다소 호들갑스러운 DM이었지만 솔직히 기분은 좋았다. 단 두 번의 답장으로 출연을 결정했다.

라디오 출연은 당연히 처음이었고, 그만큼 긴장도 많이 됐다. 신인상 수상 당시 잡지 인터뷰를 한 적은 있었지만 실제로 자신의 목소리가 전파를 타고 나간다고 상상하니 무슨 말을 해야 좋을지 몰라 고민스러웠다. 하지만 막상 가보니 사회자의 진행에 맞춰 담담하게 질문에 대답하는 형식이라 걱정했던 만큼 얼어붙지는 않았다. 가장 수월했던 건 나나미가 쓴 책 소개보다는 자신에게 영향을 준 작품을 말할 때였다. 커다란 헤드폰을 끼고 마이크에 대고 말하는 기분이 꽤 좋았다.

"수고하셨습니다. 초대해 주셔서 감사해요. 정말 재밌었어요. 괜찮으시면 또 불러주세요."

귀중한 체험을 했다는 생각에 나나미는 조금 흥분해 있었다.

"저, 나나모리 씨. 혹시 괜찮으시면……."

방송국장 다카키 씨가 나나미에게 고정 출연을 제의했다. 한 달에 한 번, 20분간 진행하는 코너로 내용은 책에 관한 거라면 뭐든 상관없다고 했다.

"이렇게 무턱대고 결정해도 괜찮으시겠어요?"

다카키 씨는 괜찮다며 고개를 끄덕였다. 아무리 그래도 이건 너무 간단했다.

"나나모리 씨가 원하는 주제로 말씀하시면 되는데, 부탁드려도 될까요?"

"네? 정말요?"

"네, 오늘처럼만 해주시면 됩니다."

이런 게 지역 라디오에서만 누릴 수 있는 자유분방함이라고 다카키 씨는 말했다. 덧붙여 그는 자기가 좋아하는 프로그램을 직접 기획할 수 있는 게 이 일의 즐거움이라고도 했다.

출연은 오는 1월 첫째 주부터였다. 문제는 20분이라는 시간이 어느 정도인지 전혀 감이 오지 않는다는 거였다. 게다가 음악도 알아서 골라가야 했다. 나나미는 평소 라디오를 거의 듣지 않는지라 좀 막막했다. 애초에 무명작가의 혼잣말을 들어주는 사람이 있기는 할까?

어쨌든 원고는 써야겠기에 나나미는 컴퓨터를 켰다. 자유롭게 하라지만 오늘처럼 질문을 주고받는 형식은 아니다. 본인의 생각을 본인 목소리에 실어서 내보내야 한다.

마이크 앞에 앉은 자신을 떠올리며 나나미는 키보드를 두드렸다. 말을 전하는 일이라는 점에서는 라디오나 소설이나 똑같다. 설령 중간에 머릿속이 새하얘져도 끄떡없게끔 말 한마디, 글자 하나까지 모두 원고에 적어 넣었다. '자', '그럼 여기서', '그래서' 같은 연결어까지 꼼꼼하게 적었다.

텔레비전을 켜니, 심야 예능 프로그램이 재방송 중이

었다. 〈화제의 인물을 찾아서〉라는 타이틀이 눈에 들어왔다. 시청자 의견을 받아 궁금한 인물을 추적하는 콘셉트인데 주로 낯은 익지만 이름은 잘 모르는 여성 탤런트나 예능인이 추적 대상인 듯했다.

"자, 그러면 찾아보겠습니다. 함께 가시죠."

곧 화면이 바뀌었다.

"네, 저희는 지금 하라주쿠의 다케시타 거리에 나와 있습니다."

두 진행자가 카메라 앞에서 호기롭게 포문을 열었다.

"오늘은 일명 '좌우명 파는 남자'를 찾아보려고 하는데요."

그게 뭐지? 나나미는 고개를 갸웃했다.

프로그램은 지나가는 사람을 인터뷰하는 형식으로, 진행자가 지나가던 청년에게 마이크를 들이대자 쾌활한 답변이 돌아왔다. 그다음엔 앳된 고등학생 커플이 나왔다. 남학생이 약간 긴장한 표정으로 "잘 모르겠는데요" 하고 대답하자 진행자가 즉각 마이크를 여학생 쪽으로 옮기며 물었다.

"그럼, 여자친구는요?"

"친구 중에 좌우명을 받은 애가 있어요. 재밌어 보여서 호기심에 받았다는데……."

여학생이 자랑하듯 말했다.

그 신출귀몰한 남자한테 좌우명인가 뭔가를 받으면 행운이 찾아온다고 한다. 여고생은 휴대폰을 꺼내더니 친구에게 전화를 걸었다. 프로그램 내용을 대충 설명하자 친구는 곧장 라인으로 사진을 보내주었다. 실제 그 남자한테 받았다는 쪽지가 화면에 나왔다.

추상적이고 알쏭달쏭했지만, 내용은 희망적이었다. 가슴을 찌른다기보다는 조심스레 등을 두드려주는 듯한 문장이었다.

결국, 이날 '좌우명 파는 남자'는 찾지 못했다. 화면에는 제보를 기다리겠다는 자막이 흘러나왔다. 만일 이게 그 남자의 전략이라면 참 대단하다 싶었다. 신출귀몰한 면모를 강조하면 희소성은 자연스레 올라간다. 방랑하는 예술가 콘셉트라.

나나미는 저도 모르게 "좋겠다" 하고 중얼거렸다.

눈 깜짝할 사이에 새해가 밝더니 생방송 날짜가 다가왔다.

괜찮아. 이 원고만 있으면 문제없어. 그렇게 자신을 다독이며 나나미는 진행자석에 앉았다. 모니터에 시간이 표시되자 긴장감은 극에 달했다. 실수하면 어쩌지, 심박

수가 점점 올라갔다.

드디어 오프닝 음악이 나오고 다카키 씨가 큐 사인을 보냈다. 그에 맞춰 나나미는 타이틀을 외쳤다.

"나나모리 나나미의 레, 레인보우 타임."

힘이 너무 들어가는 바람에 목소리가 뒤집혔다. 바짝 긴장한 나나미는 호흡을 고르며 원고로 눈을 돌렸다. 음악이 끝나면 곧바로 오프닝 멘트다.

"안녕하세요. 저는 글 쓰는 나나모리 나나미입니다."

여기까지는 분명하게 기억난다. 초반에는 원고를 눈으로 좇으며 진행했기 때문에 순조로웠다. 하지만 중간부터 어느 행을 읽고 있는지 헷갈리더니 당황하면 할수록 원고 내용과 발화 내용 사이에 괴리가 생겼다.

어쩔 수 없었다. 나나미는 일단 애드리브로 밀고 나가자고 마음먹었다. 진행표를 무시한 채 좋아하는 작가의 좋아하는 작품을 소개하기로 했다. 원래는 자신의 취미나 일에 관해 소개할 계획이었지만, 그 얘기는 미뤄두고 끝날 때까지 무사히 토크를 이어가는 데만 열중했다. 침묵만은 안 된다는 일념으로 잔뜩 신경을 곤두세운 채. 그러자 20분은 순식간에 지나갔다.

"수고하셨습니다. 정말 좋았어요, 역시."

다카키 씨는 손뼉을 치며 칭찬해 주었다. 예의상 하는

말임을 알았지만 기뻤다.

"감사합니다."

"그럼, 다음 달에도 잘 부탁드립니다."

나나미는 뿌듯함과 민망함을 동시에 느끼며 스튜디오를 빠져나왔다.

두 번, 세 번 출연을 거듭할수록 나나미는 라디오 진행에 조금씩 익숙해졌다. 매번 원고대로 되지는 않았지만, 애드리브로 어떻게든 공백을 메울 수 있을 만큼 토크에 능숙해졌다. 얼마 안 되지만 매달 사연을 보내주는 청취자도 생겼다. 그렇게 라디오 출연은 출발이 순조로웠다.

어느 날, 남편이 집에 개를 한 마리 데려왔다. SNS에서 개를 분양한다는 공고를 보고 운명을 느꼈단다. 둘 다 동물에는 그다지 애착을 못 느끼는 타입이라 지금까지 반려동물을 키우자는 얘기는 한 번도 나온 적이 없었다.

분양받은 개는 이미 두 살을 넘겼고, 몸무게도 10킬로그램짜리 쌀자루보다 무거웠다. 납작하게 눌린 코와 볼품없는 외모, 땅딸막한 체형에 나나미는 꼭 흑돼지처럼 생겼다며 인상을 썼다.

하지만 잘 키울 수 있을까 하는 불안감은 기우로 끝났다. 클로에라는 이름의 프렌치불도그는 식을 대로 식은 부부 사이의 윤활유가 돼주었고, 그만큼 부부도 애정을 많이 쏟았다. 덕분에 집안이 확 밝아졌다. 나나미는 자신이 이렇게나 동물한테 사랑을 느낄 줄은 몰랐다. 남편도 마찬가지였다. 생전 라인 한 줄 주고받지 않던 부부가 저마다 클로에를 찍은 사진이나 동영상을 자랑하듯 상대한테 보냈다. 휴일에는 클로에와 함께 산책도 다녔다.

사건이 일어난 것은 3월 중순이었다. 남편이 이번에는 조금 멀리 나들이를 가보자고 제안했다. 셋이 함께하는 드라이브는 꽤 즐거웠다. 클로에는 드넓은 자연을 누비며 뛰어다녔고 남편은 그 뒷모습을 좇으며 카메라에 담았다. 나나미는 심기일전해서 만든 도시락을 펼쳤다.

그러나 꿈같은 시간은 그리 오래가지 않았다. 남편이 카메라 배터리를 갈고, 나나미가 도시락 가방을 차에 싣느라 잠시 한눈을 판 그 몇십 초 사이에 클로에가 사라진 것이다. 처음에는 이름을 부르면 곧바로 돌아올 줄 알고 여유를 부렸다.

하지만 일대를 혈안이 되어 찾아 헤매도 클로에의 모습은 보이지 않았다. 여기를 봐도 저기를 봐도 온통 산과 나무뿐이었다. 애초에 집에서 수십 킬로미터나 떨어진 곳이었다. 어디서 헤매고 있든 찾기는 쉽지 않을 터였다. 해가 다 지도록 찾았지만, 끝내 클로에는 모습을 드러내지 않았다.

그날 이후, 두 사람은 전단을 돌리고 SNS에 글을 올렸다. 덕분에 클로에를 본 것 같다는 제보가 많이 들어왔지만, 보호 중이라는 소식까지는 들리지 않았다. "이렇게나 안 나타나는 걸 보면 누가 주워갔나 봐." 함께 수색을 도와준 친구가 말했다. 나나미도 남편도 현실을 인정하는 수밖에 없었다.

그 정도에서 끝났으면 좋으련만, 언제부턴가 SNS에 두 사람을 비난하는 글이 쇄도했다. 생각지도 못한 일이었다. 자칭 동물애호가들이 악성 댓글을 퍼붓기 시작한 것이다. "당신 때문이다", "당신이 제대로만 돌봤다면", "당신이 클로에의 보호자가 아니었다면" 등등……. 새겨들을 만한 지적도 있었지만, 대부분 악의적인 댓글이라 나나미도 남편도 밥이 목으로 넘어가지 않을 정도로 스트레스를 받았다.

그 일이 있고 난 뒤, 나나미의 가정은 이전으로 되돌아갔다. 아니, 전보다 더 상황이 나빠졌다. 서로를 비난하는 날의 연속이었다. 당신 때문이다, 아니 당신 때문이다 하며 책임을 떠넘기느라 심신이 지칠 대로 지쳐갔다.

악화일로란 이런 때를 두고 하는 말일까. 얼마 후 두 사람은 별거에 들어갔다. 클로에를 찾을 때까지는 서로 보지 말자는 소리에 나나미는 거의 쫓겨나다시피 집을 나왔다.

이제 어떻게 먹고살지? 나나미는 머리를 움켜쥐었다. 라디오 진행은 월 1회. 출연료라야 한 끼 점심값 수준이다. 포르노 소설 인세도 매달 들어오는 게 아니다. 아르바이트 경험은 전무한 데다 자격증도 없어서 당장 취업도 불가능했다. 쉰이 다 되도록 자기가 뭘 할 줄 아는지도 모르다니. 지금껏 어영부영 살아온 자신이 한심했다.

나나미는 약간의 저축과 수입으로 조용히 절약하며 살 각오로 작은 아파트를 빌렸다. 여전히 나나모리 나나미라는 이름으로는 어떤 출판사에서도 의뢰가 들어오지 않았다. "요즘 이런 건 안 팔려서요"라며 기획서 단계에서 반려되기 일쑤였다. 쓸 기회조차 없었다.

운이 따라주지 않을 때는 절대 안 따라준다.

인터넷으로 나나모리 나나미라고 검색하자, 자신의 데뷔작 표지가 눈에 들어왔다. 반가운 마음에 반사적으로 클릭해 보니, 직거래 앱에 책이 반값에 올라와 있었다. 물품을 올린 지 한 달이나 지났건만, 아직도 낙찰되지 않은 채였다.

아직도?

과연 사겠다는 사람이 나타나기는 할까. 그날부터 나

나미는 책의 행방이 신경 쓰여 하루도 거르지 않고 직거래 앱을 드나들었다. '오늘도 안 팔렸네', '아, 아직도 있다니' 하며 한숨짓는 나날이 계속되었다.

모아둔 돈은 점점 줄어들고, 기력도 체력도 소진되기만 했다. 일주일 동안 아무것도 안 하고 거의 침대에서 누워만 지냈다. 납작하게 눌린 이불에서는 쉰내가 났다. 인생이 이렇게 끝나는 건가. 고독사라는 말이 떠올랐다.

희한하게 이런 상황에서도 배는 고팠다. 하지만 냉장고를 열어봐도 보이는 거라고는 조미료뿐이었다. 그날따라 맛있는 게 먹고 싶었다. 문득 초콜릿이 떠올랐다. 독서회가 끝나고 하지메 씨가 준 초콜릿. 정말 맛있었던 기억이 났다. 어디서 산 거지?

"아, 맞다."

나나미는 초콜릿 포장지가 예뻐서 고이 접어 책갈피 대용으로 책에 끼워뒀던 걸 떠올리고는 곧장 서가로 가 일일이 책을 뒤지기 시작했다.

"있다, 있어. 이거야."

나나미는 포장지를 펼쳐서 정보가 될 만한 글귀를 찾았다. 그러자 'Ça ira'라는 조그마한 글자가 보였다. 인터넷으로 검색하자 'Ça ira 초콜릿'이라는 상호명이 떴다.

홈페이지 같은 건 없었지만, 맛집 사이트에 가게 정보

가 실려 있었다. 외관 사진은 보이지 않았고 '주택가 육교 옆이라 좀 찾기 어려워요'라는 댓글만 달려 있었다. 어쨌든 나나미는 가보기로 했다. 결과적으로 꽤 헤맸지만, 다행히 어두워지기 전에 도착했다.

육중한 문을 열고 좁은 통로를 지나가자, 안쪽에 있던 여성이 "어서 오세요" 하며 나나미를 맞아주었다.

"저, 여기가 초콜릿 가게인가요?"

"네."

점주는 경쾌한 느낌의 사람이었다. 나나미보다 연상이라는 건 직감적으로 알았지만, 고운 자태와 기품 있는 태도가 나이를 가늠할 수 없게 했다.

"신제품이 나왔는데 맛 좀 보시겠어요?"

점주는 작은 접시에 주사위 모양의 초콜릿을 담아 내밀었다. 초콜릿 위에는 붉은 알갱이가 얹혀 있었다.

"잘 먹겠습니다."

나나미는 손으로 초콜릿을 집어 입에 넣었다. 먼저 쌉쌀한 맛이 혀에 퍼지더니 뒤이어 고소한 견과류 향이 코를 자극했다. 천천히 씹자 쫄깃한 식감이 느껴졌는데 방금 본 붉은 알갱이 때문인 듯했다. 그러고는 후추의 알싸한 매운맛이 나는가 싶더니 곧바로 은은한 단맛이 혀를 감쌌다. 쓴맛, 매운맛, 단맛의 조화. 삼위일체라는 게 이런 걸까? 녹진하면서도 은은하게 스며드는 초콜릿이었다.

"처음 먹어보는 맛이에요. 이게 무슨 초콜릿이죠?"

"잔두야라고 해서, 볶은 견과류와 설탕을 섞은 반죽에 커버춰 초콜릿을 버무린 거예요."

"뭔가 기운 나는 맛이에요."

"다행이네요."

점주는 뿌듯한 표정을 지었다. 나나미가 초콜릿을 사고 싶다고 하자 점주가 쇼핑백을 건네며 말했다.

"당신이 가장 행복을 빌어주고 싶은 사람한테 주세요."

행복을 빌어주고 싶은 사람이 없는데…….

"아이고 저런, 표정을 보니 마음이 건강하지 못하군요."

"맞아요."

"자신을 기쁘게 할 줄도 알아야 해요."

나나미는 대답할 말을 찾지 못했다.

"잘 들어요. 이 초콜릿을 입에 넣고 이렇게 말하는 거예요. '괜찮아, 어떻게든 될 거야. 잘될 거야.'"

저도 모르게 웃음이 나왔다.

"맞아요. 그 얼굴이요. 좋은데요."

"제가 먹어도 될까요?"

"물론이죠. '행복을 빌어주고 싶은 사람'에는 본인도

포함되니까. 초콜릿으로 기운을 좀 충전해 봐요."

친절한 점주의 응원을 받으며 나나미는 가게를 나왔다. 집에 돌아오자마자 나나미는 곧장 상자를 열어 초콜릿 한 조각을 입에 넣었다.

"괜찮아. 어떻게든 될 거야. 잘될 거야."

그렇게 말하며 또 한 조각을 입에 넣었다. 너무 맛있어서 눈물이 날 뻔했다. 기운 나는 맛. 또 사러 가야지. 좋아.

나나미는 지금 할 수 있는 일을 하기로 마음을 고쳐먹고 주어진 일에 매진하리라 결심했다.

그러던 어느 날, 다카키 씨한테 전화가 왔다. 보통 전화는 거의 안 하는데, 혹시 라디오 하차 소식인가 싶어 나나미는 긴장했다.

"네." 머뭇거리며 전화를 받았다.

"저, 상의할 게 있는데요."

"말씀하세요." 심장이 두근거렸다.

"소설 강의 의뢰가 와서요. 나나모리 씨 연락처를 알려달라는데……."

시내의 한 전문학교에서 소설 쓰기 강사를 찾는다는 얘기였다. 우연히 라디오에서 나나미의 프로그램을 들은 학교 관계자가 연락한 모양이었다. 상근 강사가 입원하는 바람에 급하게 강사를 구하고 있단다.

"전 따로 소설 쓰는 법을 배운 적도 없고 누굴 가르쳐 본 적도 없는데요……."

"라디오를 듣고 언변이 참 유창하다고 생각하셨대요. 그래서 와 주셨으면 한다고."

다카키 씨는 칭찬에 능한 사람이다. 나나미는 저도 모르게 의심부터 들었다.

"아하." 모호한 대답이 나왔다.

"어쨌든 한번 얘기라도 들어보세요. 그러고 나서 결정하시는 게 어떨까요?"

"알겠습니다."

다음 주, 나나미는 지체 없이 얘기를 들으러 갔다. 인터넷으로 찾아보니 그곳은 역 근처에 있는 대형 전문학교로, 게임부터 음악까지 다양한 교육 과정을 마련해 인재를 육성하고 있었다. 으리으리한 건물 두 채가 여봐란듯이 서 있었다.

학교에 관한 이런저런 설명을 듣고 있는데 담당자가 다짜고짜 물었다.

"언제부터 나오실 수 있나요?"

얘기를 들으러 왔을 뿐, 수락한다는 소리는 아직 한마디도 하지 않았다. 하지만 담당자는 학생을 더는 기다리게 할 수 없다며 최대한 빨리 와줬으면 좋겠다고 했다. 가능하면 골든위크*가 끝나는 대로 수업을 시작해 달라고 덧붙였다.

마침 복도에서 학생들 목소리가 들려왔다. 젊고 활기찬 에너지에 주눅이 든 나나미는 과연 이런 데서 일할 수 있을지 확신이 서지 않았다. 그렇게 책상에 놓인 서류를 훑으며 무슨 말로 거절할지 고민하고 있을 때였다.

"처음에는 이력에 상관없이 다들 이 금액으로 시작하시는데요……."

담당자가 미안하다는 듯 금액을 제시했다.

"네? 이렇게나 많이요?"

시급이 높아 깜짝 놀랐다. 주 3일. 주당 강의 10회. 교통비 별도 지급. 나나미는 재빨리 머릿속으로 계산기를 두드렸다. 이 액수면 생활이 한결 편해지겠다는 판단이 들자, 고개가 절로 숙여졌다.

"잘 부탁드립니다."

강의 첫날, 긴장된 마음으로 교실로 들어서니 스무 살 남짓한 학생이 열 명쯤 앉아 있었다. 여자는 한 명밖에 없

* 4월 말에서 5월 초에 걸친 일본의 장기 휴일.

고 나머지는 모두 남자였다. 새삼 다들 참 젊다는 생각이 들었다. 진부한 표현일지 모르나 팔팔하다는 단어가 딱 와닿았다.

나나미는 곧바로 자기소개를 시작했다. 대강 소개를 마친 다음에는 질문 시간을 가졌다.

"아이디어가 떠오르지 않을 때는 어떻게 해야 하나요?"

"작가가 돼서 가장 힘든 건 뭐예요?"

꿈이 있는 애들은 어쩜 이렇게 눈이 반짝일까? 문득 본인에게도 한때 작가를 꿈꿨던 시절이 있었다는 사실이 떠올랐다.

그날은 학생들의 자기소개를 끝으로 강의를 마쳤다.

할 수 있겠다는 희망이 보인 것도 잠시, 나나미는 강의 자료 작성 때문에 고전했다. 자신의 경험과 지식이 누군가의 꿈에 유익한 첫걸음이 되길 바라는 마음으로 자는 시간까지 쪼개가며 부지런히 키보드를 두드렸다. 그 시급은 높은 게 아니었다고 한탄하면서. 세상에 공짜는 없다는 사실을 새삼 실감했다.

가까스로 자료를 정리해 다음 강의에 나섰다. 참고로 한 수업당 강의 시간은 90분이나 된다. 그걸 두 번 연속으로 해야 한다. 준비한 내용을 모두 전달하고 시계를 보니,

지나간 시간은 고작 20분에 불과했다. 나나미는 경악했다. 자신이 말로 채울 수 있는 건 라디오에서 훈련한 20분이 한계인 듯했다. 남은 시간은 뭘로 채우지?

"이전 선생님 때는 어떤 식으로 수업했어?"

가능한 한 밝고 친근한 척, 스스럼없이 물었다.

"각자 써온 작품을 다 같이 읽고 감상을 나눈 후에 선생님이 첨삭해 주셨어요."

홍일점인 미야하라가 대답했다. 맞다, 그 방법이 있었지. 나나미는 소설 강좌라는 말에 강사만 일방적으로 떠드는 방식을 떠올렸는데, 중간에 작문 시간을 넣으면 시간도 채우고 딱 좋을 것 같았다. 그래서 곧바로 작문 시간을 가졌다.

학생들이 글을 쓰는 동안 나나미는 딱히 할 일이 없어서 괜히 교실을 어슬렁거리거나 라디오 원고를 쓰면서 시간을 보냈다. 그리고 마침내 종이 울렸다. 그래도 수업 하나를 마쳤다는 생각에 안도감이 들었다.

하지만 다음 시간, 나나미는 학생들이 제출한 작품을 읽으며 머리를 쥐어뜯었다. 고블린이 뭐지? 엘프라니? 골렘은 또 뭐야? 낯선 단어가 끝도 없이 나왔다. 신조어인가? 교탁 밑에서 휴대폰으로 검색해 보니 죄다 판타지 용어였다. 나나미는 판타지 소설을 읽은 적이 거의 없었다. 게임이라곤 옛날에 유행했던 슈퍼 패미콘 퍼즐이 마지막이었다. 한자 없이 가타카나만 난무하는 소설은 읽기 힘들었다. 창피하지만 영화로 제작되어 인기를 끈《반지의 제왕》 시리즈도 보지 않았다. 첨삭을 어떻게 해야 할지 도무지 감이 잡히지 않았다.

"다들 어떤 소설가가 되고 싶어?"

"나중에 애니메이션으로도 제작되는 소설을 써서 한방에 확 뜨고 싶죠."

대답을 들은 나나미는 자신이 엉뚱한 곳에 와 있음을 깨달았다. 이들이 꿈꾸는 건 라이트노벨 작가. 그것도 이세계물나 배틀물 같은, 나나미가 가장 낯설어하는 장르를 쓰는 작가였다.

어쩌자고 날 강사로 부른 걸까? 나중에야 알게 된 사실이지만, 이 학교의 교무 담당자는 소설에 완전 문외한이었다. 그저 현역 작가이기만 하면 누구든 상관없다고 생각한 모양인데, 음악처럼 소설에도 장르가 있다. 나나미는 순문학 출신의 포르노 소설 작가다. 전천후로 소화할 수 없었다. 음악에 비유하자면 요즘 유행하는 R&B나 힙합을 배우러 왔는데 선생님이 전통가요 가수인 꼴이다.

안 될 일이었다. 이대로 계속 작문을 시킨들 나나미가 가르쳐줄 수 있는 건 없었다. 시간 낭비에 돈 낭비였다.

이곳 학생들은 어마어마한 수강료를 내고 있을 터였다. 무슨 수를 내야 했다.

"다들 평소에 어떤 소설 읽어? 문학 작품은 안 읽니?"

"한 번도 안 읽어봤는데요."

까랑까랑 울리는 목소리가 나나미의 주의를 단번에 끌었다. 한번 들으면 잊을 수 없는 독특한 음색. 그 음색의 주인공은 스포티룩을 한 전형적인 요즘 애들로, 다부진 체형의 소유자였다. 출석부를 확인해 보니 하게라는 이름의 남학생이었다. 여덟 팔八에 털 모毛를 써서 하게라고 읽는 모양이었다. 대머리를 뜻하는 '하게禿'와 발음이 같아, 재미있어서 금방 외워졌다.

"왜? 문학도 재밌어."

"에이, 어려워요. 그리고 너무 비싸잖아요."

그건 그렇다. 라이트노벨은 문고본 크기라 6, 700엔 정도지만 단행본은 2000엔 전후로 라이트노벨보다 세 배쯤 비싸다. 이 나이대 애들이 부담스러워하는 건 당연하다.

"그럼 도서관에 가면 되지."

"어? 도서관에 라이트노벨도 있어요?"

"글쎄……."

아무래도 문예 쪽은 영 관심이 안 가는 모양이었다. 하물며 순문학 따위가 머릿속에 들어올 리 없었다.

그날은 최소한의 첨삭으로 끝냈다. 틀린 문법이나 논리에 맞지 않는 부분만 빨간색으로 표시했다. 익숙하지 않은 가타카나 단어는 건드리지 않았다. 일일이 검색하는 것부터가 일이었다.

잠시 생각할 시간이 필요했다. 이대로 강사를 계속할 수 있을까? 나나미는 집에 오자마자 침대에 쓰러졌다.

"지친다."

오랜만에 신은 펌프스에 뒤꿈치가 쓸려 쓰라렸다. 예전에는 하이힐에서 내려오는 법이 없었건만 이제는 고작 3센티짜리 두툼한 굽에도 다리가 비명을 질러댔다.

편의점에서 사 온 도시락을 데우는 사이에 녹차를 끓였다. 팔꿈치를 괸 채 도시락을 깨작거리며 휴대폰을 만지작거리다 늘 들어가는 직거래 앱을 켰다. 지난번에 올라온 책이 팔렸는지 궁금해서였다.

"역시 안 팔렸어."

하아. 몸을 뒤로 젖히고 그대로 침대에 머리를 댔다. 그건 그렇고 다음 수업은 어떡하지? 나나미는 소심한 성격 탓에 남한테 부탁을 받으면 거절을 잘 못한다. 거기다 주어진 일은 완벽하게 해야 하는 성미다. 그래서 늘 필요 이상으로 기운을 뺀다. 멈추는 법을 모르는 것이다.

찬장에서 알루미늄 캔을 꺼내 열었다. 이럴 때는 무조

건 자신에게 선물을 줘야 한다.

"괜찮아, 어떻게든 될 거야. 잘될 거야."

그렇게 중얼거리며 잔도우를 입에 넣었다.

"으음. 역시 맛있어."

그러고 보니 다카키 씨한테서 메일이 없다. 평소 같으면 다음 방송 전에 청취자한테서 온 사연을 보내줄 텐데. 혹시 깜빡했나 싶어 나나미는 확인 메일을 보냈다. 하지만 답장을 받자마자 심란해졌다. 다음 달 청취자 사연이 한 통도 오지 않았다는 것이다.

왜지? 라디오를 시작하고 반년, 순조롭게 이어가고 있다고 생각했다. 많지는 않았어도 지금까지 청취자 사연이 끊겼던 적은 없었다. 어째서일까. 벌써 질린 걸까? 최근에는 원고를 미리 써오기보다 청취자 사연을 읽고 거기에 의견이나 감상을 덧붙이는 방식으로 포맷을 잡아가고 있었다. 나나미 본인도 그러는 편이 원고를 안 써도 돼서 한결 편했다. 그런데 다음 달도 그다음 달도 사연이 안 오면 어쩌지?

문득 거울에 비친 자신을 발견하고 나나미는 흠칫 놀랐다. 아니, 언제 이렇게 늙은거야?

어쨌든 지금은 다음 강의 대책을 세워야 했다. 한동안은 시행착오를 겪을 수밖에 없다. 수업이 어느 정도 궤도에 오를 때까지 나나미는 다양한 시도를 해보기로 했다. 집에 있는 시간 대부분을 강의 시뮬레이션으로 보냈다. 하지만 아무리 생각해도 학생들이 원하는 수업과 동떨어진 것 같아 정작 수업에서는 써먹지 못했다. 뭐라도 해야겠다는 마음에 겨우 떠올린 방법이 현재 판매 중인 유명 작가의 글쓰기 입문서를 활용하는 것이었다.

가까스로 1학기는 넘겼지만, 타인이 쓴 창작이론을 마치 스스로 고안한 것인 양 전달하는 방식은 아무래도 찜찜했다. 2학기 계약은 하지 말아야 하나 잠시 망설였지만, 생계를 위해서는 무조건 하는 수밖에 없다며 마음을 고쳐먹었다.

한 달 남짓한 여름방학이 눈 깜짝할 새에 지나갔다. 신작을 써보려 했지만, 시간이 아무리 흘러도 완성은 요원했다. 마감이 없는 원고는 역시 의욕이 생기지 않는다. 쓰는 게 좋아서 작가가 됐건만, 나나미는 언제부턴가 돈 생각만 하고 있었다.

전문학교의 연간 일정은 일반 대학이나 초중고와는 달라서, 오봉*이 지나면 곧바로 2학기가 시작된다. 오랜만

* 양력 8월 15일, 죽은 조상의 영혼을 기리는 일본 전통 명절.

에 타는 만원 전철은 정말이지 고통스러웠다. 출퇴근만으로도 힘에 부쳤다. 문득 예전에 선배 작가가 했던 말이 떠올랐다.

"작가가 돼서 좋은 점은 아침에 만원 전철을 타지 않아도 된다는 거야."

나나미는 전철에 몸을 구겨 넣고 다리에 힘을 꽉 준 채 그 말을 되새겼다. 전철에서 내리자 전문학교 학생들이 편의점 앞에 모여 있는 게 보였다. 젊구나. 나나미는 저도 모르게 한숨을 흘렸다.

"선생님, 이거 떨어뜨리셨는데요."

엘리베이터 앞에서 하게가 나나미를 불러 세웠다. 그의 손에는 교통카드가 들려 있었다.

"어? 아니네. 죄송해요. 선생님 카드가 아닌가 봐요."

교통카드에 적힌 이름을 보며 하게가 손을 멈칫했다.

"아, 고마워. 이게 내 본명이야. 안도 나쓰코."

"안도 나쓰코요? 안, 도나쓰. 아하하, 선생님도 이름 때문에 고생 좀 하셨겠는데요?"

"그렇진 않아. 이건 결혼하고 나서 바뀐 성이니까."

"아, 그렇지."

하게는 아쉽다는 듯 입을 비죽거렸다.

"전 이름 때문에 진짜 놀림 많이 받았거든요. '야, 대머리' 그러면서 머리를 치고 가질 않나, '벗겨졌네, 벗겨졌어' 하고 손가락질하지를 않나."

하게는 야구모자를 살짝 들어 스포츠머리를 보여주며 물었다.

"아직 안 벗겨졌죠?"

"응, 아직 괜찮네. 기억하기 쉽고 좋은데 왜?"

나나미는 저도 모르게 웃음이 났다.

"저희 누나도 대머리 상사가 자기 이름 부르면서 호통칠 때마다 주변에서 비웃는다고 푸념하더라고요."

"아, 너무 웃긴다."

"웃기긴요. 누나는 꽤 힘든가 봐요. 빨리 결혼해서 성 바꾸고 싶대요."

하게는 반에서 분위기 메이커다. 활발하고 수업 중에 발언도 많은 편이라 나나미가 내심 고마워하고 있다. 무엇보다 작가가 되겠다는 열의가 강해서 수업에도 열심이었다.

하지만 하게의 글은 의미가 모호해서 나나미가 이해하기는 힘들었다. SF인지 판타지인지 이세계물인지 판단이 서지 않는, 좌우지간 희한한 세계관이었다.

"그렇구나. 작가는 좋겠어요. 필명으로 일할 수 있어서."

두 사람은 엘리베이터를 탔다.

"선생님은 소설 쓸 때 가장 중요하게 생각하시는 게 뭐예요?"

이런 질문을 받을 때면 좀 난감하다. 소설은 하나의 요소만으로는 성립하지 않기 때문이다.

"우선 경험을 많이 쌓아야겠지. 소설은 인과관계가 중요하거든. 왜 그런 일이 벌어졌는지, 그렇게 된 연유가 뭔지 파헤쳐 가며 쓰는 게 소설이니까. 그러니 이것저것 경험하고 감정 서랍을 많이 만들어 두면 좋을 거야."

"경험…… 인과관계……."

하게는 곱씹듯 중얼거렸다.

"맞아, 쓸모없는 건 하나도 없어. 아직 젊으니까 다양하게 도전해 봐."

"알겠습니다."

하게는 씩 웃으며 엘리베이터에서 내렸다. 나나미도 그 뒤를 따랐다. 교실에 들어서니 어쩐 일인지 다들 나나미를 쳐다보며 의미심장한 미소를 짓고 있었다. 뭐지, 이 묘한 분위기는?

"자, 자리에 앉아."

나나미는 아이패드를 켜서 출석부 앱을 눌렀다. 그때 키득거리는 소리가 귓가를 자극했다.

"왜들 그래?"

"선생님, 야한 소설 쓰세요?" 한 남학생이 말했다.

"아……."

설마. 얼굴에서 핏기가 가시는 게 느껴졌다.

"선생님이 쓰신 책이나 SNS 같은 거 찾아보다 발견했어요. 이 사이트에 실린 포르노 소설, 선생님이 쓰신 거 맞죠?"

나나미는 황급히 남학생의 휴대폰을 확인했다. 옛날에 인터넷 플랫폼에 연재했던 글이었다. 아무도 안 볼 줄 알았는데. 프로필에는 나나모리 나나미라는 이름으로 활동 중이라고 적혀 있었다.

"내 글 읽어준 거야? 고맙네."

나나미는 일부러 미소를 지으며 태연한 척했다.

"다 읽은 건 아니지만 장난 아니던데요? 기다랗게 곧추선 살덩어리를 회전 드릴처럼……."

남학생이 저급한 단어를 연발하며 흥분했다. 홍일점인 미야하라는 민망한 표정으로 나나미를 쳐다보았다. 저 나이대 여자아이에겐 자극적인 내용일 것이다.

미야하라는 이 반에서 유일한 문학 작가 지망생으로, 교무 담당도 가장 우수한 학생이라고 소개했다. 확실히 미야하라는 문장력이 빼어났다. 수업 태도도 성실하고 나나미의 조언도 곧잘 받아들였다. 같은 여자라는 점에서 살짝 응원하는 마음도 있었다. 남학생의 음담패설에 충격을 받은 건 아닌지 걱정스러웠다.

"선생님, 수업 시작해 주세요!"

분위기를 파악했는지 하게가 외쳤다.

"자, 수업 시작할게요. 오늘도 선생님이 제시하는 주제로 글을 써볼 거예요."

마음대로 쓰게 하면 또 가타카나만 잔뜩 늘어놓을까 봐 작전을 바꿨다.

"제목은 '내게는 비밀이 있습니다'예요. 고백하는 느낌으로 누군가에게 말하듯 써보세요. 점차 진상이 드러나는 구성으로 써보는 거예요."

"비밀 고백이래. 선생님, 뭔가 에로틱한데요."

아까 호들갑을 떨던 남자애가 히죽거리며 말했다. 나나미도 공교로운 타이밍에 잠깐 후회했다.

"마감은 9월 1일입니다. 점수 매겨서 순위도 발표할 거예요."

"에이." 여기저기서 야유가 터져 나왔다.

"1등으로 뽑힌 사람한테는 선생님이 깜짝 선물을 줄 거예요."

"앗싸, 선물!"

해맑은 목소리로 기뻐하는 하게와 달리 다른 학생들은

얼굴을 찌푸렸다.

"그게 의미가 있어요? 결과가 뻔한데."

방금까지 신나서 떠들던 학생들이 부루퉁해져서는 말했다.

"해보기 전에는 모르지."

"어차피 1등은 미야하라잖아요."

그들 사이에서도 미야하라가 뛰어나다는 건 주지의 사실인 듯했다.

"어쨌든 써봐. 해보기도 전에 포기하지 말고."

시시한 교사 입에서나 나올 법한 말만 늘어놓는 자신이 한심했다.

9월 1일. 마감일이 다가왔다. 솔직히 결과가 정해진 승부라고 생각했다. 한번 쓱 보면 실력은 대번에 알 수 있다. 미야하라가 우승할 게 뻔했다.

하지만 하게의 작품이 놀라울 정도로 흥미로웠다. '내게는 비밀이 있습니다. 진실을 감춘 채 그 친구를 보는 게 괴롭습니다'라는 문장으로 시작하는 하게의 글은 문장력은 미흡했지만, 쭉쭉 읽게 만드는 힘이 있었다. 나나미도 궁금증을 참지 못하고 단숨에 다 읽어버렸다.

그리고 이런 생각이 들었다. 이건 창작이 아니라 하게

의 자전적 체험이 아닐까. 그래서 이렇게 읽는 이의 마음을 움직이는 게 아닐까. 확인하고 싶었지만, 은근히 겁도 났다. 이거 네 얘기니? 이렇게 묻는 건 촌스러운 짓이다. 하지만 하게가 정말 글에 쓴 내용처럼 고민 중이라면 조언이 필요할 수도 있었다.

생각해 보니 강사 계약서에는 학생의 개인사에 개입하는 발언은 하면 안 된다고 적혀 있었다. 나나미는 단념한 채 다른 학생의 작품을 마저 다 읽고 점수를 매겼다.

"이번 과제의 우승자는 하게 군입니다."

나나미가 발표를 마치자 "에이" 하고 탄식이 흘러나왔다. 말도 안 된다는 반응이었다. 하게는 늘 그렇듯 "앗싸, 예이!" 하며 해맑게 좋아했다. 순수하게 지어낸 이야기라면 하게는 재능이 있는지도 모른다.

"하게 군. 나중에 강사 대기실로 오세요. 선물 가져왔으니까."

그날 미야하라는 시종 고개를 숙이고 있었다. 본인이 우승일 거라고 확신했나 보다.

근무 시간이 다 지나도록 하게가 선물을 받으러 오지 않자 나나미는 교실로 찾아갔다. 하지만 하게의 모습은 보이지 않았다. 혹시 흡연실에 있나 싶어 옥상으로 올라가자 낯익은 얼굴이 드문드문 보였다. 소설학과 학생들이었다. 남학생 무리에 둘러싸인 채 서 있는 미야하라도 보였다.

저 친구도 흡연자였구나. 익숙한 듯 연기를 내뿜는 모습이 꽤 그럴싸해 보였다.

"진짜 기분 나빠, 그 여자."

미야하라가 연기를 뿜으며 내뱉듯 말했다. 우등생 같은 평소 모습과는 판이한 난폭한 말투였다.

"그 여자 소설 읽어보니까 연하남하고 불륜에 빠지는 중년 여자 얘기던데, 무슨 욕구불만 있는 거 아냐? 너네도 조심해."

천박한 웃음소리가 공기에 전염되듯 울려 퍼졌다.

그 여자라는 게 자신을 가리킨다는 사실은 금방 알아차렸다. 그들은 나나미의 작품을 씹어대고 있었다. 나나미는 한동안 말없이 그들이 대화를 주고받는 모습을 지켜봤다. 이내 참았던 눈물이 주르륵 흘러내렸다. 나나미는 황급히 한 손으로 얼굴을 감쌌다. 그때 누군가가 반대편 손을 붙들었다. 뒤돌아보니 하게가 서 있었다. 나나미는 그대로 하게의 손에 이끌려 비상계단을 내려갔다. 2층 층계참에 내려와서야 손을 뿌리쳤다.

"……."

억울한 게 아니었다. 슬펐다.

"저, 선생님 소설 읽었어요. 재밌는지는 잘 모르겠지만 문장이 정말 아름다워서 문학책 못 읽는 저도 끝까지 다 읽었어요."

"고, 고맙다……."

진짜 기분 나쁘다던 미야하라의 목소리가 아직도 귓전을 맴돌았다.

"야한 소설 말고 선생님 데뷔작이요. 그런 작품을 쓰시다니 진짜 대단해요. 정말이에요, 선생님. 게다가 어릴 적 꿈을 이루신 거잖아요?"

"꿈……."

"네, 꿈이요. 저희 모두 꿈을 이루려고 여기 다니는 거잖아요. 이미 데뷔해서 책까지 내신 선생님은 신이죠."

"하하, 그래 보이겠지만 전혀 그렇지 않아."

나나미는 자조하듯 말했다.

"진짜 대단해요. 존경스러워요."

하게의 말에 거짓은 없었다. 정말 순수한 마음으로 해준 말임을 알 수 있었다. 그런데 고맙다는 말이 나오지 않았다. 스무 살도 더 어린 학생한테 칭찬을 듣고 있는 자신이 한심했다. 한심했지만 그게 지금 나나미의 처지였다.

나나미는 말없이 초콜릿이 든 종이 쇼핑백을 건넸다.

"감사합니다. 저 앞으로도 열심히 할게요."

하게의 반짝이는 눈동자가 눈부셨다.

집으로 돌아와 한동안 들어가 보지 않았던 직거래 앱을 켜 나나미의 책이 게시된 상품 페이지를 확인했다. 거래 완료라는 글자에 나나미는 흠칫 놀랐다.

“혹시 하게가……?”

나나미는 기쁜 나머지 저도 모르게 중얼거렸다.

“고마워.”

8장

나의 비밀

하게 데루마

내게는 비밀이 있습니다. 진실을 감춘 채 그 친구를 보는 게 괴롭습니다.

사연이 좀 길지만, 시간순으로 얘기해 보겠습니다.

첫 만남은 시립 도서관에서였습니다. 선생님의 권유로 가게 됐는데 평일 점심시간이라 그런지 이용객은 거의 없더군요. 아이를 데려온 아주머니나 신문을 읽는 어르신, 공부 중인 학생 정도가 전부였습니다.

도서관에 제가 찾는 라이트노벨은 없었습니다. 그래도 모처럼 왔는데 뭔가 빌려 가고 싶어서 사서한테 추천 도서를 물었습니다. 저보다 약간 나이가 많은 반이라는 이름의 사서였습니다. 그 사서는 "추천 도서라, 뭐가 좋을까" 하고 중얼거리더니 저한테 "취미나 특기 같은 거 있어요?" 하고 묻더군요.

"야구를 좀 합니다. 중2 때 그만뒀지만요."

그렇게 대답하자 반 씨는 아사노 아쓰코 선생님의《배터리》라는 책을 권했습니다. 수비수였던 저는 투수랑 포수 얘기가 뭐 그리 재밌을까 하며 별반 기대 없이 읽었습니다. 그런데 정말 재밌더군요. 라이트노벨이 아닌 책도 읽을 수 있겠다는 생각에 왠지 흐뭇했습니다.

다음 날, 저는 반 씨한테 재밌었다는 소감을 전하려고 도서관을 찾았습니다. 데스크 앞에서 한창 떠들고 있는데 뒤에서 인기척이 느껴지더군요. 뒤돌아보니 제 또래로 보이는 한 친구가 구부정하게 서 있었습니다. 얼굴은 제 쪽을 향하고 있는데 시선은 엉뚱한 방향을 보고 있는 게 좀 이상했습니다.

'어, 나랑 같은 모자다.'

이게 그의 첫인상이었습니다. 얼굴은 자세히 보지 못했지만요. 어쨌든 그 아이와의 첫 만남은 그렇게 끝났습니다.

하루는 도서관을 어슬렁거리다 우연히 열람실에서 헤드폰을 쓴 사람을 봤습니다. 그가 지난번에 데스크 앞에서 마주쳤던 아이라는 건 책상 위에 놓인 뉴욕 양키스 모자로 알았죠. 예쁘장한 옆얼굴이 인상적이었습니다.

그 아이가 뭘 하는지 궁금해서 슬쩍 안을 기웃거리자, 옆에서 30대 중반쯤으로 보이는 여성이 "마히로" 하며 그에게 말을 걸더군요. 덕분에 그 아이 이름이 마히로라는 걸 알았습니다. 참고로 말을 건 사람은 사서 니나 씨였습니다.

그날 이후, 도서관에 갈 때마다 열람실을 몰래 들여다보는 게 제 일과가 되었습니다. 들여다본다고는 했지만 절대 티를 낸 건 아닙니다. 니나 씨와 마히로는 죽이 척척 맞더군요. 시원시원하고 빠릿빠릿한 니나 씨와 느긋하고 마이페이스인 마히로. 그 아이는 늘 약간 사선 방향을 보고 있었습니다. 체육 시간에 "열중쉬어" 하는 구령에 맞춰 섰을 때의 자세라고 말하면 아실까요?

마히로와 니나 씨가 대화하는 모습을 보면서 저는 마히로가 앞을 보지 못한다는 사실을 깨달았습니다. 그제야 그가 불안정한 시선으로 멍한 표정을 짓던 이유를 알겠더군요. 마히로가 헤드폰으로 오디오북을 듣는다는 것도 그때쯤 알았습니다. 하지만 마히로에게서 풍기는 신비롭고 가녀린 분위기는 제 마음을 마구 흔들어놓았습니다.

그날 이후, 저는 수업 중간중간 틈만 나면 도서관을 찾왔습니다. 책을 빌리려는 목적도 있었지만 마히로를 보고 싶은 마음이 더 컸던 것 같습니다. 하지만 워낙 성격이 소심한 탓에 말은 도저히 못 걸겠더군요. 무슨 계기라도 생기길 바라며 도서관을 들락거리는 날이 계속되었습니다.

그러던 어느 날, 우연히 '독서회 회원 모집' 포스터를 봤습니다. 마히로가 꼬박꼬박 독서회에 참여한다는 건 니나 씨와 나누는 대화를 들어 알고 있었기 때문에 저도 참여하면 친해질 수도 있지 않을까 꿈에 부풀었습니다. 당시에는 속으로 쾌재를 부르며 안내문을 자세히 읽지도 않고 인터넷으로 예약부터 걸었습니다. 하지만 금방 취소해야 했어요. 공교롭게도 그날은 일요일이라 아르바이트에 가야 했거든요.

저는 매일 마히로와 친해질 방법을 찾는 데만 골몰하며 시간을 보냈습니다. 한편으로는 말 한마디 못 거는 자신이 한심하게 느껴지기도 했습니다. 평소에는 상대가 누구건 스스럼없이 말을 거는데 마히로 앞에만 서면 도무지 용기가 나지 않았습니다. 한때 용기를 냈다가 친구를 잃은 후부터는 타인에게 솔직해질 수가 없더군요.

그러던 어느 날, 니나 씨가 제게 말을 걸어왔습니다.

"학생, 최근에 자주 오던데. 괜찮으면 이번에 하는 독서회에 와볼래요?"

"아, 아르바이트가 있어서요."

"다른 사람한테 부탁하고 그날은 쉬면 안 돼요?"

"음, 아마 힘들 거예요."

"그렇구나. 무슨 아르바이트 하는데요?"

"라멘집에서 일해요."

"와, 추천 메뉴 있어요?"

"옛날 맛 그대로 만든 중화 소바요."

"아하. 먹고 싶다."

"네, 꼭 한번 들러주세요. 서비스 잘 해드릴게요."

"가게는 이 근처에요?"

"좀 걸어가야 해요."

"어디쯤인데요?"

니나 씨는 성격이 시원시원해서 대하기가 편하더군요. 게다가 눈치도 빨랐습니다. 제가 마히로한테 관심이 있다는 걸 이미 알고 있더라고요.

다음 날인가 다음다음 날, 니나 씨는 정말로 제가 일하는 가게에 찾아와 주었습니다. 아들과 친구 모녀를 데리고요. 공교롭게도 여자아이가 라멘을 치마에 대차게 쏟는 바람에 친구 일행은 먼저 자리를 떠야 했습니다.

사실 그 라멘집은 저희 할아버지와 할머니가 운영하는 가게입니다. 금방이라도 망하게 생긴 낡고 작은 음식점인데 외양도 꾀죄죄하고 특별히 맛있는 것도 아닙니다. 근처 단골이 지나가다 한 번씩 들러주는 곳이죠. 저는 할아버지와 할머니의 건강을 염려해 수업이 없는 날에는 가능한 한 도와드리려 하고 있습니다.

니나 씨는 저희 할아버지, 할머니와도 금방 친해지더군요. 할아버지의 장황한 얘기도 다 들어주고요. 할아버지는 틈만 나면 유명한 프로야구 선수한테 받은 사인과 사진을 손님에게 잔뜩 보여줍니다. 학창 시절부터 알고 지낸 선수라며 자랑스레 말씀하시지만, 정작 저는 한 번도 본 적이 없습니다.

"일요일에 독서회 참석 가능하겠는데요?"

니나 씨가 웃으며 말했습니다. 할아버지랑 할머니도 싱글벙글 웃으며 제 얼굴을 쳐다보더군요. 히죽거렸다는 게 더 맞는 표현일지도 모르겠네요. 그날 무슨 말이 오간 것 같긴 한데 저는 잘 모르겠어요. 아마 제가 아르바이트를 쉴 수 있게 니나 씨가 부탁했나 봅니다.

결과적으로 저는 그날 독서회에 가지 못했습니다.

독서회 당일, 점심때를 앞두고 할아버지한테 전화가 왔거든요.

"지금 얼른 가게로 와라."

"아, 지금은 안 돼……."

제 거절에도 할아버지는 아랑곳하지 않더군요.

"잔말 말고 지금 바로 와."

영문도 모른 채 저는 할아버지 가게로 향했습니다. 그날 저는 기분이 언짢아서 홀에는 한 번도 나가지 않고 설거지만 했습니다.

그리고 얼마 뒤, 니나 씨가 죽었다는 소식을 사서 반 씨한테 들었습니다. 너무 급작스러워서 상황 파악이 잘 안 되더군요. 그렇게 건강했는데요.

분명 마히로도 그 소식을 들었을 겁니다. 한숨을 몇 번이나 쉬던지. 충격이 컸을 겁니다. 도서관에서 마히로가 곤란할 때마다 먼저 다가와 친절하게 도와주던 사람이 사라졌으니까요. 알고 지낸 지 얼마 안 된 저도 이렇게 슬픈데 마히로는 훨씬 더 괴로웠을 겁니다. 순간, 때는 지금이라는 생각에 자연스레 몸이 움직이더군요. 뭐라도 해야겠다는 마음이 들었습니다.

"저, 이거 떨어뜨리셨는데요."

저는 마히로에게 뉴욕 양키스 모자를 건네며 말을 걸었습니다.

하지만 실은 거짓말이었습니다. 모자는 떨어져 있지

않았어요. 책상 위에 있던 걸 마치 떨어진 양 말했을 뿐입니다. 눈이 안 보이는 사람한테 이런 식으로 말을 걸면 실례겠지만 달리 떠오르는 방법이 없었습니다.

"아, 감사합니다."

모자를 건넬 때는 거짓말이 들통나진 않을까 조마조마했습니다.

마히로가 제 존재를 알아차린 건 그때가 처음이었을 겁니다. 눈이 안 보이니까요. 제가 줄곧 그를 눈으로 좇고 있었다는 사실도 몰랐을 겁니다. 고맙다는 인사와 이어지는 침묵……. 말을 건 것까지는 좋았는데 그다음에 어떻게 대화를 이어가야 할지 난감했습니다. 그렇게 멀뚱히 서 있는데 마히로가 헤드폰을 쓰려고 하더군요. 저는 황급히 말을 걸었습니다. 귀를 막아버리면 그걸로 대화는 끝이라는 생각에 마음이 급했던 거죠.

"저! 열람실에는 뭐 찾으러 오셨나요?"

다 알면서도 모르는 척 물었습니다.

"아뇨……. 오디오북이라고 아시나요? 소리로 듣는 책이요. 제가 눈이 안 보이거든요."

마히로의 시선은 허공을 방황하고 있었습니다. 제 얼굴을 포착하지 못하더군요.

"아, 어떤 책을 듣고 계시는데요?"

저는 대화가 끊기면 안 된다는 일념에 필사적으로 질문거리를 찾았습니다.

"아사노 아쓰코의《배터리》요."

마히로는 휴대폰 화면을 제게 보여주며 대답했습니다. 화면에 뜬 글자에 저는 급격히 흥분했습니다. 저도 모르게 속으로 '적시타다!' 하고 외쳤을 정도였죠. 이 모든 게 운명 같았습니다.

"아, 그거 얼마 전에 저도 읽었어요. 재밌던데요."

반가운 마음에 신나서 말했습니다.

"정말요? 야구 좋아하세요?"

"네, 완전요."

저와 마히로는 높임말을 썼습니다. 전 우리가 동갑내기라는 걸 알고 있었지만 마히로는 그 사실을 몰랐으니까요. 뭔가 기분이 묘했지만, 나름 재밌다고도 생각했습니다.

분명히 말하지만 전 잘생기지도 않았고 마히로의 눈을 고쳐줄 돈도, 기술도 없습니다. 그냥 학생일 뿐이죠. 남자로서도 인간으로서도 높은 스펙은 아닙니다.

하지만 마히로에게만큼은 영웅이 되어줄 수 있을 것 같았습니다. 거창하게 들릴지는 몰라도, 마히로를 도울 수 있을 거라고 생각한 겁니다. 즉, 니나 씨의 역할을 제가 이어받는 셈이죠.

"히, 힘든 일 있으면 얘기하세요. 뭐든 도와드릴게요."

대놓고 친절하게 굴면 싫어하는 사람도 있습니다. 저는 부디 그가 언짢아하지 않길 빌며 말했습니다. 제 딴에는 꽤 용기가 필요했던 행동이었지요.

"혹시 괜찮으시면 소설 좀 읽어주시겠어요? 서두만이라도 괜찮습니다."

마히로가 제게 부탁을 해왔을 때는 정말 기쁘더군요.

"물론이죠."

냉큼 대답했지만 한편으로는 좀 당혹스럽기도 했습니다. 저는 제 목소리를 별로 좋아하지 않거든요. 늘 의식하는 건 아니지만 목소리가 지나치게 부드럽고 울리는 것 같아서요. 야구를 그만둔 것도 이 목소리 때문이었습니다.

"네 목소리는 여자 같아서 짜증 나."

한번은 선배가 윽박지르다시피 말하더군요. 저만 야구부 특유의 굵직하고 남자다운 목소리가 아니었던 겁니다. 무슨 영문인지 변성기가 오지 않았어요. 선배의 타박 정도로 그쳤다면 그래도 견딜 만했을 텐데, 후배까지 놀려대니 더는 버티기가 힘들었습니다. 저는 야구부를 그만두기로 마음먹고 동료인 Y한테 그 사실을 털어놨습니다. 그러자 Y는 아깝다며 저를 말리고는 "좋아하는데 왜 포기해?" 하고 묻더군요. Y가 말했던 포기의 대상은 물론 야구였죠. 하지만 저는 괜히 들떠서 대뜸 제 마음을 고백해 버리고 말았습니다.

"실은 나, 널 쭉 좋아했어."

점점 일그러지는 Y의 표정을 보며 저는 제 고백을 뼈저리게 후회했습니다. "미안, 그냥 농담이야"라며 무마했지만 때는 이미 늦었습니다. 그 일 이후, 선배와 Y가 제 목소리를 흉내 내며 웃고 있는 광경을 목격했죠. 이렇게 된 이상 정말 그만둘 수밖에 없었습니다. 남아 있어봤자 서로 거북해질 게 뻔했으니까요.

야구를 그만둔다는 건 꿈을 잃어버리는 것과 같았습니다. 이제 무얼 바라보고 살아야 하나, 그렇게 자문자답하고 있을 때 만난 것이 라이트노벨이었습니다. 라이트노벨에 빠지면서 저도 이렇게 이야기로 사람에게 감동을 주고 싶다는 마음이 생겨 전문학교에 입학했습니다. 그곳에서 만난 소설가 선생님의 권유로 도서관을 찾게 되었고, 마히로를 만난 거죠.

"좋은 목소리 같아서……."

마히로의 그 한마디에 저를 짓누르던 무언가가 사라지더군요. 그와 동시에 제가 이 친구를 좋아한다는 걸 새삼 실감했습니다. 희끄무레했던 감정이 분명해진 거죠. 좋아하는 마음에 강한 확신이 들었습니다.

선생님 말씀대로 쓸모없는 건 하나도 없었습니다. 모든 건 이어져 있었습니다.

"아, 고맙습니다."

"그쪽 목소리로 소설을 들으면 진짜 재밌을 것 같아요. 그러니 부탁드립니다."

그렇게 말하며 고개를 꾸벅 숙인 마히로가 얼굴을 들며 머리카락을 쓸어 올리는 순간 심장이 쿵 내려앉았습니다. 그때까지 저는 한 번도 머리를 길러본 적이 없었습니다. 어려서부터 쭉 짧은 스포츠머리만 고수했죠. 하지만 그 순간에는 머리를 길러보고 싶다는 마음이 슬쩍 들었습니다.

"오로치 고개를 넘자, 산기슭에는 아직 눈이 남아 있었다. 오른쪽에는……"

저는 몸을 웅크린 채 마히로의 귓가에 속삭이듯 천천히 《배터리》를 낭독했습니다. 장소가 도서관인지라 큰 소리를 낼 순 없었으니까요. 낭독 후 저희는 소곤거리며 대화를 나눴습니다. 얼굴을 맞댄 채 나누는 대화는 기분 좋았습니다. 도서관의 묘미가 이런 거구나 싶더군요.

"와, 정말 좋던데요."

마히로가 감동했다며 칭찬을 건넸습니다.

"참, 전 사오토메 마히로라고 합니다. 스무 살이에요. 지금은 스포츠 안마사 공부를 하고 있어요."

"아, 제 이름은…… 하……."

마히로의 자기소개에 저도 제 이름을 밝히려고 했습니다. 하지만 그 순간 알 수 없는 자존심이 훼방을 놓았습니다. 저는 늘 자기소개를 할 때마다 웃음거리가 됐어요. 이름만 말하면 다들 웃음을 터뜨렸죠.

하게 데루마*라니, 누가 이런 어이없는 이름을 자식한테 지어줄까요? 당연히 저희 부모님도 그 정도는 고려했을 겁니다. 사실 태어났을 때 제 이름은 히무로 데루마였습니다. 흡사 아이돌 예명 같은, 정말 최고로 멋진 이름이었죠. 그런데 부모님의 이혼으로 어머니의 옛 성을 따르게 되면서 비극이 시작된 겁니다.

그날부로 저는 늘 대머리라는 놀림을 받아야 했습니다. 안타깝게도 이 문제는 선생님도 어쩌지 못했습니다. 다른 사람을 '하게'라고 부르면 욕이 될 수 있지만 저를 '하게'라고 부르는 건 욕이 아니거든요. "별수 없잖아. 네 이름이 그런데." 상대는 늘 이런 식으로 발뺌했습니다.

그쯤 되니 그냥 제가 뻔뻔해지는 수밖에 없더군요. 놀

* '하게'와 '데루'를 붙여 읽으면 '벗겨진'이라는 형용사와 발음이 유사하다.

림감이 되기 전에 제가 먼저 자학적으로 자기소개를 하면서 자존심을 지켜왔습니다.

하지만 이번만큼은 그럴 수 없었습니다. 제 이름을 밝히고 싶지 않았어요. 그게 이 모든 비극의 시작이었는지도 모릅니다.

"하모라고 합니다. 여덟 팔에 털 모를 써서 하모. 이름은…… 데루마예요. 저도 스무 살입니다. 전문학교에서 문학을 공부하고 있어요."

제가 첨삭한 자기소개문은 이런 식이 되고 말았습니다. 부끄러움에 자신감 결여까지 더해져 작가 지망생이라는 건 차마 밝히지 못했습니다.

"아, 동갑이구나. 뭐라고 부르지?"

동갑이라는 걸 알자마자 마히로는 편하게 말을 놓았습니다.

"다들 데루 아니면 데루 짱이라고 불러."

"좋아. 데루 짱, 잘 부탁해."

"나야말로 잘 부탁해, 마히로 군."

이로써 좀 더 친해질 수 있겠구나 기대했지만, 그건 제 착각이었습니다.

"근데 좀 놀랐어. 목소리만 들었을 때는 나보다 누난 줄 알았거든."

"……."

할 말을 잃었습니다. 하지만 이내 그럴 수도 있겠다 싶더군요. 마히로는 눈이 안 보이니 저를 여자로 착각한다 해도 이상할 건 없습니다. 게다가 니나 씨도 여자였고요. 여자라서 더 신경도 써주고 배려해 줬다고 착각한 거겠죠. 일종의 선입견이랄까요? 마히로도 또래 남자보단 살짝 연상의 누나가 여러모로 편했을지 모릅니다. 거기까지 생각이 미치자 제가 남자라는 말이 도무지 안 나왔습니다.

집에 돌아갈 때쯤 마히로와 연락처를 교환했습니다. 저희는 하루에도 음성 메시지를 수백 통씩 주고받았습니다. 마히로는 제가 보낸 메시지를 몇 번이고 반복해서 듣는다고 했습니다.

"네 목소리가 참 좋아."

마히로를 더 기쁘게 해주고 싶어서 저는 약 일주일에 걸쳐 녹음한 《배터리》의 음성 파일을 USB에 넣어 도서관으로 향했습니다.

나란히 쓰고 다니는 뉴욕 양키스 모자가 저희를 특별한 사이로 보이게 해주진 않을까, 설레는 마음으로 열람실에 들어선 순간 저는 깜짝 놀랐습니다. 마히로가 전혀 다른 스타일로 나타난 겁니다. 그는 어깨까지 내려오던

머리를 과감하게 싹둑 자르고, 스트리트패션 특유의 통넓은 바지 대신 세련된 정장 팬츠를 입고 있었습니다. 덕분에 마히로의 단정한 이목구비가 한층 돋보였습니다.

"뭔가 어른스러워 보인다."

그렇게 말하자 마히로는 볼을 붉히며 수줍게 웃었습니다. 영락없이 사랑에 빠진 사람의 표정이었죠. 거짓말을 하는 게 아니었다며 후회했지만 때는 이미 늦었습니다.

그때 처음으로 '애달프다'라는 감정이 뭔지 알았습니다. 언젠가 수업 시간에, '애달프다'는 말은 일본어에만 있는 표현이고, 외국에는 똑같은 말은 없다고 배웠던 게 떠올랐습니다.

선생님, 애달픈 건 괴롭네요.

언제 사실을 털어놓아야 할까요?

"널 좋아해"라고 말할 수만 있다면.

그 아이에게 제 마음을 전하고 싶습니다.

9장

미션 인 민트초코 트러플

하게 구루미

"넌 그냥 조용히 숨만 쉬고 있으라고."

하게 구루미는 상사의 호통을 들으며 멍하니 창문 밖을 바라보았다.

"야, 하게! 듣고 있어?"

빈약한 옆 머리를 바코드처럼 정수리 위로 덮은 고다 과장이 책상다리를 발로 찼다. 구루미는 방금 들은 소리가 자꾸 머릿속을 맴돌아서 그다음 말부터는 귀에 들어오지 않았다. 후하후하 하고 심호흡을 반복할 뿐이었다.

바코드 끝자락이 에어컨 바람에 나풀거렸다. 구루미의 실수로 문책을 받고 있는데 눈앞의 광경이 너무 웃겨서 히죽거린 게 사달의 원인이었다.

평소보다 더 뿔이 난 과장의 설교는 끝날 줄을 몰랐다. 동료들이 흘리는 실소와 동정의 시선이 유난히 뻐아팠다. 대머리 과장이 대머리라는 이름의 여직원에게 욕을 퍼붓고 있다. 이건 성희롱인가? 직장 내 괴롭힘? 그것도 아니면 인권 침해?

취업준비생 시절, 입사지원서를 낸 곳은 100군데도 넘었다. 그중 면접까지 올라간 회사는 겨우 다섯 곳. 결국 합격 통지를 받은 건 이름도 들어본 적 없는 식품 회사였다. 최하위권 대학을 나와 도쿄에서 직장을 잡은 것만도 감사한 줄 알라고 엄마는 말했지만, 아마 어딜 갔어도 자신은 이런 취급을 받았을 것이다.

초등학생 때부터 구루미는 자기소개를 할 때마다 비웃음을 샀다.

"쟤 이름이 하게래."

반 애들이 폭소를 터뜨리면 선생님은 대놓고 주의를 주었다. 애들은 솔직하다. 애들은 거침없다. 애들은 잔인하다. 말 한마디 나눠본 적 없는, 이름도 모르는 선후배가 갑자기 말을 걸어오기도 했다.

"야, 하게."

이름을 부르기 전부터 킥킥거리는 웃음소리가 들렸다.

대꾸하면 또다시 폭소를 터뜨렸다.

대체 나한테 왜 이래?

엄마도 고의는 아니었으니 원망한들 소용없었지만 그래도 원망을 안 할 수가 없었다.

"이혼을 왜 해서는."

이혼의 원인이 자신한테 있는 줄은 꿈에도 모른 채 구루미는 엄마를 책망했다.

"네가 쓸데없는 말을 했으니까 그렇지."

엄마는 술기운에 그만 진실을 불고 말았다.

구루미가 막 여섯 살이 됐을 무렵이었다. '아빠 친구 고양이 아줌마'한테 받은 장난감 목걸이를 엄마한테 들키고 말았다. 미니 핸드백에서 목걸이를 꺼내 좋아하는 인형 목에 걸어주며 놀려던 참이었다.

"너 그거 어디서 났어?"

"그게…… 누가 줬어……."

"누가?"

숨겨야 한다는 생각에 허둥댔던 게 실수였다. 엄마의 매서운 눈길에 주눅이 든 구루미는 어떻게 둘러대야 할지 몰라 우물쭈물했다. 구루미가 갖고 싶다고 떼를 썼던 그 목걸이를 아빠는 엄마한테 들키면 안 된다고 신신당부하며 건네주었다. 일종의 입막음용 뇌물이었지만 어린 구루미가 그런 걸 알 턱이 없었다. 하물며 그 '고양이 아줌마'가 아빠의 불륜 상대였을 줄은 더더욱 몰랐다.

아빠는 엄마한테 구루미랑 나갔다 온다고 하고는 불륜녀 집에 드나들었다. 스낵바를 운영하던 그 여자는 대낮부터 옆트임이 들어간 속옷 같은 드레스를 입고 있었다. 하얗고 털이 덥수룩한 고양이를 키워서 구루미는 그 여자를 '아빠 친구 고양이 아줌마'라고 불렀다.

아빠도 딸이 무심코 흘린 한마디에 외도가 들킬 줄은 꿈에도 몰랐을 것이다. 하지만 여자의 감을 얕잡아 봐서는 안 된다. 엄마는 구루미와 나눈 짧은 대화로 단박에 아빠의 외도를 간파했다. 그리고 히무로 구루미는 하게 구루미가 되었다.

어쩔 수 없지. 이름이 바뀐 날부터 구루미는 이 말을 주문처럼 외고 다녔다. 나는 그냥 이렇게 생겨먹은 별에 태어난 거야. 주제넘은 꿈은 접어. 평범한 삶도 바라지 마. 소박하고 건강하게, 평온하게만 살면 되는 거야. 바라는 건 오직 그것뿐인데.

과장은 아직도 입가에 거품을 문 채 깐족대며 설교를 늘어놓고 있었다.

"이런 단순한 일도 못 한다는 게 말이 돼? 임기응변 몰라?"

구루미가 소속된 부서는 본사 비품관리과로, 사내에서 가장 무능한 직원만 모아놓는다는 일명 '잔반 처리장'이었다. 고다 과장은 한때 영업부에서 왕성하게 일했지만, 매출을 위해서라면 물불을 가리지 않는 성향에다 계약을 거듭 위반한 사실이 들통나면서 이곳으로 쫓겨났다고 들었다.

구루미는 입사하자마자 줄곧 이 부서에서 일하고 있다. 올해로 3년째, 지금껏 그녀를 거쳐 갔던 상사는 열 명도 넘는다. 이곳에 배속되는 '과장님'들의 퇴사율은 놀라움을 넘어 어처구니가 없을 정도다.

뭔가 사고를 쳐서 떠밀려 온 사람이 있는가 하면, 구루미처럼 능력에 따라 배정됐다가 그대로 눌러앉은 사람도 있다. 월급은 다들 적다고들 하지만, 구루미에게는 충분한 액수였다. 물론 어디까지나 업무에 걸맞은 액수라는 점에서 충분하다는 뜻이다.

솔직히 말해 일은 재미없다. 어쩌면 그게 당연할지도 모른다. 보람 따위는 찾을 마음도 없다. 정해진 시간에 출근해서 하라는 일을 하고, 정해진 시간에 퇴근해서 곧장 집으로 돌아가 반려동물과 놀아준다. 저녁으로 미리 해둔 반찬을 전자레인지에 데워 먹는 게 평소 루틴이다. 마땅히 먹을 게 없을 땐 따끈따끈한 밥 위에 젓갈을 올려 먹는 걸 좋아한다. 식사 후 따뜻한 물에 몸을 담갔다가 이부자리에 누워 유튜브를 보며 잠에 든다. 휴일에는 기분도 낼 겸 돈을 좀 써서 배달 음식을 시켜 먹고 종일 집에서 뒹굴거린다. 이 정도면 됐다. 불안하긴 해도 불만은 없다.

"다들 너무 물러터졌어."

동기인 사쿠라코가 한 말이다. 그녀는 회사는 결혼 전에 잠시 몸담는 임시 거처라는 소리를 감탄스러울 정도로 당당하게 내뱉는다. 그래서인지 회사에서도 적당히 일하고 적당히 내뺀다. 생리휴가는 매달 꼬박꼬박 챙기고, 수당 없는 잔업은 엿이나 먹으라는 식이다. 상사나 선배가 싫은 소리를 해도 가뿐히 무시하는 배포는 본받을 만하다.

사쿠라코의 지상 최대 과제는 행복한 결혼이다. 1년 내내 단체 미팅에 다녀와서는 어제도 물이 별로였다며 볼멘소리를 해댄다. 눈에 차는 남자를 찾기란 그리 쉬운 일이 아닌 모양이다.

사쿠라코만큼은 아니지만 구루미도 회사가 임시 거처라는 말에 어느 정도 동의한다. 빨리 결혼해서 이 이름에서 벗어나고 싶다. 하지만 예전부터 구루미는 연애에 서툴렀다. 성을 바꾸고 싶은 마음이야 굴뚝같지만 결혼 자체를 간절히 원하냐고 하면 그렇지는 않다. 엄마가 홀몸으로 고생하는 모습을 보며 자란 탓인지 결혼에 대한 동경이 없다. 뭐, 좋은 사람이 생긴다면 하고 싶다는 정도다. 그렇게 말하면 사쿠라코는 "세상은 그렇게 만만하지 않아" 하며 핀잔을 주지만.

"구루미 넌 어떤 타입이 좋은데?"

"으음, 글쎄. 애쓰지 않아도 괜찮다고 해주는 너그러운 사람?"

"그게 뭐야? 네가 애쓰는 걸 본 적이 없는데. 그런 부모한테서 태어날 애가 불쌍하다."

사쿠라코의 말에는 배려가 전혀 없다. 초등학생 남자아이만큼이나 솔직하고 잔인한 말을 서슴없이 내뱉는다. 겉과 속이 똑같아서 좋다고도 볼 수 있지만 가끔은 상처받는다.

"사쿠라코는 3K에 잘생긴 남자를 찾는다고 했지?"

3K란 고학력, 고신장, 고수입을 말한다. 거기다 얼굴도 성격도 멋진 남자가 좋단다. 물론 그 앞에서 그런 남자는 천연기념물이라는 둥 멸종위기에 처한 희귀종만큼 찾기 힘들겠다는 둥 하는 소리는 죽어도 못 한다. 그만큼 사쿠라코는 진지했다.

"맞아, 결혼하면 편하게 살고 싶잖아. 귀엽고 똑똑한

아이도 낳고 싶고. 그러려고 이 고생을 하는 거니까."

자신의 높은 이상을 저렇게나 확신에 차서 말할 수 있는 게 부러웠다. 반면에 구루미는 평생 남자친구 한번 사귄 적 없는 자신을 받아줄 사람을 찾고 있었다.

"넌 운명을 믿어?"

구루미는 아까 고다 과장이 전부 잘못됐다며 쩌렁쩌렁 면박을 준 재고 확인 시트를 사쿠라코에게 내밀며 물었다. 최근 운명의 상대를 만났다는 남동생의 말이 떠올라 사쿠라코에게도 묻고 싶었다. 솔직히 구루미는 그런 건 드라마나 영화에나 나오는 얘기라고 생각한다.

"그야 믿지."

"진짜? 사쿠라코는 그런 애매한 가치관으로는 살지 않을 줄 알았는데."

"이상적인 남자가 눈앞에 나타나면 다들 운명이라고 생각할걸."

사쿠라코는 이상적인 남자가 나타나면 꼭 붙잡을 자신이 있는 모양이다. 구루미는 그런 남자가 나타나면 어떻게 해야 좋을지 전혀 모르겠다. 구루미의 연애 경험은 한낱 벌레들의 연애사보다 초라하다 해도 과장이 아니다. 고백한 적도, 받은 적도 없고 밸런타인데이에 형식상 주고받는 초콜릿도 준 적이 없다. 친구로 지내는 남자조차 없다. 괜찮은 사람이 있어도 좋아하는 감정으로까지 발전하지 못한 채 흐지부지되는 경우가 많았다.

"실은 운명이다 싶은 사람을 만났어."

"언제?"

"어제."

"어떤 사람인데?"

"대형 출판사 편집자."

구루미가 궁금한 건 직업이 아니라 어떤 점에서 운명을 느꼈는지였는데.

"그래? 잘됐네."

"응."

사쿠라코는 휴대폰을 꺼내 결혼 정보 앱을 열었다.

근무 시간이 끝나자 긴 한숨이 나왔다. 대단한 일을 하는 건 아니지만 쌓이는 피로는 어쩔 수 없다.

딱히 애쓴 건 없어도 일주일에 한 번은 자신에게 주는 선물인 셈치고 편의점에서 디저트를 산다. 신상 디저트를 먹고 SNS에 감상을 올리는데, 최근 들어 팔로워 수가 늘긴 했지만 별로 신경 쓰지 않는다. DM도 받지 않고 댓글 창도 닫아놔서 이상한 사람과 엮일 일도 없다. 그저 풍파 없이 평화롭게 살면 그뿐이다.

집에 오면 손 하나 까딱하기 싫어서, 그나마 기운이 있을 때 한꺼번에 음식을 만들어 냉동실에 나눠 보관한다. 그렇게 미리 준비해 둔 음식을 집에 오면 전자레인지에 데워 먹는 게 구루미의 일상이다. 여러모로 절약도 되니 일거양득이다.

지금 사는 아파트는 투룸이라 면적이 넓은 편이지만 상당히 낡았다. 집을 구할 당시 반려동물과 지낼 만한 곳을 찾기가 쉽지 않았다. 애초에 신축은 모조리 제외였다. 어차피 세련된 사무직 여성이 살 법한 호화로운 아파트는 세가 비싸 들어갈 수도 없어서 역에서 꽤 먼, 지어진 지 30년 된 낡은 아파트로 거처를 정했다.

그래도 정들면 고향이라고, 볕도 잘 들고 근처에 엄청 저렴한 슈퍼도 있는 데다 자전거로 미친 듯이 달리면 역까지 20분이면 도착하는 이 집이 구루미는 그럭저럭 마음에 들었다. 입주 당시 집주인은 구루미가 나가면 집을 리모델링할 거라면서 사는 동안 좋을 대로 쓰라고 했다. 홈센터*와 백엔숍에서 산 물건으로 손수 꾸며 놓으니 내부는 제법 깔끔해졌다.

그 집에서 구루미는 초코와 민트라는 하늘다람쥐와 함

* 일본의 생활용품 및 인테리어 전문 대형 마트.

께 산다. 털빛이 어두운 녀석이 초코, 하얀 녀석이 민트다. 홈센터의 반려동물 코너에서 한눈에 반한 것이 둘과의 첫 만남이었다. 아버지 일로 고양이에 트라우마가 생겼지만, 동물을 기르고 싶은 마음은 늘 있었다. 혼자 살면 개를 기르려고 마음먹었으나 개는 구루미의 수입으로 감당할 수 있는 동물이 아니었다. 그런 점에서 하늘다람쥐는 한결 부담이 덜했다. 하지만 키우다 보니 어느새 생활비를 쪼개고 쪼개서 초코와 민트를 위해 저축도 할 만큼 정이 들어 있었다. 얘네만 있으면 아무것도 필요 없어, 그런 마음이 들 만큼 초코와 민트는 구루미에게 위로를 주었다.

구루미는 냉동 보관한 카레와 밥을 전자레인지에 돌리는 동안 잠옷으로 갈아입었다. 10년 동안 동고동락한, 아마도 젤라또피케** 상품을 본따서 만들었을 복슬복슬한 파자마는 언제 입어도 살갗에 닿는 감촉이 최고다.

"잘 먹겠습니다."

집에 텔레비전이 없는 관계로 휴대폰을 식탁에 고정해 동영상을 보며 카레를 먹었다. 그때 휴대폰이 울렸다. 남동생 데루마였다.

** 일본의 홈웨어 브랜드.

"집이야?"

"응."

"지금 좀 가도 돼?"

"딴 날 와. 내일도 출근이야."

"그러지 말고 동생 얘기 좀 들어줘라."

"그럼 전화로 하든가."

데루마는 부모님 집에 살면서 전문학교에 다니고 있다. 소설가가 되고 싶다는데, 거길 졸업하면 무슨 자격증이라도 나오나? 집안 기둥이 휘청거릴 정도로 등록금이 비싼 학교였지만 엄마한테 그런 큰돈이 있을 리는 만무했고, 동생이 학자금 대출로 때우며 다니는 중이다. 동생은 작가로 데뷔하면 학자금을 한 번에 갚겠다고 호언장담했다. 그럴 때마다 구루미는 사쿠라코의 말을 빌리고 싶었다.

"세상은 그렇게 만만치 않아."

그래도 동생은 꿈이 있으니 그나마 낫다. 구루미한테는 그런 게 없다. 있는 거라고는 학자금 명목의 빚뿐이다. 완납은 약 20년 뒤. 남매가 나란히 학자금 지옥에 빠진 셈이다.

"저번에 말했던 애 있잖아. 도서관에서 마주쳤다는."

가녀린 옆얼굴이 예쁜 아이라고 했던 기억이 난다.

"아, 응."

데루마는 무슨 이유에선지 연애 상담을 꼭 누나한테 한다. 뭐, 누나가 남자 경험이 제로라는 사실을 알 리 없으니 그러는 거겠지만.

"친해질 방법 없을까?"

"일단 말을 걸어야 시작이 되지."

벽에 걸린 '일단 첫발을 내딛자'라는 문구를 보며 구루미가 말했다. 언제였던가, 길거리에서 웬 아저씨가 붓글씨로 '글귀'를 써서 건네준 거였다. 그는 구루미의 얼굴을 보자마자 붓을 놀리더니 이렇게 말했다.

"그쪽 좌우명으로 어때요?"

별 이상한 사람이 다 있다고 생각하면서도 그 글귀가 왠지 마음에 들어 벽에 붙여놓았다.

"그건 아는데 타이밍도 못 잡겠고, 계기가 없어."

"그 친구랑 같은 책을 읽은 다음 '그 책 재밌던데요' 하고 말을 거는 거지. 그러면 걔도 운명이라고 느끼지 않겠어?"

"근데 무슨 책을 읽는지 몰라."

"왜 몰라?"

"전에 말했잖아. 앞을 못 본다고."

"맞다, 그랬지 참."

"무슨 좋은 방법 없나?"

“분명 절호의 타이밍이 불쑥 찾아올 거야. 정말 운명이라면 ‘지금이야!’ 하는 순간이 올 테니까 그때까지 네 감정만 잘 지켜.”

모호한 조언이었지만 무슨 상관이랴. 구루미는 편의점에서 산 부드러운 쇼콜라 슈를 냉장고에서 꺼냈다.

“운명의 순간이 온다고? 정말?”

“아마도.”

구루미는 적당히 대답했다. 그래, 요즘 유행처럼 적당히.

데루마는 “알았어. 고마워” 하며 전화를 끊었다. 단순하고 솔직한 녀석. 동생이지만 그런 점만은 훌륭하다.

통화를 마치고 구루미는 쇼콜라 슈를 카메라로 찍어대기 시작했다. 찰칵. 접시에 올려놓고 다시 한번 찰칵. 단면이 보이게 또 찰칵. 이렇게 여러 앵글로 찍고 나서야 시식을 할 수 있다.

‘음, 맛있네. 하지만 또 사 먹지는 않을 듯.’

구루미는 약간의 쓴소리를 담아 SNS에 디저트 감상평을 올렸다.

— 올여름 들어 가장 무더운 날.

만원 전철에서 휴대폰에 뜬 기사의 헤드라인을 보며 구루미는 양산을 갖고 나올 걸 하고 후회했다. 전철 천장에는 불꽃놀이 홍보 포스터가 빼곡히 매달려 있었다. 주말마다 여기저기서 불꽃놀이가 열린다니, 요즘 커플들은 참 바쁘겠다.

꽃무늬 유카타를 입고 요요를 흔들며 함께 다코야키를 먹고 나막신 끈에 발가락이 쓸리면 남자친구가 반창고도 붙여주고 그래도 아프면 돌아갈 때 업어주는, 순정 만화에나 나올 법한 장면을 구루미는 계속 상상했다. 그런 호강에 겨운 일이 자신에게도 생길까?

"구루미, 큰일났어."

회사에 도착하자 사쿠라코가 호들갑을 떨며 구루미의 손을 잡아끌었다.

"야, 아프잖아."

"이거 봐봐."

"……."

사내 게시판 앞에서 구루미는 할 말을 잃었다. 전근 발령이었다. 그것도 홋카이도. 그녀는 이마에 흐르는 땀을 닦으며 "홋카이도면 시원하겠지?" 하고 너스레를 떨었다. 그렇게라도 하지 않으면 똑바로 서 있지 못할 것 같았다.

"고다 과장 진짜 짜증 나. 아주 널 제물로 삼을 셈인가 봐. 지 쫓겨날까 봐."

고다 과장이 회사 경비를 빼돌린다는 소문은 전부터 있었다. 사쿠라코는 그 일을 말한 것이었다. 한차례 땀이 식자 구루미는 발령문을 유심히 살폈다.

"유배지네."

그렇게 중얼거리다 고다 과장과 눈이 딱 마주쳤다.

발령문에는 후라노시에 있는 재고관리센터로 이동하라고 적혀 있었다. 무덤이라느니 유배지라느니, 좋은 소리가 한 번도 들린 적이 없는 곳이었다. 그곳에선 각 지사에서 끊임없이 보내오는 재고를 도맡아 관리하는데, 기계처럼 매일 수량 체크만 한다고 들었다. 지붕이나 있으면 다행이라는 낡아빠진 창고에서 찬 서리를 맞아가며 일해야 하는 곳이라고도 했다. 그냥 나가라는 소리였다.

루— 루— 루루루루루~♪

구루미의 머릿속에서 〈북쪽 고향에서〉*의 주제가가 흘러나왔다.

홋카이도에는 맛집이 많다. 매력적인 곳이다. 하지만 구루미가 아무리 노력해도 잘할 수 없는 영역이 있다. 색과 모양이 똑같은 물건을 세는 작업은 절망적일 만큼 느렸다. 특히 다른 일을 하면서 중간중간 물건을 세라고 하

* 후지테레비에서 1981년부터 2002년까지 방영된 일본의 대표적인 가족 드라마.

면 큰 혼란에 빠졌다. 중간에 어디까지 셌는지 헷갈리기 일쑤였다. 태생적으로 두 가지 일을 동시에 처리하는 것이 불가능했다.

임기응변. 구루미에게는 세상에서 가장 어려운 기술이다. 얼마 전 고다 과장한테 야단맞은 것도 그래서였다. 지금까지는 업무 중 일부였고 사쿠라코의 도움을 받으면서 그럭저럭 해결했지만, 홋카이도까지 가서 그 일을 혼자 감당할 자신이 없었다. 거기다 지금 아파트를 나와 홋카이도에 자리를 잡으면 추위에 약한 초코와 민트를 어떻게 돌봐야 할지도 막막했다.

한 시간가량 고민한 끝에 결론을 내렸다. 좋아, 관두자.

드라마처럼 사표를 내던지며 오늘부로 그만두겠다고 할 순 없어서 일단 컨디션을 핑계로 조퇴했다. 향후 거취를 고민해야 했다. 다음 직장도 찾아보고 저축해둔 돈으로 얼마나 버틸 수 있을지도 따져봐야겠다.

한낮의 거리는 여름휴가를 즐기러 나온 싱그러운 젊은이들로 넘쳐났다. 구루미는 인적이 드물면서도 혼자는 아닌 장소를 물색하며 터덜터덜 걸었다. 정신을 차려보니 웬 헌책방 거리를 어슬렁거리고 있었다.

딱히 배가 고프지는 않아서 시원한 곳을 찾다가 카페 분위기가 물씬 풍기는 헌책방으로 들어갔다. '민트초코

티 팝니다'라는 문구에 이끌렸다. 들어갔더니 책장이 단 세 개뿐인 아담한 가게였다. 한쪽에는 카운터가 구색만 갖추겠다는 듯 썰렁하게 놓여 있었다. 음료는 서서 마시는 스타일인지 테이블이 따로 없었다.

"민트초코 티 주세요."

"죄송하지만, 오늘은 없습니다."

나이가 지긋한 점주가 눈을 내리깐 채 말했다.

"아……."

모처럼 들어왔는데, 하고 구루미가 낙담하자 그는 물을 내주었다.

"감사합니다."

점주는 스툴에 걸터앉더니 경마 신문을 펼쳤다. 다른 볼일이 없으면 얼른 나가라는 뜻이다. 하지만 미지근한 물 한 잔으로 몸의 열기가 식을 리 없다. 구루미는 오늘은 왠지 운이 없는 날 같다며 한숨을 쉬고는 무심히 책장 쪽으로 시선을 돌렸다. 그녀가 꺼내 든 책은 하나같이 자기계발서로, 《마음을 정리하는 열 가지 법칙》이나 《애쓰지 않는 삶이 건강의 비결》과 같은 제목을 달고 있었다. 지금 자신의 상황에 딱 들어맞는 책을 찾아 구루미는 책장 맨 위부터 차례차례 훑어 내려갔다. 그때 어떤 책 한 권이 눈에 띄었다.

《내일, 죽고 싶다면》

불온한 제목이었지만, 궁금증이 일어 집어 들었다. 페이지를 넘겨보니 자살 방법이 잔뜩 실린 책이었다. 힘들이지 않고 자살하는 법 따위가 상세히 소개되어 있었다. 이런 걸 누가 사? 안 돼, 지금 이런 책을 사면 진짜 저세상으로 가는 거야. 구루미는 책을 도로 책장에 꽂아놓고 밖으로 나왔다.

뒤에서 딸랑딸랑하는 자전거 벨소리가 들려 왼쪽으로 피하려다 앞에서 오는 사람과 어깨가 부딪혔다. 고다 과장과 비슷한 연배에 살집이 있는 아저씨였다.

"똑바로 보고 다녀."

구루미 잘못도 아닌데 그는 대뜸 화부터 냈다.

"죄송합니다."

그냥 조용히 사과하고 역으로 가는데 이번에는 어깨 위로 뭔가가 후드득 떨어졌다. 뭐지? 하고 살펴보니 비둘기 똥이었다. 급한 대로 편의점에 들어갔더니 화장실 옆 세면대에서 중학생쯤 되어 보이는 남자애가 툭 내뱉었다.

"아, 더러워."

별수 없이 손수건으로 어깨를 닦고 나오는데 또 누군가와 부딪혔다.

"저리 비켜."

상대가 째려보며 말했다.

"죄송합니다."

구루미가 사과하자 그는 혀를 끌끌 차며 지나갔다.

오늘 왜 이러지? 그냥 운이 없는 날인가? 내가 뭘 잘못했나? 굿이라도 해야 하나?

심장이 확 조이듯 아팠다. 더위 탓인지 발이 휘청거리고 몸이 붕 뜨는 느낌이었다. 집에 가야 하는데. 가기 싫어.

정신을 차리자 아까 들렀던 책방 앞이었다. 구루미는 한차례 심호흡한 뒤 책방으로 들어가 책장 앞에서《내일, 죽고 싶다면》이라는 제목을 뚫어지게 쳐다봤다. 지금이 사야 할 때였다. 이런 날에 딱 맞는 책이었다.

자살할 마음 따윈 없었다. 그럴 용기도 없었다. 하지만 부적 삼아 갖고 다니고 싶었다. 최악의 상황을 염두에 두면 그 이상 나쁜 일은 일어나지 않을 것 같았다. 마음을 굳히고 책으로 손을 뻗는데, 그 순간 다른 이와 손이 닿았다. "아" 하고 동시에 내뱉으며 두 사람은 눈을 마주쳤다.

드라마라면 이쯤에서 멋진 남성과 운명적인 만남이 시작됐겠지. 하지만 구루미 인생에 그런 일은 벌어지지 않는다. 상대는 고등학생으로 보이는 긴 머리의 여자아이였다. 일자로 시원하게 뻗은 눈매가 인상적이고 체격도 다부졌다. 생기가 넘치는 것이 자살과는 거리가 멀어 보였다.

구루미는 행여 뺏길세라 냉큼 손을 뻗어 책을 낚아챘다. 잡았다! 그대로 구루미는 카운터로 향했다. 어린 학생이 무슨 안 좋은 일이 있었나? 실연이라도 당했나? 혼자 상상하며 계산을 마쳤다. 그런데 가게를 나오자 그 여자아이가 할 말이 있다는 듯 구루미를 물끄러미 쳐다보았다.

"너한테는 미래가 있잖아."

구루미는 대뜸 그렇게 말하고는 역까지 뛰어갔다. 다들 힘겨운 마음을 안고 살아간다고 생각하니 기분이 아주 조금은 편해졌다.

전철에서 읽기엔 오해를 불러일으키는 제목이라 꾹 참고 집에 오자마자 책을 펼쳐다. 그런대로 읽을 만했지만 역시나 자살할 마음은 들지 않았다. 게다가 딱히 자살을 권하는 내용도 아니었다. 반대로 자살에 관해 진지하게 다시 생각할 계기를 주는 책이었다.

8월을 며칠 남겨두고 구루미는 3년 동안 일한 회사를 나왔다. 책상 정리와 인수인계는 사쿠라코가 대부분 대신해 주어서 굳이 출근할 필요가 없었지만, 마지막 인사는 해야겠기에 회사로 향했다.

"지금까지 감사했습니다."

머리를 숙이자 뜨문뜨문 박수 소리가 들렸다. 고다 과장의 몇 가닥 안 남은 머리카락이 오늘도 에어컨 바람에 휘날리고 있었다. 바깥은 아직도 무더위가 기승이었다.

"구루미, 고생했어."

끝으로 사쿠라코가 위로의 말을 건네주었다. 고마워. 지금까지 버틸 수 있었던 건 다 사쿠라코 덕이야.

"나중에 밥이나 같이 먹자."

구루미는 사쿠라코의 배웅을 받으며 회사를 뒤로했다. 이대로 집에 갈 기분이 아니어서 구루미는 다시 헌책방 거리로 향했다. 가방에는 예의 그 책이 들어 있었다. 집에 두고 오기도 왠지 꺼림직하고 그렇다고 헌책방에 되파는 것도 아닌 것 같아 고민스러운 마음으로 길을 걷고 있었다.

지난번 헌책방 카페에 붙어 있던 '민트초코 티 팝니다'라는 문구는 어느새 '민트 티 팝니다'로 바뀌어 있었다. 초코는 어디 간 거야? 어차피 갖다 놓지도 않을 거면서. 구루미는 속으로 빈정거렸다.

"저……."

그때 뒤에서 누군가 말을 걸었다. 돌아보니 웬 단발머리 여학생이 서 있었다. 누구더라? 얼굴을 유심히 살펴보니 지난번에 책 쟁탈전을 벌였던 아이였다.

"머리 잘랐네. 잘 어울린다."

구루미는 한쪽 손으로 햇빛을 가리며 말했다. 결코 아부는 아니었다. 여자아이는 꾸벅하고 조용히 고개를 끄덕였다.

“어쩜 또 이렇게 마주치니.”

구루미가 나지막이 웅얼거리자 여자아이가 입을 열었다.

“지난번 그 책 찾고 있어요. 일반 서점에선 팔지도 않고 인터넷으로 사면 엄마 아빠한테 들킬 것 같아서…….”

“아아, 그 책.”

구루미는 가방을 흘끗 쳐다봤다. 그런 책을 줘도 될지 망설이고 있는데 여자아이가 말했다.

“제가 얼마 전에 친언니를 잃었거든요. 자살일지도 몰라요. 언니가 왜 죽었는지 알고 싶어서 그러는데, 그 책 저한테 넘겨주시면 안 돼요? 부탁이에요.”

간절한 눈빛에 순간 핑 하고 현기증이 일 것 같았다. 아이의 진지한 표정에 거짓은 없었다. 책을 줘도 괜찮을 것 같았다.

“힘내.”

왜 하필 그 말이 튀어나왔을까. 힘내라는 말은 구루미가 가장 싫어하는 소리였다.

여자아이는 “언니도요” 하며 발길을 돌렸다.

9월이 되었다. 회사를 그만뒀지만 다음 직장은 아직이었다. 하고 싶은 일이 뚜렷한 사람이 새삼 부러웠다. 구루미는 하고 싶은 일은커녕 할 수 있는 일도 얼마 없어 방황 중이었다.

전자레인지로 얼린 밥을 해동했다. 오늘은 후리카케* 로 때워야지. 이제 편의점 디저트는 꿈도 못 꾸겠네. 그렇게 신세 한탄을 하고 있는데 데루마한테 전화가 왔다.

"지금 가도 돼?"

"아, 오늘은 좀 피곤한데. 다음에 와라."

하는 일도 없는데 매일 피곤했다. 한가한 건 괴롭다.

"아직 일 못 찾았어?"

"응. 다시 취준생으로 돌아간 셈이지. 구직하느라 다리가 땡땡 부었어."

구루미는 괜히 바쁜 척했다.

"오늘 누가 무진장 맛있는 초콜릿을 줬는데 혹시 누나도 먹을까 하고."

이 녀석, 누나를 알아도 너무 잘 안다. 이걸 어떻게 거절하겠는가? 구루미는 초콜릿이라면 사족을 못 쓴다. 심

* 김, 깨, 소금 등을 섞어 밥 위에 뿌려 먹는 조미료.

지어 무진장 맛있다는데 먹고 싶지 않을 리가.

"지금 바로 와."

전화를 끊고 폭신한 비즈 쿠션에 몸을 맡겼다. 곧 초코와 민트를 머리며 어깨, 배 위에 올려놓고 놀아주었다. 누가 뭐래도 이 시간이 최고다!

동생이 사는 부모님 댁에서 구루미 아파트까지는 거의 한 시간 거리인데 10분도 채 되지 않아 초인종이 울렸다.

"빨리 왔네?"

"응, 이미 요 앞이었거든."

데루마는 구루미를 보는 둥 마는 둥 하고 휴대폰으로 눈길을 돌렸다. 소설에 쓸 소재거리라도 떠올리는지, 뭔가 골똘히 생각하는 듯하다가 문자를 입력하기를 반복했다. 귀에는 이어폰을 꽂고 있었다.

"그럼, 실례 좀 할게."

데루마는 익숙한 걸음으로 안으로 들어왔다. 하지만 소파에 앉아서도 휴대폰만 뚫어지게 쳐다봤다.

"야, 남의 집에 와서 그 태도는 좀 아니지 않냐?"

구루미는 동생을 쏘아보며 큰 소리로 타박했다.

"미안, 조금만 더. 딱 세 명 것만 더 쓰고."

"세 명이라니?"

"누나도 이거 들어봐."

데루마는 이어폰을 빼고 휴대폰을 스피커 모드로 전환했다. 웬 여자 목소리가 흘러나오고 있었다.

"라디오야?"

"응. 우리 학교에서 소설 강의하는 선생님이 진행하는 프로그램이야."

"근데 세 명은 무슨 소리야?"

"다음 방송 때 나갈 사연을 좀 보내려고. 대충 열 명분이면 되려나?"

"왜? 그렇게 뽑히고 싶어?"

"그게 아니야. 뽑힐 확률은 백 프로야. 사연 보내는 청취자가 줄어서. 그래서 내가 한 열 명분 보내려고."

"왜?"

"사연 보내주는 사람이 아무도 없으면 선생님이 쓸쓸할 테니까."

"부탁받았어?"

"받았겠냐? 이런 건 몰래 해야지."

"너도 고생이다."

"전혀. 소설 속 등장인물 열 명 만들기 훈련 같은 거야."

공부를 하겠다는 건지 남에게 호의를 베풀겠다는 건지 헷갈린다.

"그래서 초콜릿은?"

"아, 맞다."

데루마는 백팩에서 쇼핑백을 꺼냈다. 알루미늄 상자에 든 초콜릿이었다. 딸깍하는 소리와 함께 보석 같은 자태의 초콜릿이 모습을 드러내자 심장이 쿵 하고 떨어졌다.

"먹어도 돼?"

"당연하지."

"너도 먹을 거지? 뭐 먹을래?"

"난 화이트초콜릿."

"그럼, 난 이거."

상자에는 제각각 종류가 다른 초콜릿 열두 개가 들어 있었다. 구루미는 설레는 마음으로 동그란 민트블루 트러플 초콜릿을 집어 입에 넣었다.

"우와! 이거 뭐야? 엄청 맛있잖아."

구루미와 데루마는 두 뺨을 손으로 감싼 채 황홀한 표정을 지었다. 초콜릿은 정말 굉장한 음식이다. 이렇게 순식간에 사람을 행복하게 만들어주니 말이다.

"너 이거 어디서 났어?"

"1등 한 포상으로 받은 거야."

데루마는 자랑하듯 턱을 치켜들었다.

"소설 강의하는 선생님이 주셨어. 내가 쓴 소설이 가장 좋았대."

"오호라, 네가?"

동생한테 글재주가 있었던가? 의아한 얼굴로 구루미는 다시 초콜릿 한 조각을 입에 넣었다.

"이거 최고다. 진짜 맛있어."

어디서 파는 건지 궁금해서 상자 바닥을 들여다봤다.

"저기 누나, 상의할 게 있는데. 저번에 말한 친구 있잖아, 마히로. 드디어 개랑 말 텄거든."

얼마 전, 데루마는 구루미에게 자신은 게이라며 커밍아웃했다. 놀라긴 했지만 나무라지 않았다. 오히려 다양성을 추구하는 요즘 사회에서 자기만의 개성을 가진 동생이 살짝 부럽기도 했다.

"잘됐네."

"누나 말대로 딱 적절한 타이밍이 오더라. 지금이다 싶어서 말을 걸었는데……."

데루마는 짝사랑하는 아이와 처음 대화를 나눈 순간을 상기된 얼굴로 설명했다.

"잘됐다, 잘됐어."

구루미는 만족스럽다는 듯 고개를 끄덕이며 볼이 터져라 초콜릿을 입으로 욱여넣었다.

"근데 그게 잘된 게 아니었어."

데루마가 인상을 찌푸렸다.

"왜? 무슨 문제 있어?"

"날 여자로 생각하는 눈치야. 마히로가 내 목소리를 마음에 들어 하는 것까진 좋았는데, 아무래도 이 목소리 때문에 착각했나 봐."

"흐음."

초콜릿이 너무 맛있어서 맞장구를 치는 시간조차 아까웠다.

"거기다 갑자기 스타일을 싹 바꾸고 나타났더라고. 그게 또 귀엽기도 하고 멋있기도 하고."

"역시 그런 게 사랑의 힘이지."

"지금 감탄할 때가 아니야. 나 어떡해?"

데루마는 진지한 표정으로 물었다. 구루미는 너무 특수한 상황이라 뭐라고 조언해야 할지 난감했다. 정작 본인은 평범한 연애조차 해본 적이 없는데. 하지만 좋아하는 사람 때문에 일희일비하는 모습은 부러웠다. 사랑 따위 자신에게는 사치 같았다.

"운명을 느꼈다며? 그럼 사실대로 말하면 되잖아?"

누구라도 이것밖에는 해줄 말이 없지 않을까? 솔직하게 털어놓을지 말지는 본인한테 달려 있다. 뭐, 구루미였다면 말 한마디 못 하고 조용히 떠났겠지만.

"실은 내가 남자라고? 그러면 그냥 끝이지. 겨우 친해졌는데."

"좋아하잖아? 그럼 고백밖에 더 있어? 네 정체든 네 마음이든 전부."

구루미는 경험 많은 원숙한 여자 흉내를 내며 그럴싸한 어투로 조언했다.

"가볍게 말하면 그 친구는 충격이 클 거야. 좋아하는 여자가 실은 남자였다니."

데루마는 냉정하게 말했다. 듣고 보니 그 말도 일리가 있어서 구루미의 표정도 심각해졌다.

"그래도 부딪혀서 깨지는 수밖에 없지 않아? 계속 속여봤자 언젠가는 들킬 테고, 시간을 끌면 끌수록 상대는 상처받을 거야. 아니면, 깨끗하게 네가 물러서든가."

"포기하라고?"

"그래야지. 그 친구한테 상처 주기 싫으면."

"아아, 그러면 볼 수가 없잖아. 그건 싫어!"

데루마는 머리를 감싸 쥐며 탄식했다. 결국 이렇다 할 결론을 내리지 못한 채 막차 시간이 다가왔다.

"나 이제 간다." 데루마는 찜찜한 표정으로 말했다.

"누나는 네 착한 구석이 좋아. 네가 남자든 여자든 게이든 뭐든."

그렇게 말하며 동생의 등을 토닥여 주는 게 구루미가

할 수 있는 최선의 위로였다.

데루마는 잘생긴 것도 아니고, 스타일이 좋은 것도 아니다. 하지만 누나인 구루미가 봤을 때 동생은 지나치다 싶을 만큼 인간성이 좋았다. 데루마는 상대가 누가 됐든 장점을 잘 찾아내고, 티 나지 않게 마음을 써준다. 남 험담은 절대 하지 않고, 떠도는 소문에도 관심이 없다. 정말이지 데루마만큼 착한 애는 본 적이 없다.

구루미처럼 데루마도 성이 바뀌면서 곧잘 비웃음을 샀지만, 동생은 그 모든 걸 유머로 승화시킬 줄 아는 천재기도 하다. 어릴 적부터 그런 식으로 자신을 지키는 데 익숙해졌을 것이다.

어쨌든 잘 풀렸으면 좋겠다. 구루미는 게이라는 정체성이 사는 동안 동생의 발목을 잡지 않길 빌었다.

그로부터 일주일쯤 지난 어느 날, 데루마한테 전화가 왔다. 보나 마나 그 친구와의 진척도를 보고하려는 연락일 것이다.

"그래서 어떻게 됐어?"

"그보다 누나, 새 직장 찾았어?"

대답은커녕 역으로 날아든 질문에 구루미는 말문이 막혔다.

"아, 그게…… 아직인데 왜?"

녀석, 누나 걱정도 해주고 고맙네.

"내가 누나한테 딱 맞는 일을 찾았어."

"나한테 딱 맞는 일이 있어?"

설레는 마음으로 물었다.

"편의점 아르바이트인데."

"뭐? 아르바이트?"

"편의점은 매뉴얼이 확실히 정해져 있으니까, 임기응변이 안 되는 누나한테 딱 좋을 것 같아서."

"아닐걸. 편의점이야말로 임기응변이 필요한 대표적인 곳 아냐? 손님도 각양각색이고 할 일도 엄청 많아 보이던데."

"괜찮아, 괜찮아. 거긴 한가해. 그래서 말인데 누나한테 부탁할 게 있어."

"또 무슨 꿍꿍이야?"

"스파이 노릇 좀 해줘."

데루마가 묘한 부탁을 해왔다.

"뭐? 내가 무슨 스파이야? 탐정 놀이도 아니고."

동생의 말인즉슨, 그 편의점에서 일하는 어떤 남자가 있는데 그가 어떻게 사는지 알아봐 달라는 거였다.

"네가 거기서 일하면 되잖아?"

"난 할아버지 가게 도와야 해서 안 돼. 지금 아주 난리야."

"난리라니?"

"적당히 아저씬지 뭔지 하는 사람이 방송에서 할아버지 가게를 소개했잖아. 그거 때문에 전국에서 손님이 몰려드느라 요즘 정신없어."

"와우."

전혀 몰랐다. 그러고 보니 요사이 할아버지 가게 근처에 간 적이 없었다.

"그러니까 누나, 부탁 좀 할게. 갔다 와봐."

"하, 그냥 다른 사람 알아봐."

"이건 누나밖에 할 수 없는 미션이야."

"왜 난데?"

"누나는 아무리 봐도 스파이로는 안 보이거든. 선량한 시민의 대표주자 같은 타입이라 누나만 한 적임자가 없어."

"싫어."

"그러지 말고 좀."

"안 돼."

"제발. 내 평생의 소원이다."

전에 없이 끈질긴 데루마의 태도에 일단 이유라도 들어봐야겠다 싶었다.

"그 남자 뒷조사는 왜 하는데? 대체 누군데 그래?"

"자세한 건 말 못 하지만 어쨌든 부탁 좀 하자. 누나도 지금 일 못 찾아서 힘들잖아. 나쁜 제안은 아닐 것 같은데."

데루마는 막무가내였다.

"싫다니까!"

"그 초콜릿 또 먹고 싶지 않아?"

으이구…… 하여간 누나를 너무 잘 알아.

"그럼, 일단 편의점 가보고 결정할게."

다음 날, 구루미는 동생이 말한 편의점으로 향했다. 신주쿠 빌딩가의 뒷골목에 자리한, 도심에서는 본 적도 들은 적도 없는 이름의 개인 편의점이었다. 듣던 대로 점심시간인데도 손님이 적었다.

데루마가 알려준 남자의 이름은 '도카치'. 야성적이면서 퇴폐미가 있단다. 야성적인데 퇴폐미가 있는 남자는 도대체 어떤 남자인가 했더니 말 그대로 야성적인 외모에 퇴폐미를 풍기는 남자였다. 큰 키에 약간 어두운 피부와 근육질 몸매. 다부진 첫인상과 반대로 목소리나 태도는 크지 않았다. 약간 구부정한 등도 눈에 띄었다.

구루미는 편의점 안으로 들어가 진열대 사이를 천천히 두 바퀴 정도 돌며 남자를 관찰했다. 빠릿빠릿하지는 않지만 할 일은 정확히 했다. 약간 무기력해 보이지만, 손님한테 인사도 꼬박꼬박 했다. 구루미는 초콜릿 밀크티를 집어 들고 카운터로 향했다. 카운터 앞에 서자, 남자가 "어서오세요……" 하며 나지막이 인사했다.

"더 필요한 건 없으신가요?"

아마도 매뉴얼에 철저히 따랐을 그의 질문에 구루미는 순순히 "네" 하고 대답했다. 페트병을 쥔 손이 글로브처럼 큼지막해서 넋을 잃고 쳐다봤다.

이 남자와 데루마는 무슨 관계일까? 혹시 좋아하는 사람이 바뀌기라도 한 건가? 가녀린 미소년에서 야성적인 퇴폐남으로 변심? 설마. 순수함의 정수만 뽑아 표본으로 만든 것 같은 내 동생 데루마가 그럴 리 없다. 그럼, 이 남자는 대체 누구지?

모르겠다.

모르겠지만 구루미는 여기서 일해보기로 했다.

다른 건 모르겠고, 이 남자가 궁금해졌다.

어딘가 어수룩한 분위기가 자신과 닮은 것 같았다.

10장 빛나지 않는 영웅에게, 루비 초콜릿

도카치 고타로

"사장님, 지난번에 말씀드린 건 어떻게 됐나요?"

도카치 고타로가 일을 관두겠다고 사장한테 말한 지 일주일이 지났다. 만약 모교가 우승하면 편의점을 그만두기로 이미 마음먹은 상태였다.

— 오시로 학원 고교, 10년 만에 고시엔* 우승.

고향은 연일 축제로 떠들썩할 게 뻔했다. 게다가 인터넷에서 10년 전 **그 사건**이 재소환되고 있었다. 이제야 겨우 마음 편히 사나 했더니.

* 일본 효고현의 '고시엔 구장'에서 개최되는 전국 고교 야구 선수권 대회.

과거 도카치는 고교 야구 선수로 활동했다. 고시엔의 마운드에도 섰던 촉망받는 선수였다. 그러나 그 사건 이후, 도카치는 고향을 등진 채 일본 전역을 떠돌며 살았다. 가족한테도 친구한테도 연락처를 알리지 않았다. 가까운 이들에게 피해를 주고 싶지 않기도 했고, 만에 하나 정보가 새서 인터넷에 퍼지기라도 하면 인간 불신에 빠져 아무도 믿지 못하게 될 것이 두려웠기 때문이다. 이런 연유로 누구에게도 거처를 알리지 않기로 결심하고 그렇게 지내왔다.

도카치가 법을 위반한 건 아니었다. 어떤 처벌도 받지 않았다. "어쩔 수 없는 일이었어." 부모님도 친구도 다들 위로해 주었다. 하지만 도카치 본인이 자신을 용서할 수 없어서 십자가를 짊어진 채 살아가기로 한 것이었다.

한 사람의 인생을 앗아버렸다.

모교의 고시엔 출전이 확정된 순간부터 도카치는 두려움에 떨어야 했다. 후배들한테는 미안하지만, 일찌감치 1회전에서 탈락해 짐을 싸길 기도했다. 오시로 학원 고교가 주목받으면 받을수록 사람들은 자연스레 10년 전 그 사건을 떠올릴 것이다.

만약 과거 일이 재점화되면 '그 사람은 지금 뭐 한대?' 하며 온라인 커뮤니티에 도카치의 이름이 도배될 게 불보듯 뻔했다. 사람의 호기심만큼 무서운 건 없다. 정의감은 때때로 악의보다 무서운 흉기가 된다. 아무것도 모르는 이들이 화살을 쏘아대는 것이다.

도카치는 10년 전부터 그 화살을 맞고 있었다. 이제 좀 마음 편히 사나 했건만 설마 했던 모교의 우승으로 다시 두려움에 떠는 나날로 돌아가게 되었다.

도카치를 향한 댓글 공격은 날마다 어디선가 일어나고 있다. 본격적으로 시끄러워질 때도 있고 잠깐 그러다가 잠잠해질 때도 있다. 인터넷을 끊으면 되지 않느냐는 사람도 있지만 그리 간단한 문제가 아니다. 당사자한테는 훨씬 심각한 일이다. 한가한 사람들이 수시로 '그 자식 지금은 어디 사냐'며 도카치 주변을 들쑤시고, 종국엔 단서를 잡아 서로 정보를 공유하며 수색망을 좁혀온다. 실제로 몇 번 들킨 적도 있었다. 그 후로 도카치는 연예인도 아니면서 인터넷에 자기 이름을 검색해 보는 버릇이 생겼다. 아무 이야기도 없는 날엔 안도했지만 어쩌다 허위 정보라도 뜨는 날엔 머리가 지끈거렸다. 이건 사실이 아니잖아! 하면서도 반박 한번 못한 채 시름하는 나날이 이어졌다.

온라인에서 비난만 하는 건 그나마 낫다. 굳이 일하는 곳까지 찾아와서 못살게 구는 사람들도 있다. '저 사람 해

고하세요'라며 익명으로 편지를 보내거나 전화를 해대는 통에 골머리를 앓기도 했다. 상황이 거기까지 오면 도카치가 일을 그만두는 것밖에는 달리 방도가 없었다.

며칠 전에도 도카치를 목격했다는 글이 인터넷에 올라왔다.

— 신주쿠역 뒷골목 편의점에서 쓰레기통 뒤지는 걸 봤어요.

누리꾼들은 '드디어 노숙자가 됐나 봐!'라며 흥분했다. 반은 맞고 반은 틀렸다. 나서서 해명할 생각은 없었지만, 마음속이 분노로 가득 찼다. 제발 나 좀 그냥 내버려 둬.

아직 거처가 완전히 드러난 것도 아니고 실제로 어떤 피해를 본 것도 아니다. 하지만 일찌감치 손을 써둬야 할 것 같았다. 모처럼 가게 일에 적응된 참이었는데. 지금 편의점은 일은 별로 없으면서 시급이 좋았다. 사장도 성품이 온화하고 무척 따뜻한 데다 동네도 마음에 들어서 가능하면 떠나고 싶지 않았다. 하지만…… 피해를 주기 전에 그만둬야 할 것 같았다.

"도카치 군, 사람 새로 뽑을 때까지만 있어줘. 조금만 더 부탁할게."

사장이 하도 간곡하게 부탁하기도 했고, 후임자가 금방 구해질 줄 알았기에 도카치는 승낙했다. 하지만 근무시간이 들쑥날쑥한 자리여서 꼭 맞는 지원자를 찾을 수가 없었다. 학생보다는 프리터*가 오는 게 적합할 듯했다.

이 편의점은 소수 인원이 3교대로 돌아가며 근무한다. 아르바이트생은 오전 타임, 오후 타임, 야간 타임 이렇게 세 사람뿐이다. 바쁜 시간대에는 사장이 와서 도와주는 식으로 어찌어찌 굴러가고 있다.

사장은 믿을 만한 사람이 아니면 안 뽑겠다는 심산인 듯했지만, 그런 사람을 찾기란 결코 쉽지 않을 터였다. 애초에 잠깐의 면접으로 믿을 만한지 아닌지 어떻게 판단하겠는가.

하지만 몇 번의 면접 끝에 사장은 믿을 만한 사람을 찾은 듯했다. 물론 사장님만의 기준이라 무슨 근거로 그렇게 판단했는지는 알 수 없다.

사장이 소개한 신입은 앙증맞은 마스코트처럼 생긴 여성이었다. 방긋 웃는 얼굴에 검은 눈동자와 커다란 앞니가 귀여웠다.

"잘 부탁드립니다."

그녀가 한 발짝 앞으로 나와 고개를 숙였다. 그러자 정수리에서 동물한테서나 날 법한 체취가 풍겨왔다.

"하게 씨가 매장에 익숙해질 때까지는, 알지? 부탁할

* '프리 아르바이터'의 준말로, 프리랜서나 계약사원 등 정규직 이외의 고용 형태로 생계를 유지하는 사람을 말한다.

게."

사장은 도카치의 어깨를 툭 치더니 한쪽 눈을 찡긋하며 말했다. 어설픈 윙크에 그는 마지못해 고개를 끄덕였다.

"그럼 우선 명찰을 만들게요."

카운터 뒤편 서랍에서 명찰에 붙일 라벨 프린터를 꺼냈다. 전원을 켜는데 불현듯 방금 사장이 알려준 하게라는 이름이 정말 맞는지 불안해졌다. 혹시 잘못 들은 게 아닐까 싶어 도카치는 신입의 이름을 다시 확인했다.

"저, 이름이 뭐라고 했죠?"

"하게 구루미입니다. 여덟 팔에 털 모를 써서 하게요."

역시 하게가 맞았다. 이 편의점에서는 명찰에 한자 없이 발음만 적어 넣는데, 정말 '하게'라고 출력해도 될까? 계산을 기다리는 동안 손님의 시선은 자연스레 점원을 향한다. 무심결에 명찰이 눈에 들어올 수도 있다. 평범한 이름이라면 별 생각이 들지 않겠지만 '하게'라고 쓰여 있으면 거슬리지 않을까.

도카치는 악성 댓글에 시달린 뒤부터 걱정을 사서 하는 습성이 생겼다. '이 다음에는 이렇게 되지 않을까' 하고 부정적인 상황을 몇 번이나 시뮬레이션한다. 최악의 경우를 상상하다 보니 좀처럼 결단을 내리지 못한다. 처음 하는 일이면 특히 더 신중해진다.

"명찰을 하게가 아니라 구루미로 만들어도 될까요?"

"아, 네. 신경 써주셔서 감사해요."

하게 씨는 민망해하며 대답했다. 도카치의 배려를 눈치챈 것이다. 지금껏 살면서 이름 때문에 불쾌했던 경험이 얼마나 많았을까.

"그럼 구루미 씨로 명찰을 만들게요."

"부탁드립니다. 아, 부르실 때도 괜찮다면 구루미로."

"네? 아, 네. 알겠습니다."

도카치는 올해로 스물여덟이다. 동창 중 상당수가 결혼했거나 아이를 낳았을 것이다. 자기 이름을 검색하다 한 번씩 친구들의 SNS를 몰래 들여다보는데, 그들의 일상에서는 행복의 기운이 진하게 전해졌다. 그 일이 없었다면 지금쯤 자신은 어떻게 살고 있을지 문득 궁금해졌다. 프로 선수로 활약하고 있거나 모교에서 코치로 일하거나 꿈을 접고 한 가정의 가장이 됐을지도 모른다. 놓쳐버린 행복을 상상하면 절망스러웠다. 그럴 때면 도카치는 주먹으로 자신의 어깨를 쳤다. 쓸데없는 생각 마. 그냥 살라고.

근무를 마치자 사장이 급여 명세서를 주며 말했다.

"고생했어. 조금만 더 애써줘. 도카치 군이 없으면 가게가 돌아가질 않아서."

누군가에게 필요한 존재가 된 게 얼마만일까. 사장은 늘 친절하다. 꿈도 미래도 아무것도 없는 자신을 늘 따뜻하게 대해준다. 과거를 캐묻지도 않고 필요 이상 사적인 걸 궁금해하지도 않는다. 힘든 일 있으면 언제든 얘기하라고 하는데, 그런 세심함이 오히려 도카치의 가슴을 쿡 찌른다. 배려받는 일도 쉽지 않다.

도카치는 집 근처 현금인출기에서 돈을 뽑은 다음 우체국에서 통화 등기용 봉투를 샀다. 적은 금액이지만 매달 몇만 엔씩 뽑아 10년 전 피해자에게 보내고 있다. 발신인 란에는 지금 거주지가 아닌 본가 주소를 적는다. 편지를 같이 부쳐볼까도 고민했지만, 무슨 말을 써야 할지 몰라 그냥 돈만 보내고 있다. 애초에 통화 등기에는 편지를 동봉할 수 없다. 어쨌거나 그 사람이 행복하게 지내길 바라며 우체국을 나왔다.

세 평 남짓한 원룸으로 돌아와 편의점에서 가져온 유통기한이 지난 주먹밥을 먹었다. 원칙상 유통기한이 지난 상품은 예외 없이 버려야 하지만 아까워서 슬쩍 가져온다. 사장은 이를 보고도 못 본 척해준다. 쓰레기통 뒤지는 걸 봤다는 글은 바로 그 순간을 포착한 것이었다.

야구를 그만둔 뒤에도 근력 운동만큼은 계속해 왔다.

다른 이유는 없고 그저 머릿속을 비우려고 하는 것뿐이다. 예전에는 몸 움직이는 걸 그렇게나 싫어했는데. 특별한 목적도 없이 운동을 하는 지금이 더 즐겁게 느껴지는 이유는 달리 누릴 만한 즐거움이 없기 때문일까. 덕분에 10년 전보다 몸집이 더 커졌다. 신장은 190센티미터에 달한다. 팔다리도 길다. 야구 선수로는 더할 나위 없는 체격이었다.

구루미 씨가 새로 들어온 지도 일주일이 지났다. 가게는 언제나 그렇듯 한가해서 신입에게 일을 가르칠 시간이 충분했다. 이 페이스라면 일주일도 안 돼 그만둘 수 있을 것 같았다. 그런 생각에 조금 섭섭해지려는 찰나 구루미 씨가 말을 걸어왔다.

"저, 부탁이 있는데요……."

"네, 뭔데요?"

"제가 물건 세는 게 서툴러요. 똑같이 생긴 물건이 여러 개 있을 때는 특히 더요. 그래도 틀리면 안 되니까 확인 좀 해주시겠어요?"

구루미 씨는 미안한 듯 미간을 찌푸렸다.

"알겠어요. 그럼 그동안 카운터를 부탁할게요."

"알겠습니다."

구루미 씨는 두 주먹을 불끈 쥐며 대답했다. 그 모습에 저도 모르게 웃음이 났다. 열심히 하려는 모습이 기특하면서도 좀 엉뚱했다. 특이한 사람이다.

매장 뒤에서 음료 재고표를 확인하다 도카치는 고개를 갸웃했다. 구루미 씨가 맡은 부분만 숫자가 맞지 않았다. 안 그래도 구루미 씨가 계산을 맡았던 날 몇십 엔 오차가 생겼다고 야간 근무자가 말해주었다. 그렇게 어려운 작업도 아니고, 시간에 쫓기며 하는 일도 아닌데.

구루미 씨는 아직 대학생처럼 보인다. 하지만 들쑥날쑥한 근무 시간에 맞출 수 있는 걸로 봐서는 프리터인 것 같다. 지금 몇 살이나 됐을까? 전에는 무슨 일을 했지? 왜 여기서 아르바이트를 하는 걸까? 이런저런 의문이 들었다. 평소 같으면 특별히 관심 두지 않았을 것이고, 도카치가 먼저 묻는 일도 없었을 것이다. 하지만 이 사람한테 자신이 지금까지 해왔던 일을 넘겨야 한다고 생각하자 적성을 파악하는 차원에서라도 몇 가지 확인해 두고 싶었다.

"구루미 씨, 괜찮으시다면 나이를 여쭤봐도 될까요?"

젊다곤 해도 나이를 묻는 건 실례일 수 있으니 조심스럽게 정중한 말투로 물었다.

"스물다섯이요."

"아, 그렇군요."

어려 보이시네요, 같은 말이라도 덧붙여야 했나?

"도카치 씨는 몇 살이세요?"

"스물여덟이요."

"아하."

잠시 침묵이 흘렀다. 손님이 들어와서는 아니었다. 뭐, 예상했던 반응이다. 세상의 기준에서 보면 취업할 나이에 편의점 아르바이트나 하는 사람은 실패자나 다름없다. 알고는 있지만, 도카치는 모르는 척했다.

"여기 오기 전에는 어떤 일 하셨어요?"

"사무직이었어요."

"아하." 그런데 왜 여기서 아르바이트를 하는지 더더욱 이해가 안 갔다.

도카치가 의아해하는 걸 알아챘는지, 아니면 침묵이 불편했는지 구루미 씨가 멋쩍은 얼굴로 입을 열었다.

"제가 좀 느리고 굼떠요. 잘린 거라고 봐야죠. 사장님께는 비밀입니다."

그녀는 입술에 손가락을 갖다 대며 쉿, 하고는 쓴웃음을 지었다.

"……."

뭐라 대답해야 할지 난감했다. 굼뜨다는 이유로 회사에서 잘린 사람한테 일을 맡겨도 되는지 불안해졌다. 또

다시 찾아온 침묵의 시간. 아까보다도 침묵은 더 길었다.

"저도 좀 여쭤봐도 될까요?"

"아, 네. 말씀하세요."

"집이 어디세요?"

"집은 어…… 여기서 자전거로 15분 정도 걸려요. 구루미 씨는요?"

"저는 전철로 20분 정도요."

"아, 그렇군요."

꽤 먼 곳에서 다니는 듯했다. 편의점 아르바이트라면 집 근처에서 할 수도 있었을 텐데.

"도카치 씨는 혼자 사시나요?"

"네."

"휴일에는 뭐 하세요?"

"뭐, 딱히."

"고향은 어디세요?"

"그게……."

"도카치 씨, 혹시 운동하세요?"

"네? 그건 왜?"

계속되는 질문 세례에 도카치는 당황했다. 정말 궁금해서 묻는 건지 아니면 10년 전 일을 알고 뭔가 캐내려 하는 건지 혼란스러웠다.

"몸이 굉장히 다부지신 것 같아서요."

"근력 운동을 조금……."

"아, 죄송해요. 너무 꼬치꼬치 캐물었죠?"

"아닙니다. 그냥 이런 게 너무 오랜만이라 당황해서요."

구루미 씨는 "요즘에는 남동생 말고는 말할 사람이 없어서"라며 중얼거리듯 덧붙였다. 아무래도 침묵을 메우려고 던진 질문인 듯했다. 질문에서 악의는 느껴지지 않았다. 10년 전 일과는 무관할 것이다.

구루미 씨는 필요 이상 열심히 하는 것 같진 않지만, 그렇다고 대충 일하면서 편하게 돈을 벌려는 사람 같지도 않았다. 구루미 씨에게서는 독특한 리듬 같은 게 느껴졌다. 나른하달까 느슨하달까, 좌우지간 어떤 상황에서도 서두르는 법이 없었다. 보는 사람에 따라서는 해맑고 귀엽다고 여길지도 모른다. 반대로 맹하고 굼떠서 짜증 난다는 사람도 있을 것이다.

도카치한테는 구루미 씨의 이런 느슨한 분위기가 딱 좋았다.

"둘이 술 한잔하고 와."

사장이 무슨 꿍꿍인지 이자카야 반값 쿠폰을 내밀며 말했다. 이대로 은근슬쩍 도카치를 가게에 묶어둘 요량인 듯했다. 퇴사 일자에 관해 일절 말이 없었다.

"아, 그럼 지금 갈까요?"

거절할 생각이었지만 구루미 씨가 가고 싶어 하는 눈치라 도카치도 그냥 따르기로 했다.

밖에서 술을 마시는 게 얼마 만인지. 예전에 근무했던 홈센터에서 동료들이랑 마신 이후로 처음이니까 벌써 1년도 넘었다. 그때는 동료들도 다 좋았고 잡화 코너를 맡아서 참 성실하게 살았다. 서예용 붓을 찾는 아저씨에게 붓펜을 추천했던 기억은 지금도 생생하다.

"자네 설명은 정말 최고였어."

야구 이외의 일에 칭찬을 받은 적이 처음이라 정말 순수하게 기뻤다. 일에 보람도 느꼈고 그만두고 싶지 않았다. 하지만 알아보는 사람은 알아본다. 어렵사리 찾은 일터를 빼앗는 건 늘 자신의 과거였다.

"식사는 직접 해 드세요?"

젓가락으로 닭꼬치에서 고기를 하나씩 빼며 구루미 씨가 물었다. 힘을 너무 줬는지 모래집이 툭 하고 바닥에 떨어졌다. 구루미 씨는 "헉" 하고 웃으며 고기를 줍더니 냅킨으로 감쌌다.

"아뇨……. 아, 구루미 씨는요?"

"가아끔씩요."

"아, 그렇군요."

마주 보며 앉는 자리는 긴장됐다. 대화가 무르익을 기미가 보이지 않았다. 구루미 씨는 분위기는 아랑곳 않고 음식을 야무지게 입에 넣으며 맛있다는 감탄사를 연발했다. 음식이 빠르게 사라지고 있었다. 도카치는 긴장한 티를 내지 않으려고 벌컥벌컥 술만 들이켰다. 오랜만에 마셔서 그런지 취기가 빨리 돌았다. 한 시간도 채 안 돼 눈앞이 빙글빙글 돌기 시작했다.

"죄송합니다. 저, 가야겠어요."

그렇게 말하며 자리에서 일어난 것까지는 기억난다. 다음 순간 눈을 떴을 땐 이불 위였다. 어떻게 집에 왔는지 전혀 떠오르지 않았다.

시간은 벌써 11시를 넘기고 있었다. 도카치는 서둘러 아르바이트 갈 준비를 마치고 집을 나섰다.

"안녕하세요."

구루미 씨가 카운터 주변을 정리하며 말했다. 임기응변이나 멀티태스킹에는 약하지만 세세한 작업은 의외로 잘하는 것 같았다.

"죄송했어요, 어제는."

"아니에요. 저야말로 어제 집까지 찾아가고, 실례가 많았어요."

"네? 설마 집까지 바래다주셨어요?"

"네, 가게에서 쓰러지듯 잠이 드셔서."

"진짜요? 죄송합니다. 아, 돈, 얼마 나왔죠?"

"아니에요, 괜찮아요. 다음에 갈 때는 도카치 씨가 내는 걸로 해요."

다음이 있을까요, 라는 말을 삼키고 그는 다른 질문을 던졌다.

"아, 네. 근데 집까지는 어떻게……."

"주소는 사장님한테 전화해서 물어봤고, 댁까지는 택시 기사님 도움을 받았어요."

"그러셨군요. 폐를 끼쳤네요. 죄송합니다."

도카치는 그저 사과하는 수밖에 없었다.

그로부터 3일쯤 뒤, 도카치 집으로 편지가 왔다. 그런데 발신인란에 이름이 없었다. 소인도 보이지 않았다. 누군가가 직접 우편함에 넣었다는 소리다. 편지를 펼쳐보니 '더 이상 돈은 보내실 필요 없습니다'라고 쓰여 있었다.

설마, 도카치는 생각했다. 10년 전 피해자가 보낸 건가? 아니, 그럴 리 없어. 그 아이한텐 불가능한 일이야. 그렇다면 가족?

도카치는 무심코 "말도 안 돼"라고 내뱉고는 흠칫 놀랐다. 생각해 보니 구루미 씨는 남동생이 있다고 했다. 당시 그 아이는 초등학생이었으니 이제 스무 살쯤 되지 않았을까? 구루미 씨가 스물다섯이니까 계산이 맞는다.

서둘러 편의점으로 향했다. 직접 확인해야 했다.

절대 우연은 아니야. 인터넷으로 거처를 알아내서 아르바이트생인 척 접근한 게 틀림없어. 목적이 뭐지?

"구루미 씨, 잠깐 괜찮아요?"

"안녕하세요. 무슨 일이세요?"

구루미 씨는 평소와 다름없는 모습이었다. 긴장한 기색이 전혀 없었다.

"그쪽 정체가 뭐예요?"

"네?"

그녀가 입을 벌린 채 어리둥절한 표정을 지었다. 장난을 치거나 시치미를 떼는 것처럼 보이지는 않았다.

"그쪽이 10년 전 그 아이 누나 맞죠?"

"저기, 무슨 말씀인지 잘 모르겠는데요."

"남동생 이름이 뭡니까?"

"하게 데루마요."

거짓말을 해도 좀 그럴싸하게 하든가. 아니, 지금은 그런 걸 따질 때가 아니지.

"제 집에 편지 보내셨죠?"

"아니요."

정말 모른다는 표정이었다. 혼란스러웠다.

"아니, 그럼 대체 누가……. 아, 죄송합니다."

도카치는 일단 사과하고 일을 시작했다. 가게는 오늘도 한가했다. 할 일이 없으니 자꾸만 쓸데없는 생각이 들었다.

"죄송해요."

느닷없이 구루미 씨가 고개를 숙였다.

"네?"

"실은 남동생한테 부탁받았어요. 여기서 아르바이트하면서 그쪽을 조사해 달라고요. 스파이도 아니고, 정말 죄송합니다. 하지만 그쪽을 속이거나 곤란하게 하려는 의도는 없었어요. 저도 자세한 건 잘 몰라요. 그래도……."

"네? 그게 무슨 소립니까?"

"혹시 도카치 씨가 눈치챈 것 같으면 제대로 설명하라고 그랬어요. 오늘 근무 끝나는 대로 동생을 부를게요. 만나주시겠어요?"

"알겠습니다."

영문은 알 수 없었지만, 도카치는 구루미 씨가 하자는 대로 했다. 근무가 끝나자 구루미 씨는 근처 카페에 가보라며 주소를 알려주었다. 그러더니 자기도 궁금하다며 도카치를 따라나섰다.

구루미 씨와 나란히 앉아 한동안 남동생을 기다렸다. 곧 뉴욕 양키스 모자를 쓴 청년 둘이 다가와 고개를 꾸벅 숙였다.

"안녕하세요."

예의 바른 두 청년의 얼굴을 비교하고 있자니 정답 맞추기 퀴즈라도 푸는 기분이었다.

'당신이 미래를 망친 진짜 소년은 누구일까요?'

만나기는 처음이지만 고민할 것도 없었다. 왼쪽, 하얀 피부에 가녀린 실루엣을 가진 청년이 당시 열 살이던 소년이다. 시각장애인용 지팡이까지 있으니 틀림없었다. 오른쪽 청년은 구루미 씨의 남동생인 듯했다. 얼굴이 꽤 닮았다.

"죄송합니다. 이런 일을 벌여서."

구루미 씨의 남동생이 말했다. 두 사람은 천천히 도카치 앞에 앉더니 모자를 벗고 고개를 숙였다.

"제가 부탁했어요."

진짜 소년이 입을 열었다.

"네? 어째서요?"

사정을 모르는 구루미 씨가 도카치보다 먼저 물었다.

"누나한테도 정말 미안. 곤란하게 하려고 그런 건 아니었어요."

구루미 씨의 남동생은 사과를 겸해 사정을 설명하기 시작했다.

10년 전, 오시로 고교는 처음으로 고시엔에 진출했다. 늘 문턱까지 올라갔지만 고시엔 진출에는 번번이 실패하던 학교였다. 출전이 결정됐을 당시 온 동네가 흥분에 휩싸였다. 경기 시간만 되면 모두가 텔레비전 앞에 자리를 잡고 앉았다. 1차전만 이겨도 경사라고들 했지만, 도카치가 이끄는 오시로 나인 팀은 고시엔에 단골로 출전하는 강팀을 상대로 연일 승전보를 이어갔다.

결승전 9회 말 2아웃 만루, 점수는 3 대 0. 마지막 타자로 나선 것은 도카치였다. 여기서 쐐기를 박지 않으면 패배였다. 경기장에는 긴장감이 감돌았다. 호흡을 가다듬고 타석에 들어서자 팔에 힘이 들어갔다.

"어깨에 힘을 빼."

순간, '그 사람'이 했던 말이 떠올랐다. 도카치는 보란 듯이 끝내기 홈런을 날리며 팀을 승리로 이끌었다. 영웅의 탄생을 알리는 순간이었다.

그러나 신은 잔인했다. 도카치가 날린 공이 담장을 훌쩍 넘어 객석까지 날아가더니 마침 공을 잡으려던 소년의 얼굴로 떨어지고 만 것이다.

며칠 후, 소년이 실명했다는 뉴스가 보도됐고 도카치는 영웅에서 죄인으로 순식간에 추락했다. 뉴스는 오시로 고교 야구부에 대한 보도로 연일 떠들썩했다. 급기야 내부에 음주나 따돌림이 있었다는 식의 허위 정보까지 나돌면서 도카치는 외출조차 할 수 없게 되었다. 처음에는 도카치 편이었던 동료들도 점차 태도가 변했다. '너 때문에……'라고 힐난하는 듯한 시선이 따가웠다.

부모님은 피해자 가족과 학교 관계자를 찾아다니며 사죄하느라 정신적으로도 육체적으로 피폐한 나날을 보냈다. 고민 끝에 도카치는 고등학교를 중퇴하고 가족 곁을 떠났다.

"그건 도카치 씨 잘못이 전혀 아니잖아요."

"구루미 씨!"

저도 모르게 언성을 높였다. 피해자를 앞에 두고 해서는 안 될 말이었다.

"죄송합니다. 죄송합니다……."

도카치는 테이블에 머리가 닿도록 고개 숙여 사죄를 거듭했다.

"아닙니다. 맞는 말이에요. 그쪽은 아무 잘못 없어요."

소년이 말했다. 도카치는 천천히 얼굴을 들었다.

"죄송합니다."

다시 한번 사과하며 소년을 바라보려 했지만, 차마 눈을 마주칠 수가 없었다.

"매달 돈을 보내주신다고 들었습니다. 감사합니다. 얼마나 미안해하시는지 충분히 알았으니 이젠 그만하셔도 돼요. 그 말을 전하고 싶어서 계속 찾았습니다. 때마침 이번에 오시로 고교가 고시엔에서 우승하면서 인터넷에 도카치 씨 정보가 많이 뜨더군요. 데루마한테 부탁해서 열심히 찾아다녔어요."

"그랬구나. 미리 말하지."

구루미 씨가 안심했다는 듯 웃었다.

"아니, 말하려고 했는데 누나가 도카치 씨를 꽤 마음에 들어 하는 것 같아서 좀처럼 입이 안 떨어지더라고."

"얘가, 쓸데없는 말 하지 마!"

구루미 씨의 얼굴이 빨개졌다. 긴장됐던 분위기가 순식간에 풀어졌다.

"저는 지금 행복하게 잘 지냅니다. 꿈도 있고, 소중한 사람도 생겼고요."

그렇게 말하며 소년은 옆에 앉은 구루미 씨의 남동생 쪽을 흘끗 바라봤다.

"그러니 도카치 씨. 당신은 당신의 인생을 사세요. 꼭 행복하게 살아주세요."

도카치는 눈시울이 뜨거워졌다. 쏟아지려는 눈물을 간신히 참으며 대답했다.

"감사합니다."

그로부터 약 2주 후, 도카치와 소년의 일화가 '10년 만의 재회'라는 제목으로 뉴스에 소개됐다. 소년이 더 이상 근거 없는 소문과 억측이 나도는 걸 막고자 SNS를 통해 두 사람의 사연을 밝힌 것이다. 사고 당시에 관한 이런저런 질문에 도카치는 고름을 짜내듯 괴로웠던 과거를 털어놨다. 덕분에 등에 짊어진 십자가가 조금은 가벼워진 것 같았다.

결국 편의점에는 계속 남기로 했다. 앞으로 어떻게 살아야 할지는 아직 모르겠다.

구루미 씨는 여전히 마이페이스고 실수가 잦다. 카운터를 보면서 동시에 다른 업무를 하는 것이 불가능한 모양이다. 덕분에 도카치는 전보다 바빠진 듯했다. 하지만 요즘 들어 일이 재밌다고 느껴지는 건 그녀가 있어준 덕분일 것이다.

하루는 구루미 씨가 선물이라며 알록달록한 초콜릿이 담긴 상자를 내밀었다.

"이렇게 빨간 것도 초콜릿이에요?"

"네. 루비 초콜릿이라고 하는데요, 착색료는 일절 안 쓰고 루비 카카오라는 원두의 천연 성분만 이용해 이런 예쁜 색을 만든대요."

"이 파란 건요?"

"이건 자몽하고 소금으로 만든 초콜릿이에요. 베이스는 화이트초콜릿이고요. 이걸 다 착색료 없이 만들었다니, 신기하지 않아요?"

초콜릿 얘기만 나오면 구루미 씨는 수다스러워진다.

그 밖에도 분홍색과 초록색, 오렌지색 등 선명한 색감의 초콜릿이 보기 좋게 놓여 있어서 꼭 알록달록한 팔레트를 보는 기분이었다.

"도카치 씨, 다음에 식사라도 같이 하실래요?"

구루미 씨가 조금 수줍은 듯한 표정으로 데이트 신청을 해왔다.

"아뇨, 전……."

하지만 10년 동안 지고 온 십자가가 들뜨지 말라며 도카치를 억눌렀다. 구루미 씨는 풀이 죽어 카운터를 떠나버렸다. 미안한 마음에 심장이 조이는 듯했다.

때마침 외국인 한 명이 가게로 들어섰다. 다부진 체격이 도카치 이상이었다. 그가 에너지드링크를 집어 카운터로 다가온 순간, 팔뚝에 큼지막하게 새겨진 타투가 눈에 들어왔다.

'적당히'

그 멋들어진 필체에 몸이 반응했다. 문득 10년 전 기억이 되살아났다. 도카치가 동경하던 인물이 오시로 나인 팀에 해준 말이었다.

'일단, 어깨에 힘을 빼. 그리고 적당한 느낌으로 쳐봐.'

인자한 미소와 함께 건네준 그 말이 돌고 돌아 도카치 등을 떠밀었다.

"구루미 씨, 저랑 데이트해요."

11장 적당히 살아도 괜찮아, 초콜릿 드라제

이토이 이토

"제가 이번에 결혼을 합니다."

정장을 말쑥하게 차려입은 다카나시가 고개를 숙였다.

"추, 축하해."

느닷없는 결혼 발표보다 일부러 사람을 불러낸 이유가 개인사 때문이라는 게 더 놀라웠다. 다카나시는 에세이를 출간할 당시 담당 편집자로, 방송에 출연할 때도 창구 노릇을 해준 이른바 매니저 같은 존재다.

"감사합니다. 그래서 말인데요, 이토이 씨한테 꼭 좀 부탁드리고 싶은 게 있어요."

그는 허리를 90도로 꺾은 채 말을 이었다. 불과 다섯 살

차이밖에 나지 않는 다카나시의 풍성한 정수리를 이토이는 부러운 듯 쳐다봤다.

"뭔데? 일단 고개부터 들자고."

이토이 이토는 눈알만 이리저리 굴리며 방 안을 한 바퀴 둘러봤다. 이곳은 출판사 회의실로, 이토이도 처음 방문하는 곳이었다. 갑자기 할 얘기가 있으니 출판사로 와 달라는 다카나시의 부탁에 '일 얘기면 전화나 메일이 서로 편할 텐데……' 하고 의아해하며 왔더니 대뜸 결혼 소식을 알린 것이다.

"죄송합니다."

그는 면목 없다는 듯 시선을 내리깔며 귓불을 쭉쭉 두 번 잡아당겼다. 그러고는 관자놀이 부근을 긁적이더니 "헤헤" 하고 영업용 미소를 지어 보였다.

분명 다른 뭔가가 있다. 다카나시는 긴장하면 금방 겉으로 드러나는 타입으로, '귓불→관자놀이→영업용 미소'로 이어지는 그 어색한 제스처는 보는 사람마저 긴장하게 만든다. 정직해서 귀여운 구석도 있지만, 흥정이나 거래와는 맞지 않는 사람이다. 곧 결혼한다니 앞으로 바람은 절대 피우지 않는 게 좋겠다. 바로 들통날 테니까.

"그래서, 부탁할 게 뭔데?"

다카나시가 초조해하는 이유는 모르겠지만 어쨌든 말

이라도 들어보기로 했다. 뭔가 꿍꿍이가 있대도 한 번쯤 속아주는 것도 나쁘진 않겠지.

"저, 저희 부부 좌우명을 좀 지어주시겠어요?"

"뭐? 부부 좌우명을?"

"네."

"그런 용건일 줄이야."

처음 받아보는 부탁이라 살짝 당황스러웠다.

"근데 전에 여자친구 없다고 하지 않았나?"

"그게, 두 달 전쯤 단체 미팅에서 만났어요. 만나자마자 서로 통해서 곧바로 사귀게 됐고, 어쩌다 보니 눈 깜짝할 새에 결혼 얘기까지 나와서……."

"두 달이라." 이토이가 의아하단 투로 중얼거렸다.

"이런 걸 일사천리라고 해야 할까요? 아무튼 여자친구가 빨리 결혼하길 원해서 연초에는 식을 올릴 예정입니다."

그들의 초고속 결정에 이토이는 감탄만 나왔다. 살짝 부끄러운 듯 설명하는 다카나시의 표정에 거짓은 없어 보이지만, 그렇다면 방금 보인 긴장 3종 세트는 뭐였을까. 단순히 떨려서?

"그래, 어떤 친군데?"

"뭐든 좋고 싫음이 명확한 오셀로 게임 같은 여자예요.

생각한 건 바로바로 말하고 목적을 위해서라면 수단을 가리지 않지만 불필요한 일은 일절 안 하는……. 아무튼 앞뒤가 똑같은 사람이에요."

"딱 요즘 친구네. 타이파*나 코스파**를 중시하는."

"하하. 제가 우유부단한 성격이라 딱 좋아요."

"팔불출 납셨군."

이토이가 중얼거리자 다카나시는 휴대폰으로 시선을 힐긋 던졌다. 입을 꾹 다문 채 뭔가 골똘히 궁리하는 표정이었다.

"저, 제가 좀 아깝나요?"

"뭐라고?"

뜬금없이 무슨 소린가 싶었다. 왠지 억지로 시간을 끄는 듯한 느낌이었다.

"아니, 여자친구가 종종 그런 소릴 해서요. 제가 좀 아깝다고요."

그렇게 말하며 다카나시는 귓불을 죽죽 잡아당겼다.

"사적으로 자네를 잘 알지는 못하지만, 상당히 좋은 사람이라고는 생각하지."

* 타임 퍼포먼스Time Performance의 준말로, 시간 효율성을 중시하는 일본 Z세대의 행동양식을 가리키는 말.

** 코스트 퍼포먼스Cost Performance의 준말로, 적은 비용으로 큰 편익을 추구하는 소비 행태.

역시 뭔가를 숨기고 있는 게 틀림없었다. 그것도 누군가의 부탁으로.

"좋은 사람…… 이요? 그런 말은 여기저기서 종종 듣긴 합니다."

다카나시는 자꾸 휴대폰을 쳐다보며 관자놀이를 긁적였다. 누군가의 연락을 기다리는 눈치였다.

"어쨌든 난 자네 같은 젊은이가 좋아. 믿음이 가니까."

일부러 믿음이라는 단어를 강조하면서 다카나시의 반응을 살폈다. 그러자 그는 예의 영업용 미소를 지어 보였다.

다카나시는 소위 고스펙 남성으로 분류된다. 대형 출판사에서 일하니 수입도 괜찮을 테고 키도 큰 데다 얼굴까지 잘생겼다. 와세다 대학 문학부 출신이라고 하니 공부도 잘했을 것이다. 물론 일도 잘한다. 그런데 교만함이 전혀 없다.

책을 내보지 않겠냐며 출간 제의를 한 출판사는 많았지만, 그중에서도 가장 발 빠르게 연락한 사람이 다카나시였다. 심야 버라이어티 방송에 나온 걸 보고 느낌이 딱 왔다고 한다. SNS 홍보 능력도 탁월해서 이렇게까지 큰 반응을 얻은 데는 그의 공이 컸다.

일례로 한 방송에서 이토이가 "적당히요"라고 했던 대

답이 화제가 되자, 다카나시가 SNS 계정을 여럿 이용해 성공적으로 밈을 형성하기도 했다.

확인할 길은 없지만, 다카나시는 살면서 인기가 늘 많았을 것이다. 그런데 30대 중반까지 결혼 기회가 없었다는 사실이 좀처럼 믿기지 않았다. 보나 마나 일에만 매달려 살았을 터였다. 편집자라는 직업은 업무가 불규칙해 타인과 일정을 맞추기가 힘들다. 어지간히 너그러운 여자가 아니면 외롭다며 불만을 터뜨릴 테지.

"좋아, 쓰지 뭐."

"아, 정말 써주시는 겁니까?"

다카나시의 목소리가 확 밝아졌다. 이토이는 조용히 고개를 끄덕이곤 테이블 위에 서예 도구를 펼쳐놓았다. 3년쯤 전부터 애용하고 있는 붓펜은 처음 들어보는 문구 제조사에서 출시한 것인데, 사용감이 좋았다. 그전까지는 양모 100퍼센트로 제작한 고급 붓과 고형 먹을 썼다. 10년 넘게 아끼며 사용했던 도구로, 애착도 상당했고 자신한테 딱 맞는 제품이라 자부하기도 했다.

붓을 바꾼 계기는 시부야 거리에서 퍼포먼스를 하며 만난, 지방에서 올라온 여대생 때문이었다. 어딘가 불안해 보이는 여대생에게 뭐라도 보탬이 되고 싶어서 의기양양하게 붓을 놀렸는데, 힘이 너무 들어갔는지 붓이 우두둑하고 부러지고 말았다. 그때 황급히 찾아간 홈센터에서 덩치 큰 점원에게 추천받은 것이 이 붓펜이었다. "흠, 붓펜은 반칙인데" 하며 떨떠름한 표정을 짓던 이토이에게 점원은 이렇게 말했다.

"이 붓펜은 '부러지지 않는 펜' 시리즈로 나온 제품인데요, 이름처럼 아무리 힘을 줘도 부러지지 않는다는 게 특징입니다. 특히 '한 번에 쓰는 붓펜'이라는 카피가 인상적이죠. 여기서 말하는 '한 번에'는 망설임 없이 단숨에 쓴다는 뜻이기도 하지만 **한 사람을 생각하며 쓴다**는 의미로도 읽히니까요.*"

점원의 열정 가득한 설명에 이끌려 얼떨결에 산 붓펜이 이제는 꽤 마음에 든다.

종이는 특별히 가리지 않지만, 서예용 화지를 네 등분해서 좋아하는 천으로 만든 커버에 넣어 다니며 쓰고 있다. 먹이 적당히 번지고 받는 사람이 곤란하지 않을 만한 크기를 고민한 끝에 지금 스타일로 정착했다.

"뭐든 인연이라는 게 있지. 타이밍이랄까."

"그렇죠. 저와 이토이 씨가 만난 것도 분명 인연일 겁니다."

* 원문에 쓰인 'ひと思い'는 '한번에', '단숨에'라는 뜻이지만 '한 사람을 생각한다'라는 의미로도 읽힌다.

"하하, 자네랑 여자친구도 그렇잖아?"

"네."

그는 개운한 얼굴로 웃었다.

"생각났어. 자네 부부한테 줄 좌우명."

"정말요? 궁금한데요."

다카나시가 눈을 반짝반짝 빛내며 온몸에서 기대감을 내뿜었다.

사랑이 식어도 사랑하자.

이토이는 일필휘지로 써 내려갔다.

"어때?"

다카나시의 반응을 살폈다.

"오, 괜찮은데요."

그다지 와닿지 않는 눈치였다. 사람은 그럴싸한 대답이 떠오르지 않으면 '괜찮다'는 표현을 택한다.

"뭐, 지금은 잘 모르겠지만 언젠가 이 말이 이해될 날이 올 거야."

이토.

이토이는 잽싸게 사인을 하고 붓을 내려놨다.

"그건 그렇고, 이토이 씨는 본명이죠?"

"하하, 필명처럼 들리긴 하지."

부모의 이혼으로 그동안 성이 여러 차례 바뀌었다. 기억하기로는 오다, 사쿠라바, 야마모토, 스기시타, 야마노우치…… 순이었던 것 같다.

이토이 이토. 결과적으로는 거꾸로 읽어도 '이토이 이토糸井糸'인 독특한 이름을 갖게 됐지만, 이제 더는 성이 바뀔 일은 없다. 부친은 10년 전에 타계했다. 이토라는 이름은 어머니가 지어주신 것 같다. '것 같다'라고 하는 이유는 이젠 확인할 길이 없기 때문이다. 추측일 뿐이지만 아버지가 "네 이름을 지은 건 내가 아냐"라고 했으니 분명 어머니가 지어준 이름일 것이다.

부모님은 그가 여섯 살이 되던 해에 이혼했다. 그 후 아버지와 함께 일본 전역을 떠돌아다니며 살았다. 아버지의 직업은 서예가였다. 술과 담배, 도박에 빠져 사는 전형적인 몹쓸 인간으로, 살면서 여자를 몇이나 울렸는지 모른다.

줄곧 아버지랑 살았으면서 성이 몇 번이나 바뀐 까닭은 아버지가 재혼할 때마다 처가의 양자로 들어가면서 그 집안의 성을 따라야 했기 때문이다. 그러는 편이 아버지한테도 여러모로 편했을 것이다. 빚쟁이한테 쫓길 위험도 덜고 새로 빚을 얻기에도 안성맞춤이었을 테니까.

계모였던 여자 중에는 좋은 사람도 있고 나쁜 사람도 있었다. 좋은 사람이란 이토에게 잘해주는 사람, 나쁜 사람이란 그렇지 않은 사람을 가리킨다. 하지만 이토이가 "어머니"라고 불렀던 사람은 한 명도 없었다. 오기 같은 거였다. 자신에게 어머니는 단 한 사람밖에 없다는 고집. 계모 마음에 들려면 '어머니'라고 부르는 게 가장 빠른 방법임을 모르지 않았다. 그래도 호칭만은 절대 양보할 수 없었다.

다카나시는 또 휴대폰을 만지작거리더니 작게 한숨을 내쉬었다.

"저, 괜찮으시면 이거 맛 좀 비교해 주시겠어요?"

그는 초조한 말투로 종이 쇼핑백을 뒤지기 시작했다. 무슨 부탁을 받았길래 저래? 다카나시는 어떻게든 대화를 이어가려고 안간힘을 쓰고 있었다. 누가 오기라도 하나? 곧이어 조약돌처럼 생긴 파스텔 색상의 디저트와 반짝이는 포장지에 싸인 리본 모양의 자그마한 디저트가 테이블 위로 쏟아졌다. 투명한 포장지에 나눠 담은 그것은 어림잡아 10여 종은 될 것 같았다. 무슨 정답 맞추기 퀴즈라도 푸는 기분이었다.

"디저트?"

"네. 결혼식 때 나누어줄 드라제 후보인데, 여자친구가 뭘로 할지 정해달라고 해서요. 솔직히 전 뭐든 상관없지만요. 이걸 혼자 다 먹을 수도 없고, 괜찮으시면 이토이 씨도 드셔보세요."

그렇게 말하며 다카나시는 적당한 걸 하나 골라 이토이 앞에 내밀었다. 무심결에 받아 든 이토이는 포장지 뒷면의 원재료명을 살피더니 난감하네, 하며 두건을 만졌다.

"단 거 안 좋아하세요?"

"그건 아닌데, 이거 아몬드 초콜릿이지? 아몬드는 좀 그래서."

"아, 그럼 이건 어떠세요?"

다카나시는 황급히 다른 걸 내밀었다. 작고 투명한 유리병에 담긴 별 모양 디저트였다.

"드라제가 무슨 뜻인지 아나?"

"글쎄요. 피로연 끝나고 하객한테 주는 답례품이라는 것밖에는."

"맞아, 보통 결혼 용어로 널리 쓰이지. 하지만 실제 뜻은 좀 달라. 드라제는 프랑스어로 '행복의 씨앗'이라는 뜻인데, 설탕을 녹여 아몬드를 코팅한 간식을 말해. 아몬드

나무에 열매가 주렁주렁 열리는 것처럼 귀한 자식을 많이 낳으라는 의미로 결혼식이나 출산 때 선물하는 문화가 생겼지. 그러니 엄밀히 말하면 이 중에는 드라제가 아닌 것도 있어. 뭐, 그렇게 일일이 따질 필요는 없지만."

"이토이 씨, 아몬드를 안 좋아하시는 것치고는 많이 아시는데요?"

"이 나이쯤 되니까 쓸데없이 아는 것만 많아져서 자꾸 떠들게 되네."

머쓱함을 감추려는 듯 이토이는 작은 병에서 디저트 한 조각을 꺼내어 입에 넣었다. 초콜릿을 입힌 별사탕이었다.

"응?"

뭔가 맛이 익숙했다.

"왜 그러세요?"

"맛있는데."

포장지 뒤편에 붙은 스티커를 살펴보니 'Ça ira'라는 상호명이 적혀 있었다.

"이거 전부 여자친구가 산 건가?"

"네."

"양이 엄청난데."

"그러게요. 결혼식에 관해서는 타협하고 싶지 않은가

봐요."

"흐음. 여자친구가 가장 추천하는 건 뭔데?"

"이토이 씨가 먹고 있는 그거요. 여자친구의 옛 직장 동료가 추천했다는데 작은 가게라 대량 주문은 힘들 거라네요. 포기해야겠죠?"

다카나시는 짧은 한숨을 내쉬더니 다시 화제를 바꿨다.

"저, 이토이 씨. 만나고 싶은 사람이 있다고 하셨죠?"

"아. 응."

"하지만 그분 이름은 말할 수 없다고 하셨고요."

"그랬지."

"그건 상대방도 이토이 씨를 만나고 싶어 할지 몰라서…… 인가요?"

"그렇지."

보고 싶다고 섣불리 언론에 공개했다가는 상대방이 난처해질 수도 있다.

"하지만 그분을 만나려고 이런 활동을 시작했다고 전에 말씀하셨잖아요."

다카나시는 확인하듯 물었다. 방송이나 잡지 인터뷰에서는 함구했지만, 그에게는 분명 그렇게 말했다.

이토이는 그 사람을 만나고 싶어서 줄곧 유명해질 방법을 모색했다. 가수를 지망했던 적도 있고 예능인이 되려고도 해봤으며 연기자 데뷔를 준비하기도 했다. 하지만 무엇 하나 뜻대로 되는 게 없었다. 그러다 종적을 감춘 아버지를 찾아 20대 마지막 해에 해외로 나가게 되었다. 아버지가 보낸 항공우편 한 장만 달랑 들고 혈혈단신 미국으로 건너간 것이다.

돈은 없지, 말은 안 통하지, 타지에서 방황하던 이토이를 구해준 것이 서예나 종이접기 같은 일본 전통문화였다. 그는 거리에서 붓으로 글귀를 적거나 종이학을 접어주는 일로 생계를 이어갔다. 서예는 아버지한테, 종이학 접기는 어머니한테 배운 것이었다.

글귀를 나누면서 이토이는 많은 이들의 미소를 보았다. 미소에는 전염성이 있었다. 언어가 달라도 마음이 통한다는 사실이 감동적이었다. 순간, 이거다 싶었다. 타인과 글을 나눠야겠다는 결심이 선 것이다. 그때부터 이토이는 언젠가 자신이 선물한 글이 그리운 사람에게 닿을지 모른다고 기대하며 매일매일 꾸준히 여러 사람에게 글을 써주었다. 그런데 하루는 누군가가 이렇게 말했다.

"당신이 써준 글귀를 지니고 다니면 행운이 옵니다."

'좌우명을 파는 남자'라는 별칭도 이토이가 직접 지은 게 아니었다. 그런데 어쩌다 보니 텔레비전에도 나가고 성장 과정까지 책으로 나오게 된 것이다.

이 모든 건 그 사람을 만나기 위해서였다.

"이토이 씨."

만면에 미소를 띤 채 다카나시가 문을 가리켰다.

"응?"

이토이는 자연스레 시선을 돌렸다.

"이토이 씨가 늘 만나고 싶었던 사람, 스즈키 선수 맞죠?"

그때 갑자기 카메라맨을 비롯해 다섯 명쯤 되는 스태프가 문을 열고 들이닥쳤다. 그중 낯익은 얼굴이 보였다.

"오랜만이야, 야마모토."

스즈키는 이토이를 보자마자 고등학생 시절 성으로 불렀다.

"아, 아니. 어떻게?"

이토이는 너무 놀란 나머지 그 자리에서 얼어붙고 말았다. 두건을 매만지듯 누르면서 애써 냉정을 되찾았다.

"죄송합니다, 이토이 씨."

프로듀서로 보이는 남자가 프로그램 취지를 설명했다. 그는 유명인이 그리워하는 사람을 찾아서 주선하는 다큐멘터리 형식의 예능을 찍고 있다고 했다.

"절 위해서 일부러 스즈키 선수를 부르신 겁니까?"

"맞습니다."

스즈키는 이토이의 고등학교 동창으로, 청춘 시절을 함께 보낸 친구이자 이토이 인생에서 가장 기억에 남는 인물이다. 하지만 이토이가 아무리 유명해졌다고 해도 스즈키는 급이 전혀 달랐다. 스즈키는 전 프로야구 선수에 메이저리거로도 활약한 대스타다. 이토이가 나와달라고 해서 쉽게 만날 수 있는 사람이 아니다.

"잠시 두 분께 담소 나눌 시간을 드리려고 합니다. 이쪽으로 가실까요?"

스태프가 자리로 안내했다. 그 틈을 타 이토이가 다카나시에게 손짓했다.

"왜 내가 만나고 싶어 하는 사람이 스즈키 선수라고 생각한 거야?"

스즈키랑 동창이라는 말은 한 번도 한 적이 없었다.

"이토이 씨, 지난번에 좌우명 이벤트 마치고 라멘 먹으러 간다고 하셨잖아요. 그 뒤에 저도 그 라멘집에 가봤거든요. 거기서 우연히 보게 됐어요. 두 분이 학창 시절에 찍은 사진이요. 가게 주인이 자랑스러워하면서 얘기해 주시더라고요."

"아아, 그랬군."

설마 내가 몰래카메라에 당하다니. 쓴웃음이 나왔다.

"깜짝 이벤트 성공입니다."

다카나시는 미션을 완수했다는 듯 안도하는 표정으로 말했다.

"그럼, 결혼 얘기는 전부 지어낸 건가?"

"아뇨, 그건 정말입니다."

그가 쑥스러운 미소를 지었다.

장소를 옮겨 다시 카메라와 마주했다. 응접실처럼 생긴 방에 가죽으로 된 의자 여러 개가 브이 자 형태로 배치된 것이, 누가 봐도 촬영장용 세팅이었다. 얼굴에 닿는 조명에 눈이 부셨다.

수십 년 만에 만난 동창이라고는 하나 톱스타를 옆에 두고 카메라 앞에서 다짜고짜 추억담을 꺼내라고 하니 무슨 말을 해야 할지 막막했다.

"이토이 씨도 당시 고시엔 진출이 목표였나요?"

감독이 질문을 던졌다.

"아, 제가 야구부에서 활동한 건 1학년 때였고 금방 그만뒀어요. 스즈키는 그때부터 유명했고요. 수준이 전혀 달랐죠."

"무슨, 이 녀석도 근성이 남달랐어요. 연습을 너무 많이 하다가 팔을 다쳐서 그렇지, 다치지만 않았어도…… 그치?"

스즈키가 이토이를 추켜세웠다.

"하하……."

야구부 시절 스즈키와 대화를 나눴던 기억이 거의 없어서인지 이렇다 할 에피소드가 떠오르지 않았다. 스즈키는 유소년 시절 투수로 활약하다 프로 선수가 된 뒤부터는 타자로 명성을 떨쳤다. 실루엣만 봐도 금방 알아차릴 만큼 독특한 타격 스타일과 당당한 자세는 팬들은 열광케 했다.

데뷔한 지 얼마 안 됐을 때는 건방진 신인이 나타났다는 야유를 들을 정도로 스타일이 튀었다. 스즈키는 상대를 위협하듯 가슴을 쫙 펴고 방망이를 두세 번 붕붕 휘두른 다음 자세를 잡았다. 이토이는 텔레비전 앞에서 그 모습을 기도하듯 바라보고는 했다.

"두 분의 추억담 같은 게 있으시면……."

감독이 난처한 듯 표정을 일그러뜨렸다. 이토이도 어떻게든 분위기를 띄워야 한다는 강박에 초조했다. 몰래카메라 형식이 아니라 처음부터 정식으로 약속을 잡아줬다면 좋았을 텐데. 애드리브에 능했다면 예능인으로 성공해도 진즉에 했을 것이다.

"너한테 불만이 하나 있어."

느닷없이 스즈키가 인상을 쓰며 말했다.

"뭔데?"

"호호정 말인데. 어쩌자고 거길 소개한 거야?"

"아, 거기. 추억의 음식 같은 게 있냐는 질문에 거기가 딱 떠올라서 그만……. 왜, 뭐가 잘못됐나?"

"몰랐어? 너 때문에 그 집 지금 난리야."

"뭐?"

무슨 피해라도 줬나 싶어 이토이는 불안해졌다. 변명을 좀 하자면, 인터뷰가 있던 날이 마침 호호정을 방문한 다음 날이라 그리운 마음에 무심코 가게 이름을 대고 말았다. 거기다 언젠가 주인 할아버지가 "나중에 유명해지면 우리 가게 좀 소개해 주게" 하며 반농담으로 부탁했던 일도 떠올랐다.

"연일 대기열이 끊이질 않는대."

"전혀 몰랐어. 그래도 잘된 거 아닌가?"

"아니지 그럼. 내가 몰래 다닐 수 없게 됐잖아."

스즈키가 눈썹을 팔자로 모으며 입을 비죽거렸다. 그러자 스태프 사이에서 웃음이 터졌다.

"아, 미안하다."

이토이는 두말하지 않고 사과했다. 이어서 스즈키가 학창 시절 에피소드를 하나 더 꺼내자 분위기는 더욱 무르익었다. 감독도 다카나시도 안심한 듯 웃었다. 역시 톱

스타는 다르다며 감탄하고 있는데, 스즈키가 이토이 쪽을 바라보며 물었다.

"그래서, 오랜만에 가보니 어때?"

"옛날 그대로야. 수다스러운 할아버지랑 할머니도 여전하고 소박한 중화 소바도. 늘 나오던 FM 라디오며 한산한 분위기까지 똑같아."

"근데 그게 좋아."

기다렸다는 듯 스즈키가 말했다.

"맞아."

추억을 되새기며 이토이도 끄덕였다.

"거기 가면 뭔가 마음이 편해져. 특별한 맛이 있는 건 아니니까, 이 방송 보고 가시려는 분은 그냥 단념하세요."

스즈키가 카메라를 쳐다보며 반농담을 던졌다. 분위기도 풀리고 스즈키와의 거리감도 좁혀졌을 무렵, 이토이가 화제를 돌렸다.

"지금도 하고 있어? 고등학생 후원 활동."

그는 현역 시절 전국을 돌며 고등학교 야구 선수들을 대상으로 무료 지도를 해주었다. 스포츠 프로그램에서 종종 특집으로 다루는 걸 본 적이 있었다.

"응. 근데 그렇게 대단한 건 아냐."

"얼마 전에 인터넷 기사로 봤어. '고시엔의 영웅이 될

뻔한 남자'의 뒷이야기."

"나도 봤어. 설마 내가 가르친 학생이 그런 삶을 살았을 줄이야. 그 친구 고생이 많았겠던데."

이토이는 가만히 고개를 끄덕이고는 먼 곳을 응시하듯 눈을 가늘게 떴다.

"널 두고 소중한 가르침을 준 은인이라고 하던데."

"가르쳐준 걸 기억해 주니 내가 고맙지."

스즈키는 흐뭇한 미소를 지었다.

'일단 어깨에 힘을 빼. 그리고 적당한 느낌으로 쳐봐.'

고등학교 시절, 이토이도 스즈키한테 금언과도 같은 말을 들은 적이 있다. 정작 본인은 기억 못 하겠지만. 그때는 참 힘들었다. 아버지 빚 때문에 매일같이 빚쟁이가 집으로 들이닥쳤고, 아버지는 거처를 들킬까 봐 전등도 켜지 말라며 허구한 날 야단이었다. 거기다 계모 가족은 얼마나 쌀쌀맞던지, 어디에도 마음 붙일 곳이 없었다. 하지만 이런 구질구질한 형편을 들키고 싶지 않아 학교에서는 어울리지 않게 까불거리고 다녔다. 그 속내를 어떻게 눈치챘는지 스즈키가 말했다.

"억지로 웃지 마. 그냥 적당히 지내도 돼."

적당히.

그의 입버릇이자 삶의 방식이었다. 쾌활한 성격과 남

다른 주관을 지닌 사람이나 할 수 있는 말이지만, 이토이는 그 말이 정말 좋았다. 언제부턴가 이토이도 종종 그 말을 입에 담고는 했다. 그 덕분에 지금이 있다고도 할 수 있다.

무사히 녹화가 끝나고 화기애애한 분위기에서 모든 스태프가 방을 빠져나갔다.

"수고했어." 스즈키가 어깨를 두드렸다.

"스즈키, 고마워. 감사하고 있네."

"뭘?"

"적당히라는 말을 나한테 처음 준 사람이 너였잖아. 그 덕에 내가 이렇게 주목받게 된 거니까."

"'적당히요'라는 말? 딱히 내가 지어낸 것도 아닌데 뭘. 가져, 얼마든지."

크하하. 스즈키는 호쾌하게 웃더니 "근데" 하며 진지한 표정으로 물었다.

"네가 정말 만나고 싶은 사람, 나 아니지?"

최종장

오늘도 애쓴 당신에게 선물을

슈야 지요코

하지메 아유무가 가게로 들어왔다.

"어서 오세요."

슈야 지요코는 그가 다시 올 줄 알고 있었다. 니나에 관해 묻고 싶은 게 있을 것이다.

"아이스커피 어때요?"

10월도 절반이 지났건만 더위는 여전했다. 아유무의 이마와 목덜미에는 땀이 뻘뻘 흐르고 있었다.

"고맙습니다. 안 그래도 목이 너무 말랐어요."

"근데 옷에 그게 뭐예요? 그냥 무늬인가?"

아유무가 입은 하얀 티셔츠에는 검은 털이 잔뜩 들러

붙어 있었다.

"요 앞에서 떠돌이 개를 좀 잡느라 한바탕 난리를 쳤거든요."

"아, 혹시 그 클로에라는 프렌치불도그?"

"네, 맞아요. 몇 사람이 에워싸서 가까스로 잡긴 했는데 얼마나 몸부림을 치던지……."

아유무가 땀을 닦으며 쓴웃음을 지었다.

"그래서 어떻게 됐어요?"

"무사히 주인 품으로 돌려보냈어요."

"정말 다행이다. 이제 주인도 기운 좀 차리겠네."

"개 주인을 잘 아세요?"

"그럼요. 저희 단골인데요."

지요코가 유리잔을 테이블에 내려놓자 아유무는 "잘 먹겠습니다" 하며 빨대를 물더니 단숨에 커피를 빨아들였다. 지요코가 한 잔 더 따라주자 "고맙습니다" 하며 머리를 숙였다.

예전에 니나한테 남편의 어떤 점이 좋냐고 물은 적이 있다. 그녀는 "고집이 없어요"라고 대답하더니 이내 "좋은 의미로요" 하고 덧붙였다. 그녀는 사소한 부분에서 행복을 느낄 줄 아는 순수하고 멋진 여성이었다.

"아내 일로 여쭤보고 싶은 게 있어요."

아유무는 자세를 고쳐 앉고 지요코 쪽을 바라보았다.

"네. 실은 저도 그쪽한테 할 얘기가 있어요."

지요코는 니나의 성품을 정말 좋아했다. 반에 한 명쯤 있었으면 하는 친구. 그런 니나가 세상을 떠났다는 소식을 들었을 땐 놀라기도 했고 슬프기도 했다. 할 수만 있다면 다시 여기서 니나와 소소한 일상을 나누고 싶었다.

"니나 씨는 여기 오면 꼭 제 추억담을 들어줬어요. 몸을 앞으로 쑥 내밀고 '그래서요?' 하면서 얘기를 재촉하기도 하고, 질문할 때는 손을 번쩍 들기도 했고요. 정말 학생 같았죠. 제가 옛날에 학원 선생 일을 좀 했거든요."

지요코는 진열장에서 별사탕 초콜릿을 꺼내 작은 접시에 담아 테이블에 올려놓았다.

"이거 먹으면서 들어요."

별사탕 초콜릿은 이름 그대로 별사탕을 밀크초콜릿이나 화이트초콜릿으로 감싼, 서양풍과 일본풍이 적절히 섞인 퓨전 디저트였다. 가게 창업 초창기 때부터 있던 메뉴로, 둥근 캔이나 작은 병에 든 것이 인기가 많았다. 지요코에게 초콜릿은 사람을 행복하게 하는 마법약 같은 존재였다.

본격적으로 쇼콜라티에 공부를 시작한 건 서른이 넘어서였다. 학원 선생님으로 지낸 기간은 그리 길지 않았다.

오랫동안 사람을 미소 짓게 하는 일을 꿈꿨기 때문이다.

"니나 씨가 세상을 뜨기 얼마 전에 우리 가게를 찾아왔어요. 늘 그랬듯 아끼는 사람한테 줄 초콜릿을 사러 왔죠."

"초콜릿은 참 신기한 음식 같아요. 아님, 여기 초콜릿이 특별한 건가?"

지요코는 가볍게 웃더니 다시 얘기를 시작했다.

"저, 혹시 니나 씨한테 깜짝 이벤트 해준 적 있어요?"

"아뇨, 없어요. 제가 그런 건 잘 못해서."

"니나 씨는 '몰래 하는 깜짝 이벤트'를 아주 좋아했어요. 자신이 이벤트를 기획한 사실을 상대한테 들켜선 안 된다는 게 신조라고 했죠. 행복한 사람을 보면 자신도 행복해지지 않냐면서요. 그런 말을 서슴지 않고 할 수 있는 사람이었어요."

"아……."

아유무는 지요코의 의도를 눈치채지 못한 채 멍한 표정으로 고개를 끄덕였다.

"좀 들어줬으면 하는 게 있는데, 혹시 라디오 아카이브 듣는 법 알아요?"

기계치인 지요코는 아카이브라는 단어는 알아도 그걸 듣는 방법까지는 몰랐다.

"아마 전용 앱을 깔면 들을 수 있을 거예요."

"미안하지만 좀 해줄래요?"

"네, 잠시만요."

아유무는 익숙한 손놀림으로 스마트폰을 만졌다.

"혹시 프로그램 이름 아세요?"

"'나나모리 나나미의 레인보우 타임'이에요. 지난달에 했던 방송을 좀 듣고 싶은데."

"아, 이건가요?"

아유무가 화면을 보여주며 물었다.

"맞아요. 와, 정말 이렇게 들을 수 있군요."

나나모리 나나미는 이 가게의 단골이지만, 지요코 또한 나나미 라디오의 단골 애청자다. 얼마 전에는 어렵사리 휴대폰으로 메시지 보내는 법도 익혔다. 그래서 다음 달에는 나나미가 자기 사연을 읽어주기를 내심 기대하고 있다. 나나미의 목소리는 감미롭고 편안해서 듣고 있으면 늘 치유받는 기분이 든다.

"곧 나와요. 청취자 코너 시작하면 바로 나올 거예요."

지요코가 그렇게 말하자 아유무는 라디오 볼륨을 살짝 높였다.

안녕하세요. 처음 사연을 보냅니다.

저는 요코하마 시영 버스에서 운전기사로 일하고 있습

니다. 운전을 30년이나 하다 보니 그간 다양한 승객을 만났습니다. 분실물도 여럿 목격했고요.

휴대폰이나 지갑은 승객이 직접 연락을 주시고 찾으러 오는 경우가 대부분이지만 다른 물건은 좀처럼 찾으러 오지 않습니다. 아마 어디서 잊어버렸는지 모르는 경우가 허다하겠지요.

이렇게 처음으로 사연을 보내게 된 이유는 분실물 주인을 찾기 위해서입니다.

지난 7월 16일 오전 10시경, 호토가야바시 정류장에서 사카이기 중학교행 버스를 타신 승객께서 편지로 보이는 물건을 떨어뜨리셨습니다. 당시 그분이 갑자기 버스에서 쓰러지는 바람에 구급차를 불렀는데요, 그 후의 일은 저도 잘 모르겠습니다. 부디 무사하셔야 할 텐데요…….

'편지로 보인다'고 한 건 내용물을 보지 않았기 때문입니다. 평범하게 생긴 하얀색 봉투인데 받는 사람 이름이 없네요. 손님 이름도 모르고 주소도 알 방법이 없습니다.

만약 짐작 가시는 분이 있다면 저희 버스 회사로 연락 부탁드립니다. 이 라디오를 듣고 계시길 기도하겠습니다.

"이건 혹시……."

아유무가 흠칫 놀라며 고개를 들었다.

"저도 그런 생각이 들어서 버스 회사에 물어봤어요. 하지만 본인이 아니면 돌려줄 수 없다고 하더군요."

"하지만 그건……."

"그렇죠, 애매하죠. 대체 무슨 수로 본인 확인을 하겠다는 건지."

못마땅하다는 듯한 말투에서 지요코의 답답한 심정이 느껴졌다.

"여기서부턴 제 추측이지만, 니나 씨는 그날 서점이나 라멘집에 가려고 했던 것 같아요."

"네? 거긴 무슨 일로요?"

아유무는 영문을 몰라 되물었다.

"제가 너무 두서없이 말했나 보네요. 얘기가 좀 긴데 괜찮겠어요?"

"네."

"저한테는 아들이 하나 있어요. 그 아이가 여섯 살 때 남편과 이혼해서 그 후론 한 번도 못 봤지만요. 전남편이 못 만나게 했거든요. 제 부주의로 아들이 크게 다친 적이 있어서……. 전남편은 본인이 외도했던 일은 은근슬쩍 무마하면서 저만 매정한 엄마로 몰아세웠어요. 그러고는 제가 집을 비운 사이 아들을 데리고 나가버렸죠. 필사적으로 찾아 헤맸지만, 생이별한 아이를 찾을 방도가 없더군요. 그래도 어떻게든 살아야겠기에 기를 쓰고 일해서 돈을 모았어요. 돈을 모아 탐정이라도 고용해서 아이를 찾을 생각이었죠. 하지만 아무도 그 애를 못 찾는 거예요. 매번 그런 사람은 없다는 대답만 돌아왔어요. 오히려 저만 이상한 사람 취급을 받았죠."

"아니, 그런……. 아드님 쪽에서 만나러 오는 일도 없었나요?"

아유무의 질문에 지요코는 고개를 가로저었다.

"아이가 절 찾을 수는 없었을 거예요. 헤어질 당시 너무 어렸기도 했고 제 결혼 전 성도 태어난 고향도 몰랐거든요. 기억하는 게 있다면 이름 정도겠죠. 전남편이 '지요코! 지요코!' 하고 늘 고함을 질러댔으니까. 하지만 그렇게 드문 이름은 아니라서 그걸로 찾기는 힘들었을 거예요."

아유무는 안타까운 표정으로 유리잔 바닥에 얼마 남지 않은 커피를 홀짝였다.

"그런데 어느 날 텔레비전에 아들이 나오는 거예요."

"네? 연예인이 됐단 말입니까?"

"아뇨. 뭐라고 해야 하나. 서예가? 예술가? 아, 이 사람이에요."

지요코는 자신의 휴대폰 배경 화면을 보여주었다.

"적당히 아저씨가 아드님이라고요?"

"네. 처음에는 저도 전혀 못 알아봤죠. 헤어진 지가 벌써 수십 년이니까. 하지만 아들이 계속 저한테 신호를 보냈더라고요. 아들은 늘 자잘한 무늬가 새겨진 두건으로 이마에 난 상처를 가리고 방송에 나왔는데, 다른 출연진이 종종 그걸 두고 놀렸어요. 그러면 자연스레 두건이 화제에 오르면서 사연을 털어놓게 되는 거죠. 그게 저한테 보내는 신호가 아니었나 싶어요."

지요코는 아들과 함께 색종이로 종이학을 접었던 기억을 떠올렸다. 두건의 자잘한 무늬는 지요코가 좋아하던 패턴이었다.

"그런 사연이 있었군요."

아유무는 대답할 말이 궁한 듯 눈을 내리깔았다.

"제가 그 얘길 니나 씨한테 한 적이 있어요."

아유무는 아직 아무것도 모르는 눈치였다. 니나가 무슨 이유로 서점과 라멘집에 가게 되었는지.

"니나 씨는 제 아들을 만나려고 했던 게 아닐까요?"

아유무의 얼굴에 '어째서요?'라고 쓰여 있었다.

"말했잖아요, 니나 씨는 '몰래 하는 깜짝 이벤트'를 좋아했다고. 제 아들과 절 만나게 해주고 싶었던 거예요. 그날도 제가 아들을 그리워한다는 말을 전하러 갔을 테고요."

"으음." 아직도 감이 오지 않는 모양이었다. 그럴 만했다.

"그날 역 앞 서점에서 아들의 에세이 출간을 기념하는 행사가 있었어요. 그 행사에 참여하려면 번호표가 필요했는데, 만약 니나 씨한테 번호표가 있었다면 서점으로 가려 했겠죠. 하지만 번호표를 구하지 못했다면 다른 방법을 고민했을 거예요. 다른 장소에서 만날 방법을요."

지요코는 아유무의 눈을 물끄러미 쳐다봤다. 지금까지 한 얘기를 종합해 보라는 듯이.

"아! 그러고 보니 방향이 반대네요."

아유무는 흠칫 놀라며 지요코를 쳐다봤다.

"서점에 가는 길이었으면 사카이기 중학교행 버스는 타지 않았을 거예요. 그렇다는 말은……."

"맞아요. 이걸 좀 볼래요?"

지요코는 모 라멘집을 소개한 신문 기사를 테이블에 올려놨다. 기사에는 컬러 사진이 두 장 실려 있었다. 중화소바와 노부부를 각각 담은 사진이었다.

'노포 라멘집 인기 폭발, 연일 손님 행렬 이어져'라는 헤드라인 눈이 들어왔다. 아유무는 집게손가락으로 기사를 훑어 내려가며 말했다.

"적당히 아저씨가 방송에서 소개한 게 계기였다네요."

"맞아요. 고등학생 때 종종 들렀던 추억의 가게라더군요. 니나 씨는 이곳에 가려고 했던 게 아닐까요?"

"왜 그렇게 생각하세요?"

"왠지 그런 것 같다고밖에는……. 가능성의 문제죠."

"그러니까, 제 아내가 적당히 아저씨한테 지요코 씨가 만나고 싶어 한다는 걸 알려주려고 손 편지를 들고 라멘집에 갔다는 말인가요? 아니, 올지 안 올지도 모르는데."

아유무는 팔짱을 낀 채 고개를 갸웃했다.

"네. 니나가 언제 그 라멘집을 알게 됐는지는 몰라도 만약 가게에 사진이나 사인이 있었다면 점주한테 물어봤겠죠. 그분 여기 자주 오시냐, 최근에는 언제 오셨냐 하고요. 그러다 떠올린 게 아닐까요? 어쩌면 행사가 끝난 뒤 적당히 아저씨가 라멘을 먹으러 올지도 모른다고. 뭐, 멋대로 추측한 거라 맞는지는 모르겠지만."

만약 그렇다면 멋진 일이 아닌가 하고 지요코가 제멋대로 상상한 이야기였다. 아유무는 이내 고개를 몇 차례 끄덕이더니 힘주어 말했다.

"그 추측, 맞을 것 같네요."

"네?"

"아내 성격을 생각하면 그랬을 법해요. 부끄럽게도 제가 몰랐던 면이 많았던 것 같지만요. 지요코 씨나 직장 동료한테 들은 얘기도 그렇고, 아내의 성장 과정까지 종합해 보면 일리가 있어요. 아내가 마지막까지 누군가에게 좋은 사람이었던 것 같아서 감동이네요. 저는 아내한테 좋은 사람이었을까요?"

아유무는 한꺼번에 쏟아내듯 대답하더니 얕은 한숨을 내쉬었다.

"후후, 좋은 사람이었을 거예요."

"글쎄요, 자신이 없네요."

"니나 씨를 보면 알아요. 그쪽은 분명 좋은 남편이었을 거예요."

"그렇다면 다행이지만요."

쑥스러운 듯 웃는 모습이 그답다고 생각했다. 지난번에 왔을 때보다는 표정이 한결 씩씩해 보였다. 아들과 둘이 살아갈 마음의 준비가 된 모양이었다.

그때 딸랑딸랑하는 종소리가 마치 신호음처럼 울리더니 가게 문이 열렸다. 누군가가 배꼽이와 함께 가게 안쪽으로 들어오고 있었다. 천천히 발소리가 가까워지는가 싶더니 한 남자가 모습을 드러냈다. 승려복이 잘 어울리는 남자였다.

"아……."

순간 지요코는 숨이 멎는 듯했다. 남자도 지요코의 얼굴을 보며 놀란 기색을 감추지 못했다. 몇 초간 정적이 흘렸다.

남자가 자잘한 무늬가 새겨진 두건을 벗자 이마 위로 살짝 패인, 꿰맨 흉터가 드러났다. 그는 지요코를 향해 깊숙이 허리를 숙였다.

"이…… 토?"

"네, 엄마. 잘 지내셨어요?"

코를 찡긋하며 웃는 얼굴에는 어릴 적 모습이 남아 있었다.

흘러가 버린 시간은 되돌릴 수 없지만, 그리운 마음만은 늘 그 자리에 남아 있는 법이다.

지요코는 천천히 아들 곁으로 걸어가기 시작했다.

이 세상은 누군가의 호의로 굴러가고 있다. 아주 조금이라도 다른 이를 위하는 마음이 남아 있다면 세상의 빛은 결코 꺼지지 않을 것이다. 그 마음은 달콤쌉싸름한 초콜릿처럼 우리 모두를 조금 더 행복하게 한다.

늘 애쓰고 있는 당신에게 선물을.

함께해 주었던 모든 이에게 그저 고맙다는 말을 전하고 싶다.

아무래도 행복을 깨문 것 같아

초판 1쇄 인쇄 2024년 12월 6일
초판 1쇄 발행 2024년 12월 17일

지은이 유키 슌
옮긴이 박정아

책임편집 한의진
디자인 MALLYBOOK 최윤선, 오미인, 조여름
책임마케팅 김서연, 김예진, 김찬빈, 김소희, 박상은, 이서윤, 최혜연, 노진현, 최지현, 최정연, 조형한, 김가현, 황정아
마케팅 최혜령, 도우리
경영지원 백선희, 권영환, 이기경
제작 제이오

펴낸이 서현동
펴낸곳 ㈜오팬하우스
출판등록 2024년 5월 16일 제2024-000141호
주소 서울특별시 강남구 테헤란로 419, 11층 (삼성동, 강남파이낸스플라자)
이메일 info@ofh.co.kr

ISBN 979-11-94293-64-4 (03830)

모모는 ㈜오팬하우스의 출판브랜드입니다.